DUMONT

Hannah Jensen hat einen Wunsch: sich einen Traummann zu angeln. Für immer und ewig, sie glaubt an die große Liebe. Doch bislang hat sich leider keiner unsterblich in Hannah verliebt. Sie muss sich etwas anderes überlegen: Also dreht sie den Spieß einfach um – sie sucht nicht mehr, sondern wird gefunden. Wie? Ganz einfach: Hannah Jensen wird zur Traumfrau! Und das mithilfe eines 10-Punkte-Programms, das sie unter anderem zur Superköchin, Fußballexpertin und Schönheitsqueen machen soll. Danach werden die Männer gar nicht mehr anders können, als sich um Hannah Jensen zu reißen. Oder?
Voller Witz, Charme und Selbstironie beschreibt Anne Hansen die Anstrengungen der Heldin, sich in eine unwiderstehliche Traumfrau zu verwandeln. Und um so authentisch wie möglich von »Fräulein Jensen« berichten zu können, hat die Autorin das Zehn-Punkte-Programm gleich einmal selbst durchlaufen. Mehr Traumfrau geht nicht!

Anne Hansen, geboren 1980 in Husum, lebt als freie Autorin in Berlin. Sie absolvierte die Kölner Journalistenschule und studierte Politik und Wirtschaft. Ihr erster Roman ›Fräulein Jensen und die Liebe‹ erschien 2012 im DuMont Taschenbuch.

Anne Hansen

Fräulein Jensen wird zur Traumfrau

Roman

DUMONT

Von Anne Hansen ist im DuMont Buchverlag außerdem erschienen:
Fräulein Jensen und die Liebe

FSC
www.fsc.org
MIX
Papier aus verantwortungsvollen Quellen
FSC® C083411

Originalausgabe
August 2013
DuMont Buchverlag, Köln

Umschlag: Zero, München
Umschlagabbildung: © 2010 Emily Moya Addis / Getty Images
Satz: Angelika Kudella, Köln
Gesetzt aus der Elzevir und der Myriad
Druck und Verarbeitung: CPI – Clausen & Bosse, Leck
Gedruckt auf säurefreiem und chlorfrei gebleichtem Papier
Printed in Germany
ISBN 978-3-8321-6208-5

www.dumont-buchverlag.de

Wer hätte gedacht, dass das zehnjährige Abitreffen im »Klixbüller Krog« solch eine Inspirationsquelle für mich werden würde. Es ist fünf Uhr morgens, ich sitze mit Pia im Wohnzimmer meiner Eltern und habe zwischen der Buddelschiffsammlung meines Vaters und der aktuellen *Landlust* meiner Mutter ein »Hannah-Jensen-Metamorphosenprogramm« erstellt: einen Plan, der mich in eine Traumfrau verwandeln soll. Um das zu illustrieren, habe ich mich als krakeliges Strichmännchen gezeichnet, das noch ein wenig kümmerlich wirkt, bald aber wahnsinnig geistreich, witzig, sportlich und gut aussehend sein wird. Wie ich eben, hah! Großer Gott, ich glaube, die angehende Traumfrau hat einen Schwips.

Aber der Reihe nach.

Ein zehnjähriges Abitreffen ist eine echte Herausforderung. Als ich mich darauf vorbereitete (Was ziehe ich an? Wer bin ich? Wer will ich sein? Wer war ich einmal? Was ziehe ich an?), dachte ich noch: Himmel, das ist ja genau wie der erste Tag in einem neuen Job, an dem kleine Gesten in nur Millisekunden darüber entscheiden, wer man ist, wer wen mag und – am schlimmsten – wer wen nicht mag.

Aber dann wurde mir klar: Ein Klassentreffen ist noch viel schlimmer. Schließlich wissen die anderen, wie man einmal war, und können beurteilen, was man daraus gemacht hat. Viele Leute habe ich wirklich zehn Jahre lang nicht gesehen. Für die ist es doch so, dass Hannah Jensen für zehn Jahre in einem schwarzen Kasten verschwunden ist und dann als – Zutreffendes bitte streichen – mondänes It-

Girl, dreifache Mutter, Hartz-Vier-Empfängerin, erfolgreiche Geschäftsfrau oder Mann (hat's schon gegeben!) wieder herauskommt.

Dementsprechend angespannt war ich, als mich Pia, Seelenverwandte der ersten Stunde, zu Hause bei meinen Eltern abholte und wir gemeinsam zum »Klixbüller Krog« gingen – dem Ort der Offenbarung.

Machen wir es kurz: Der Abend war eine Mischung aus Wehmut und »Danke-lieber-Gott-dass-die-Schulzeit-vorbei-ist«. Und natürlich kam ich aus dem Staunen nicht mehr raus.

Die drei größten Überraschungen:

1. Die dicke Sonja Maibach war gertenschlank geworden und trug ein ärmelloses Strickkleid, das ihre durchtrainierten Oberarme perfekt in Szene setzte. Sie winkte auch auffällig oft durch die Gegend (was wirklich keinen Sinn machte), nur um uns zu zeigen, wie fest ihr Bindegewebe war.[1]
2. Katrin Schaaf lebt als freie Fotografin in Kapstadt und arbeitet hauptsächlich für die *Vogue*.[2]
3. Knut Ketelsen erzählte, dass seine Zwillinge gerade aufs Gymnasium gekommen waren.[3]

---

[1] Sie muss übrigens den ganzen Abend wahnsinnig gefroren haben, denn es war ziemlich kalt im »Krog«, und einige holten am Ende sogar ihre Jacken, weil es so durch die Fenster zog. Aber seien wir ehrlich, wenn ich diese Oberarme hätte, hätte ich wahrscheinlich auch in den sauren Apfel gebissen und die Sache durchgezogen.

[2] In meiner Erinnerung war Katrin Schaaf – Spitzname »Wolli« – ein blasses Mädchen mit fettigen Haaren, das bis zur Oberstufe nie etwas gesagt hat. Und nun Kapstadt? Fotografin? *Vogue*???

[3] Bis zum Abitur war Knut Ketelsen ungeküsst, und ich hätte schwören können, dass das auch für die nächsten zwanzig Jahre so bleibt. Wenn seine Kinder jetzt schon aufs Gymnasium gehen, müssen sie mindestens zehn sein. Heißt: Knut Ketel-

Eigentlich dachte ich den ganzen Abend in Fußnoten.

Wie kann das sein???

Das glaub ich nicht!!!

Mooooooment mal, die war doch damals …

Manchmal war mein Geist angesichts dieser Lebenswendungen dermaßen überfordert, dass ich nur ein dumpfes »Häh???« im Innern zustande brachte.

Natürlich blieb es irgendwann nicht aus, dass die anderen auch von mir alles wissen wollten. *Was machst du so? Wo wohnst du? Hast du Haustiere, Autos, Kinder?*

Nun, ich sag immer: Jede Wahrheit lässt einen gewissen Interpretationsspielraum zu, und natürlich muss man bei einem Klassentreffen immer ein wenig mogeln. Daher kann es schon sein, dass ich die eine oder andere Tatsache vielleicht ein klitzekleines bisschen abgeändert habe.

Die Fakten	Unwesentlich modifiziert
Ich arbeite in Hamburg als freie Journalistin.	Ich habe in Hamburg ein Unternehmen aufgebaut und trage eine Menge Verantwortung.
Um die Büromiete zu sparen (dafür könnte man sich ja komplett bei H&M einkleiden!), arbeite ich von zu Hause aus.	Ich bin in der luxuriösen Lage, berufliches und privates Leben miteinander verbinden zu können.

---

sen muss entweder noch während der Schulzeit jemanden nicht nur geküsst, sondern heimlich geschwängert haben, oder aber all das passierte genau einen Tag nach der Abifeier und ich habe die rasante Verwandlung komplett verpasst. Kurz: Rein rechnerisch bleibt es mir ein Rätsel. Vom Rest ganz zu schweigen!

Die Fakten	Unwesentlich modifiziert
Mein größter journalistischer Coup gelang mir, als ich mit meinen Artikeln im *Hamburger Abendblatt* so viel Druck auf die Stadtverwaltung aufbaute, dass der »Jugendclub Schnelsen« schließlich doch am Wochenende geöffnet blieb.	Ich recherchiere vor allem investigativ. Deswegen darf ich auch nicht darüber sprechen, an welcher Enthüllung ich jetzt gerade arbeite. Bitte habt Verständnis dafür.
Da mich niemand zu Hause sieht, trage ich den ganzen Tag wahlweise Jogginganzug oder Schlafanzug (Letzteres aber wirklich nicht so oft!).	Ich bin durchaus modisch interessiert.
Ich habe drei gescheiterte Beziehungen hinter mir. Jedes Mal wurde ich verlassen.	Ich bin bei der Partnerwahl anspruchsvoll und will keine Kompromisse eingehen.
Am 8.7.2005 dachte ich für fünf Minuten, dass ein Mann mir einen Heiratsantrag machen wollte.	Ich mag es nicht, wenn Männer klammern.
Ich habe keinen Bausparvertrag und verstehe immer noch nicht, was vermögenswirksame Leistungen sind.	Geldfragen delegiere ich.
Ich gucke jeden Tag um 15 Uhr auf VOX »Shopping Queen«.	Ich lege viel Wert auf eine gute »Work-Life-Balance«. Gerade als Selbstständige muss man aufpassen, kein Burn-out zu bekommen.

Ich schlug mich eigentlich ganz tapfer und hatte mir nach kurzer Zeit das Image verliehen, eine dynamische und erfolgreiche Journalistin aus der Großstadt zu sein. (Zwischendurch glaubte ich es fast sogar selbst.)

Irgendwann aber traf ich am Buffet auf Martin Clausen, der mich prompt auf das vergangene Jahr ansprechen musste.

»Hey, ich habe von meiner Mutter gehört, dass du letztes Jahr tatsächlich Steffen Henssler gedatet hast. Mensch, da wolltest du aber groß rauskommen, was?« Er lachte.

Ich lächelte höflich und sagte: »Da musst du was falsch verstanden haben. Ich habe ihn nicht gedatet, sondern interviewt. Das ist ein klitzekleiner Unterschied.«

»Aber hast du nicht auch Tim Lobinger getroffen? Und Rocko Schamoni? Meine Mutter meinte, dass du richtig Traummann-Speed-Dating gemacht hast.« Er lachte wieder und klopfte mir auf die Schulter. »Hannah Jensen und die Promi-Männer – wer hätte das gedacht?«

Ich zwang mich zu einem Lächeln. Zum Glück kam in dem Moment Pia vorbei und schleppte mich zu »Du gehörst zu mir« von Marianne Rosenberg auf die Tanzfläche.

Nun, streng genommen hatte Martin Clausen den Nagel auf den Kopf getroffen. Denn letztes Jahr hatte ich mich mit Pia auf eine, sagen wir, kreative Wette eingelassen. Der Deal: Ich durfte mich mit meinen zehn absoluten Traummännern treffen, und falls Amors Pfeile wider Erwarten nicht treffen würden, sollte ich mich doch bitte weltlichen Männern widmen. Leider ging das alles ziemlich nach hinten los, denn so richtig hat keiner meiner Auserwählten angebissen. »So richtig« ist vielleicht ein bisschen übertrieben. Wenn man es genau nimmt, wollte niemand etwas von mir wissen. Ein paar kleine Beispiele aus diesem dunklen Kapitel meines Lebens:

Stabhochspringer Tim Lobinger redete während unseres Dates zwar permanent von Traumfrauen, meinte aber leider nicht mich damit, TV-Koch Steffen Henssler rückte zwischen Hauptgericht und Dessert damit raus, dass er Frau und Kinder hat, und Rocko Schamoni war der felsenfesten Überzeugung, dass Männer in einer Beziehung gar nicht treu sein können, sondern aufgrund der Hormone zum Fremdgehen verdammt seien.

Das waren nur drei Beispiele, in Wahrheit habe ich zehn Traummänner – wie nannte es Martin Clausen so schön – »speed-gedatet«.

Der Rest des Abends ist übrigens schnell erzählt: Nachdem ich mich mit Pia durch die gesamte »Neue deutsche Welle« getanzt hatte, sind wir schließlich nach Hause gegangen und Martin Clausen rief mir hinterher: »Zum nächsten Klassentreffen kommste aber mit deinem Traummann, ja? Streng dich mal ein bisschen mehr mit dem Suchen an.«

Es ist fünf Uhr morgens und ich denke immer noch über diesen Satz nach. Und wissen Sie was? Es hat bei mir Klick gemacht.

Ich habe mich viel zu sehr in meine Traummannsuche hineingesteigert. Und ich habe es satt, ständig auf der Suche nach jemandem zu sein. Warum muss immer ich diejenige sein, die sich bemüht?

Genau damit ist jetzt Schluss! Ich werde den Spieß einfach umdrehen. Ich suche nicht mehr. Ich werde gefunden. Und wie ich das erreiche? Ich werde ganz einfach zu einer Traumfrau. Und dann sind es die Männer, die *mich*, Hannah Jensen, suchen.

»Du willst also Pull-Marketing betreiben.« Es ist so herrlich, wie Pia alles immer entromantisiert, noch dazu in leicht angetrunkenem Zustand. Aber bitte, von mir aus können wir meinen Plan gerne auf eine wissenschaftliche Basis stellen.

»Komm, wir schreiben mal Ideen auf«, sage ich und hole schnell Zettel und Stift aus der Küche.

»Um diese Uhrzeit? Können wir dich nicht morgen zu einer Traumfrau machen?« Pia gähnt und macht sich auf unserem Sofa breit.

»Nein, können wir nicht. Erkennst du eigentlich nicht den Ernst der Lage? Ich habe gerade beschlossen, mein komplettes Liebes-Weltbild auf den Kopf zu stellen und endlich mal an *mich* zu denken. Das kann doch nicht bis morgen warten.«

»Na schön«, sagt Pia und setzt sich wieder aufrecht hin. »Dann wollen wir mal überlegen, Fräulein Jensen. Was muss man alles können und haben, um eine Traumfrau zu sein?«

Nach etwa einer Stunde sind wir mit dem Plan meiner Verwandlung fertig.

Voila, ein Tusch:

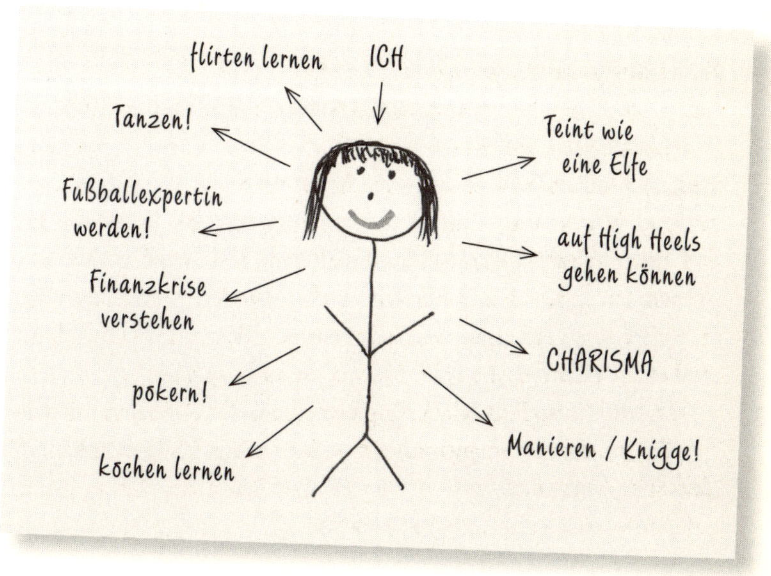

Um Gottes willen, diesen Zettel darf nie, nie, nie, nie jemand finden. Andererseits – vielleicht hat Angelina Jolie auch so einen Plan der Verwandlung in irgendeiner Schublade. Stelle mir vor, wie Brad Pitt die Zeichnung findet und sie zur Rede stellt: »Das war alles geplant???«

Irgendwie fühle ich mich wie Jens Lehmann, der beim Elfmeterschießen während der WM einen Zettel in der Hose hatte und deswegen genau wusste, in welche Ecke der Spieler schießen würde. Ist das etwa Betrug, was ich hier gerade plane?

Ach was, papperlapapp, es gibt ja niemanden, dem ich dadurch schaden könnte. Und vielleicht werde ich die Wegbereiterin einer ganz neuen Bewegung sein und eine ganze Armada unglücklicher Singles wandelt auf meinen Spuren. *»Hannah Jensen ist so zur Traumfrau geworden, das schaffe ich auch.«* Ich bekomme Gänsehaut. Bin ich etwa dabei, ein feministisches Manifest zu entwickeln?

Seit ich mit der inzwischen schlafenden Pia meinen Plan geschmiedet habe, habe ich das Gefühl, den Grundstock für etwas ganz Großes gelegt zu haben.

Bisher steht zwar nur der theoretische Zehn-Punkte-Plan, zu einer Traumfrau zu werden. Aber wie sagt man so schön: Aller Anfang ist wichtig oder so ähnlich. Wenn man nur lange genug an etwas glaubt, wird es wahr. In diesem Sinne: Ich bin bereit für die Self-fulfilling Prophecy – Hannah Jensen darf eine Traumfrau werden.

Eins

Madonna, Claudia und ich

Heute ist also der Tag der Tage. Der Beginn einer neuen Hannah Jensen. Ich bekomme Gänsehaut. Wahrscheinlich werde ich noch in vielen Jahren an genau diesen Tag denken. Diesen scheinbar harmlos verregneten Dienstag im März – ein Meilenstein in meinem Leben. Na ja, nicht so ganz, denn mein »Ich-werde-zur-Traumfrau-Programm« beginnt ja ziemlich harmlos: mit einem ebenmäßigen Teint.

Das hört sich jetzt vielleicht banal an, aber seit der Pubertät wünsche ich mir schon eine Haut wie eine Osteuropäerin mit Pfirsichteint: feinporig, klar, strahlend, ohne Pickel, glatt, frisch.

Nicht, dass Sie jetzt denken, mein Gesicht wäre eine einzige Kraterlandschaft, aber ohne zu übertreiben kann man meine Haut als »schwierig« bezeichnen. Sie ist mal fettig, dann wieder trocken, hier und da mal rot (ohne erkennbares Schema), extrem empfindlich und um die Augen machen sich die ersten Fältchen breit. Machen wir uns nichts vor: Ich bin gänzlich überfordert mit meinem Gesicht. Es ist, als hätte Gott mir diese Haut als große Prüfung gegeben, so nach dem Motto: Hannah, dann mach mal das Beste draus.

Um dem Eigenleben meiner Haut zumindest etwas Paroli zu bieten, falle ich auf sämtliche Werbeversprechen herein. Sehen Sie, ich bin durchaus reflektiert und trotzdem bin ich ein Opfer von Nivea und Co! Sobald ich auf irgendeinem Tiegel »24 Stunden Feuchtigkeit«, »straffend«, »ein jüngeres Hautbild in 10 Tagen« oder »füllt Falten von innen auf« lese, schlage ich zu. Als neulich meine Nachbarin Katrin das fast komplette Douglas-Programm in meinem Badezimmer sah, sagte sie anerkennend: »Wahnsinn, dass du dich so gut damit auskennst. Ich nehme alles immer nur aus einer Pflegelinie, sonst würde meine Haut komplett durchdrehen.«

Natürlich, das war es! Ich hatte nur noch nicht die richtigen Cremes gefunden. Voller Tatendrang vereinbarte ich am Tag darauf einen Termin bei einer Kosmetikerin. Eine Hautanalyse sollte endlich Klarheit in mein Gesicht bringen. Und wahrscheinlich wäre das Ergebnis völlig simpel. Man liest doch dauernd, dass sich ganz Hollywood mit Melkfett einreibt oder selbst gemachte Pasten aus Quark und Gurken ins Gesicht schmiert. Ziemlich guter Dinge, dass ein altes Hausmittel bald alles richten wird, ging ich also zu Charlotte Hoffmann, einer Kosmetikerin in der Osterstraße mit einem Porzellanteint wie aus dem Bilderbuch.

Es ist wohl nicht übertrieben zu sagen, dass ich entspannt war. Bald würde ich aussehen wie sie, und zwar nur, indem ich mir Quark ins Gesicht schmierte! Das Leben konnte so einfach sein.

Charlotte Hoffmann drückte ein technisches Gerät gegen meine Wangen und sah plötzlich beunruhigt auf einen Bildschirm, der jede einzelne Pore von mir in einer hunderttausendfachen Vergrößerung zeigte.

Schweigen.

»Haben Sie gerade viel Stress?«, fragte sie schließlich besorgt.

Stress? Wie meinte sie das?

Mein Schweigen wertete sie prompt als Zustimmung.

»Das tut mir leid. Um ehrlich zu sein, sieht man genau das auch Ihrem Hautbild an.«

»Äh, ja«, stotterte ich. »Ich habe wirklich viel zu tun momentan und weiß nicht, wo mir der Kopf steht.« Gut, das war gelogen, denn eigentlich war ich gerade aus dem Urlaub gekommen und hatte noch den Stresspegel einer Touristin, die den ganzen Tag in der Sonne liegt und deren Hauptsorge es ist, sich regelmäßig umzudrehen, um keinen Sonnenbrand zu bekommen.

Charlotte Hoffmann schlug die Hände zusammen.

»Das erklärt einiges.« Sie sah wieder betreten auf meine Haut.

Sie verordnete mir ganz, ganz viel Ruhe und sagte ernst: »Zusammen schaffen wir das.«

»Und von welchem Zeithorizont reden wir? Ich meine, wann habe ich … nun, sagen wir … Ihre Haut?« Ich lachte ein wenig überdreht.

Charlotte Hoffmann lachte auch. Sie hielt es wohl für einen Scherz, dass ich ernsthaft glaubte, aus meiner Haut könne man ihre machen.

»Nun, die Epidermis erneuert sich im Schnitt alle 27 Tage. Bis wir die richtige Pflegelinie für Sie gefunden haben, wird es wohl drei bis vier Monate dauern. Und nach fünf bis sechs Monaten sollte sich die Haut darauf eingestellt haben, sodass Sie in sieben bis acht Monaten das Ergebnis sehen.«

Ich starrte mit leerem Blick auf den Monitor, der immer noch schonungslos jede einzelne meiner Poren zeigte. (Es sah ein wenig aus wie ein riesiges Volk von Pantoffeltierchen, das man im Bio-Unterricht unter einem Mikroskop gesehen und sich jedes Mal aufs Neue gegruselt hat.)

Schließlich klopfte Charlotte Hoffmann mir mütterlich auf die Schulter und sagte: »Bis es so weit ist, können Sie sich ja auch einfach schminken.«

Das nennt man wohl: vom Regen in die Traufe.

Aber nun gut, ich füge mich: Meine Traumfrauverwandlung soll damit beginnen, dass ich lerne, mich richtig zu schminken. Denn das geht seit mehr als 17 Jahren Tag für Tag aufs Neue gründlich daneben.

Mein Schminktrauma begann im Sommer 1996. Meine Schulfreundinnen Annika, Steffi und Simone kamen an einem Tag plötzlich geschminkt zur Schule. Ich traute meinen Augen nicht. Waren sie gestern noch Annika, Steffi und Simone gewesen, waren sie plötzlich ganz andere Mädchen. Geschminkte Mädchen. Sie liefen auch ganz anders (irgendwie selbstbewusster) und lachten auch ganz anders (auch irgendwie selbstbewusster), und irgendwie hatten sie ihr Leben durch ein wenig Wimperntusche, Make-up und Lippenstift auf eine – wie ich fand – viel höhere Ebene gehoben. Wie die drei über Nacht gelernt hatten, sich perfekt zu schminken, bleibt mir bis heute ein Rätsel. Natürlich hätte ich sie damals nie auf ihre Verwandlung angesprochen. Nur heimlich schielte ich im Matheunterricht neidisch auf Annikas ebenmäßigen Teint. Wie konnte das sein? Die hatte doch sonst auch immer Pickel wie ich.

Wie dem auch sei: Nachdem Annika, Steffi und Simone zu anderen Wesen geworden waren, beschloss ich, mich auch zu verwandeln. Und malte mich an. Machen wir es kurz: Ich möchte nicht darüber sprechen, dass Christian aus der Parallelklasse fragte, ob wir Karneval hätten, als ich zum ersten Mal geschminkt zur Schule kam.

Inzwischen sind mehr als 17 Jahre vergangen. Machen wir es noch einmal kurz: Ich kann es bis heute nicht. Ich male mich zwar nicht mehr unkoordiniert großflächig an (mein Gott, wie sollte ich denn damals wissen, wie das ging?), doch die Lage hat sich nur marginal verbessert. Eigentlich gibt es nur zwei Schminkszenarien.

1. Ich will möglichst natürlich wirken und habe so viel Angst, wie ein Clown auszusehen (ich sag ja: Trauma!), dass ich alles ganz vorsichtig dosiere. In diesem Fall trage ich nur einen Hauch vom Wimperntusche auf und decke Rötungen und Pickel ab. Jaha, davon habe ich auch im zarten Alter von 30 Jahren noch etliche. Meine Mutter will mich immer damit aufbauen, dass ich dadurch doch so viel jünger aussehe. Das stimmt, vom Hautbild her kann ich locker mit meiner dreizehnjährigen Cousine mithalten. Wenn ich also das »Ich-sehe-aus-wie-eine-Naturschönheit-Programm« abspule, sehe ich in etwa so aus:

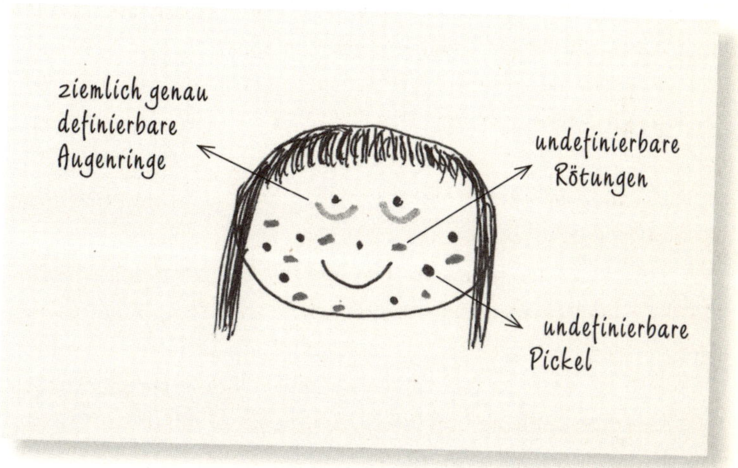

2. Ich will meinem Gesicht mehr Ausdruck verleihen (diese Formulierung hat mal so ein Star-Visagist im Fernsehen benutzt und ich finde, sie klingt großartig). In diesem Fall kommt erst eine Make-up-Basis zum Einsatz, dann das Make-up selbst, dann Rouge, dann Lippenstift und zuletzt Wimperntusche und undefinierba-

res Schwarz um die Augen. Ich habe ein kleines Vermögen bei Douglas ausgegeben, um mir das ganze Equipment zu kaufen. (Es liegt also nicht am Material!) Aber trotzdem sehe ich dann ungefähr so aus, wenn ich das Badezimmer verlasse:

Ich verstehe es einfach nicht. Ich bilde mir ein, alles ganz sparsam zu verwenden, aber das Resultat macht selbst mich immer wieder ratlos.

Dabei habe ich doch ein großes Schminkidol. Jessica Grünberg war eine Kommilitonin an meiner Uni, und sie sah jeden Tag umwerfend aus. Umwerfend frisch. Umwerfend jung und dynamisch. Während wir Normalsterblichen mit Augenringen und eher großporiger Haut im Hörsaal saßen, sah Jessica immer so aus, als wäre sie gerade aus einem zweiwöchigen Urlaub von den Malediven gekommen. Das Merkwürdige: Sie sah überhaupt nicht geschminkt aus. Manchmal ertappte ich mich dabei, wie ich ihr minutenlang ins Gesicht starrte, um endlich zu entdecken, warum sie so frisch aussah. Ich konnte es mir nicht erklären. Ihre Mitbewohnerin steckte mir dann irgendwann, dass Jessica morgens mit Augenringen und großporiger Haut im Badezimmer verschwand und dann nach einer Stunde als Jessica-von-den-Malediven wieder herauskam. Aha, sie musste sich also doch schminken! (Ich kam mir damals vor wie ein CIA-Agent, der ein großes Geheimnis gelüftet hat.)

Also, genau so wie Jessica Grünberg will ich aussehen: frisch, jung und dynamisch. Und dabei soll niemand sehen, dass ich dafür stundenlang im Badezimmer verschwinden musste. Ist das zu viel verlangt?

»Das ist überhaupt nicht zu viel verlangt«, sagt Pia und lacht. Wir sitzen im Café und besprechen die Anfänge meiner Traumfrauverwandlung. »Das ist sogar äußerst bescheiden. Letztes Jahr um diese Zeit wolltest du von Kevin Tarte schwanger werden, Thorsten Havener heiraten und parallel mit Steffen Henssler eine Affäre beginnen. Da finde ich es doch sehr genügsam, dass du jetzt nur lernen willst, wie man ein bisschen Rouge aufträgt. Heißt: Das ist machbar.« Sie lacht schon wieder und kneift sich in die Wangen, sodass sie nach kurzer Zeit rot werden. »Siehst du, so einfach geht das.«

Manchmal ist Pia aber auch wirklich schwer von Begriff. Es geht doch nicht darum, dass ich nur lernen will, wie man Rouge aufträgt. Diese Schminkschulung (klingt gleich schon viel wissenschaftlicher) ist doch nur Teil eines großen Ganzen. Ich meine, ich will doch sowohl äußerlich als auch innerlich zu einer Traumfrau werden, damit ich nicht mehr suchen muss, sondern gefunden werde. Das Pferd von hinten aufzäumen nennt man das. Ich muss mich mal selbst loben: Manchmal habe ich wirklich geniale Ideen. Und dieses »bisschen Rouge«, wie Pia es nennt, ist lediglich der Auftakt zu einer emanzipierten Metamorphose. (Das klingt wirklich gut!) Ich sehe schon, wie mir bald Daniel Brühl gebannt ins Gesicht starrt, um zu ergründen, warum um Himmels willen ich so frisch aussehe.

***

Der ehemalige Chefvisagist von Versace und Yves Saint Laurent wird mich gleich schminken.

Noch einmal sagen.

Der ehemalige Chefvisagist von Versace und Yves Saint Laurent wird mich, Hannah Jensen, in Klixbüll bei Klanxbüll geboren und aufgewachsen, gleich schminken.

Ich kann es immer noch nicht glauben. Ich will einen kleinen Schrei ausstoßen, erinnere mich dann aber daran, dass ich in einer U-Bahn Richtung Berlin-Charlottenburg sitze, und lächele nur stumm vor mich hin.

Nachdem Pia und ich »Hannah bekommt einen Teint wie eine Elfe aus Herr der Ringe« zu meinem Schönheitsetappenziel auserkoren hatten, war klar, dass ein echter Vollprofi ans Werk gehen musste. Die Wahl war schnell getroffen: Dieter Bonnstädter. Er hat bei Versace und Yves Saint Laurent gearbeitet und betreibt einen Salon in Berlin. Pia und ich haben ihn ein paarmal im Fernsehen gesehen und jedes Mal umgaben ihn schöne Frauen mit einem Gesicht, das ich gerne hätte.

Ein Termin für eine Make-up-Beratung ist zwar nicht ganz billig, aber was ist wichtiger – Geld oder die Tatsache, sich einfach schön zu fühlen? Ich grinse über das ganze Gesicht.

Nur fünf Minuten von der S-Bahn-Haltestelle entfernt liegt die

Mommsenstraße. Sie hat einen breiten, eleganten Bürgersteig, eine schicke, teure Boutique liegt neben der nächsten und dann kommt mir auch noch eine Frau im Pelzmantel mit einer Sonnenbrille entgegen (macht zugegebenermaßen keinen Sinn, es regnet nämlich leicht, aber der liebe Gott hat mir bestimmt diese Frau mit Sonnenbrille geschickt, um mir zu zeigen, wie mondän es hier ist). Ich muss sagen: Wenn ich bald nur annähernd wie diese Straße aussehe (also im übertragenen Sinne), ist die Mission geglückt. Ich starre der Frau ehrfurchtsvoll hinterher.

Herrlich, ich kann mir gut vorstellen, in Zukunft öfter herzukommen, um mich professionell schminken zu lassen. Ich meine, das zahlt sich ja auch aus. Schließlich hat man ja mit so einem neuen Gesicht eine ganz andere Ausstrahlung. Ich habe mal gelesen, dass gepflegte Menschen auch mehr Gehalt bekommen. Vielleicht kann ich mich ja auch mit Dieter Bonnstädter anfreunden, und er schminkt mich jeden Tag. Nun, das wäre wahrscheinlich doch etwas zu aufwendig, von Hamburg immer nach Berlin zu fahren. Aber vielleicht werde ich ja zu seiner Schminkmuse und er besteht darauf, dass ich ihn zu wichtigen Anlässen begleite, weil er nur in meiner Anwesenheit sein ganzes Schminkrepertoire abrufen kann. Aaaaaaaaaaaah.

Ich bin so in Gedanken versunken, dass ich fast übersehen hätte, dass ich schon dort bin: am Ort der Verwandlung. Aufgeregt klingele ich an der Tür des Salons. Dann wollen wir mal. In einer Stunde habe ich den Teint von Nicole Kidman. Na ja, oder das, was man aus meiner, äh, zugegebenermaßen etwas schwierigen Haut machen kann.

***

Möchten Sie etwas lesen? Eine Frauenzeitschrift oder lieber etwas Politisches? Gerne, die neueste Ausgabe oder soll ich Ihnen die letzten drei bringen? Dazu noch eine Tageszeitung? Darf ich Ihnen noch etwas zu trinken anbieten? Kaffee, Espresso oder Cappuccino? Wasser dazu gefällig? Mit oder ohne Kohlensäure? Sonst noch einen Wunsch?

Zwei (!) Mitarbeiterinnen von Dieter Bonnstädter haben mich im Salon empfangen, als wäre ich Kate Middleton höchstpersönlich.

Noch etwas baff vom »Heute-stehen-Sie-im-Mittelpunkt-und-wir-verwöhnen-Sie-mal-richtig« sitze ich auf dem »Behandlungsstuhl«. Nein, klingt nach Zahnarzt. Ich korrigiere: Ich sitze auf einem samtweichen, weißen Ledersessel, über mir schwebt ein Kronleuchter, unter meinen Füßen liegt edles Parkett, neben mir steht die größte Orchidee, die ich je gesehen habe, und schräg hinter mir: der Schminkaltar. Es ist ein riesiger Koffer, der auf vier Beinen steht. Durch zwei geöffnete Klappen erhasche ich einen Blick auf unzählige Pinsel, Farben, Pinzetten und Schwämmchen.

Mein Gesicht steht vor einer historischen Wende.

Bevor ich noch darüber nachdenken kann, wie der Schminkgott gleich den gesamten Inhalt dieses Altars gekonnt auf meinen unschuldigen Gesichtshälften verteilen wird, steht er plötzlich hinter mir: Dieter Bonnstädter. Mit seiner engen, schwarzen Hose und einem engen, schwarzen Hemd (es ist sehr, sehr, sehr eng) sieht er eigentlich genau so aus, wie man sich einen Visagisten vorstellt.

»So, dann wollen wir mal. Make-up, richtig?«

Wenn ich ihm jetzt erkläre, dass »Make-up« ein wenig zu kurz gegriffen ist und es sich um den Teil einer zehn Punkte umfassen-

den Verwandlung von Normalfrau zu Traumfrau handelt, würde das wahrscheinlich zu weit führen. Deswegen nicke ich nur und sage ergriffen: »Ja. Make-up.«

Dieter Bonnstädter streicht mir die Haare hinter die Ohren (eigentlich ganz ungünstig, so sieht man ja schonungslos alles!) und sagt: »Ich werde erst dein Gesicht analysieren, und dann kommen wir zum Schminken. Einverstanden?«

Juchuh, er duzt mich! Vielleicht werde ich wirklich seine Schminkmuse?

Ich nicke stumm, während Dieter (ich duze selbstbewusst zurück!) mein Gesicht mit den Händen umfasst.

»Aha«, sagt er bedeutungsschwer. »Da sehe ich schon die ersten Fehler.«

Fehler? Habe ich das richtig gehört? Meinem Gesicht kann man ja viel unterstellen, aber grobe Fehler wie zum Beispiel drei Nasen habe selbst ich nicht. Bevor ich Einspruch erheben kann, klärt Dieter mich auf.

»Die Augenbrauen sind nicht symmetrisch, die Nase ist etwas schief, die Augen liegen ein wenig zu tief und die Lippen könnten voller sein.«

Also, wenn mich das nicht in eine jahrelange Psychotherapie treibt, weiß ich auch nicht weiter. Ich schlucke hörbar, doch Dieter sagt: »Alles kein Problem, kann man wunderbar kaschieren. Und außerdem sehe ich noch etwas ganz anderes in deinem Gesicht.«

Er lächelt und starrt in den Spiegel. Ich starre zurück. Was um Himmels willen sieht er? Ich fühle mich wie im Jahr 2002 in Istanbul. Zusammen mit Pia hatte ich im Urlaub eine Kaffeesatzleserin in einem mehr oder auch eher weniger vertrauenswürdigen Hinterzimmer eines Cafés aufgesucht. Nachdem sie etwa eine halbe Stunde stumm in meinen Kaffeesatz geguckt hatte, sagte sie schließlich in gebrochenem Deutsch: »Ich sehen großen, schönen Mann.« Gut, die Wahrscheinlichkeit, dass sie »Ich sehen kleinen, hässlichen Mann« gesagt hätte, ist im Nachhinein betrachtet eher gering, doch in dem Moment war ich sehr froh über diese fünf Worte und legte dankbar Unmengen türkische Lira auf den Tisch.

Dieter und ich starren weiter in den Spiegel.

»Nun sag schon«, platzt es schließlich aus mir heraus. »Was siehst du?«

»Du hast richtig schöne slawische Wangenknochen. Die sind gerade auf den Laufstegen total en vogue. Hast du Vorfahren in Osteuropa?«

Mit Komplimenten tue ich mich für gewöhnlich schwer. Entweder sie sind zu platt, um wahr zu sein (als mein Ex-Freund Stefan einmal sagte, dass in meinen Augen die Sterne leuchten, wusste ich nicht, ob ich lachen oder weinen sollte), oder aber sie klingen zwar im ersten Moment gut, entpuppen sich dann bei näherer Betrachtung aber als Mogelpackung (meine Nachbarin meinte neulich zu mir, dass mir die zusätzlichen Pfunde viel besser stehen würden).

Und nun das: slawische Wangenknochen. So etwas Schönes hat noch nie jemand zu mir gesagt. Ich muss an dünne, russische Models denken, die mit makelloser Haut und knochigen Schultern in die Kamera blicken. Gut, ich sehe nicht wirklich so aus wie sie, aber zumindest habe ich ihre Wangenknochen!

Während ich noch darüber nachdenke, was ich bloß ohne meine Wangenknochen machen würde, legt Dieter los. Er deckt mit einem Concealer Rötungen ab, trägt eine Grundierung auf, zupft die Augenbrauen (aua), umrandet die Lippen und füllt sie dann mit viel Farbe aus (ich sehe aus wie Angelina Jolie für Arme!), malt einen – ich zitiere – »Hauch von Apricot auf die Wangen, das geht immer«, zieht gekonnt einen Strich aufs Augenlid und tuscht dann gefühlte zehn Minuten meine Wimpern. Während er immer wieder in seinen Koffer greift und sich meinem Gesicht zuwendet (ich schreibe fleißig alles auf, das ganze Prozedere will ich ja schließlich von nun an jeden Tag wiederholen), erzählt er mir von seinen prominenten Kunden. Tom Cruise sei wahnsinnig nett, aber sehr still gewesen, als er ihn geschminkt habe. Madonna dagegen sei so aufgedreht gewesen und hätte die ganze Zeit gequatscht, dass es Dieter schon total nervös gemacht habe. »Ich meine«, sagt er und sieht mich an, »wie will man da konzentriert arbeiten? Ich dachte die ganze Zeit: Madonna, reiß dich zusammen.«

Wahnsinn, jetzt soll *ich* das Verhalten von Madonna beurteilen! Ich möchte kurz aufschreien, reiße mich dann aber zusammen und sage ernst: »Das hätte mich auch aus dem Konzept gebracht.« Gloria Gaynor, erzählt Dieter beiläufig weiter, habe wahnsinnige Hautprobleme, und Will Smith sei lustig und habe tolle Wimpern. »Die solltest du sehen, Hannah.«

Nach etwa einer Stunde dreht Dieter die letzte Tube zu und sagt: »Fertig, meine Liebe.«

Ich sehe in den Spiegel. Ich muss an Benjamin Blümchen denken, der auf jeder Kassette am Anfang ganz erstaunt singt: »Das bin ja ich, Benjamin Blümchen.« Schon als Kind habe ich mich gefragt, warum er so verwundert ist, weil er doch weiß, dass er Benjamin Blümchen ist. Aber jetzt, 25 Jahre nach dem großen Rätsel meiner Kindheit, weiß ich, wie man sich fühlt, wenn man sich im Spiegel sieht, sich erst nicht wiedererkennt – und dann am liebsten rufen möchte: »Das bin ja ich, Hannah Jensen!« Ich muss wirklich zwei Mal hinsehen. Ich sehe überhaupt nicht angemalt aus, sondern einfach nur frisch. Und prall. Und dynamisch. Und jung. Dieter Bonnstädter ist wirklich ein Schminkgott. Ich muss mich irgendwie mit ihm anfreunden. Eigentlich haben wir uns doch ganz gut verstanden.

»Wahnsinn«, bringe ich nach einer Weile Schweigen heraus.

»Ich finde auch: akzeptabel.« Er lacht. Akzeptabel? Ich finde, mit gutem Willen sehe ich aus wie ein C-Promi.

Bevor ich mich von Gott-Dieter verabschiede, muss ich ihm noch eine Frage stellen. Wie ich gelesen habe, hat er auch schon öfter Claudia Schiffer geschminkt. Man kann ja sagen, was man will (ich für meinen Teil rede mir immer ein, dass sie unwahrscheinlich langweilig sein muss), aber sie sieht nun einmal wirklich bombastisch aus.

»Sag mal, Dieter. Ist Claudia Schiffer auch immer so erstaunt wie ich, wenn du sie geschminkt hast? Ich meine, sieht Claudia Schiffer, wenn sie morgens aufwacht, aus wie Claudia Schiffer?« Ohgottohgottohgott. Natürlich sieht Claudia Schiffer aus wie Claudia Schiffer. Manchmal habe ich – wie ich finde – sehr schlaue Gedanken im Kopf, und dann kommen, nun, sagen wir, nicht ganz so schlaue Dinge aus meinem Mund. Doch zum Glück weiß Dieter, was ich meine.

»Hannah, lass dir eins gesagt sein. All die Frauen da draußen haben Pickel und Augenringe. Auch Claudia Schiffer.«

Zwei

Und plötzlich war ich zehn Zentimeter größer

Ich schwöre: Ich habe heute Morgen alles genauso gemacht wie Dieter Bonnstädter, aber irgendwie sehe ich anders aus. Als ich mich gerade zufällig im Flurspiegel gesehen habe, bin ich richtig zusammengezuckt. Irgendwie habe ich ziemlich viele Farben im Gesicht, und das Wort »bemalt« kommt mir in den Sinn. Ich starre mein Spiegelbild an. Mmh, dieses Rouge sah bei Dieter irgendwie subtiler aus. Traumfrau oder Clown – irgendwas dazwischen wird es sein.

Ach was, ich darf nicht immer so negativ denken. Wahrscheinlich wird sich bald ohnehin eine Art Automatismus einstellen und meine Hände werden wie von selbst über mein Gesicht gleiten und Dieters Werk Tag für Tag wieder hervorzaubern. Das ist wie Zähneputzen. Ich meine, als Zweijährige konnte man sich doch nicht vorstellen, dass man das irgendwann mal alleine kann. So ist das sicher auch mit dem Schminken. Dieter hat mein Unterbewusstsein programmiert, und bald werde ich dieses Wissen ohne Probleme umsetzen können. Es ist ohnehin ganz natürlich, dass man am Anfang ein wenig über das Ziel hinausschießt, weil man alles richtig machen will. Also: weiter im Programm! Außerdem muss ich dauernd an meine slawischen Wangenknochen denken. Ein schöneres Kompliment hätte er mir wirklich nicht machen können. Wangenknochen sind ja schließlich für die Ewigkeit, die kann mir keiner nehmen. Stellen Sie sich mal vor, er hätte mir gutes Bindegewebe attestiert. Na, das ist doch ein Naturgesetz, dass es mit den Jahren mehr und mehr erschlafft. Aber so ein Knochen – das sagt ja der

Name schon. Knochos – für immer, oder so ähnlich. Slawische Wangenknochen sind dann so etwas wie ein »Jodeldiplom«. Da hat man was Eigenes!

Ich krame den Plan der Pläne aus der Nachttischschublade hervor und mache selbstbewusst einen Haken hinter »Ebenmäßiger Teint«. Herrlich, besser hätte der Anfang doch gar nicht laufen können. Und nun: Die perfekt geschminkte Hannah Jensen mit den slawischen Wangenknochen lernt, wie eine Elfe auf elf Zentimeter hohen High Heels zu schweben und dabei lachend den Kopf in den Nacken zu werfen.

Gut, das mit dem Kopf habe ich mir jetzt ausgedacht, aber der Rest stimmt: Am Wochenende, also in drei Tagen, besuche ich einen High-Heel-Kurs in Berlin, und mein Leben wird auf eine andere Ebene gehoben. Hihi, das klingt gut. Zugegeben, es sind nur ein paar Zentimeter, aber ich glaube wirklich, dass diese Zentimeter den entscheidenden Unterschied bringen.

1. Ich bin größer. Auch wenn das ziemlich banal klingt. Aber stellen Sie sich mal auf Zehenspitzen, da bekommt man doch gleich eine viel grazilere Haltung!
2. Jede eigentlich noch so unsportliche Wade sieht in einem High Heel plötzlich sportlich aus.
3. Bei High Heels ist es egal, was obenrum noch kommt. Auch Jogginghosen werden plötzlich gesellschaftsfähig, wenn man sie zu High Heels kombiniert.

Als Pia und ich meinen Metamorphosenplan erstellt haben, war ziemlich schnell klar, dass ich endlich lernen muss, auf hohen Schuhen zu gehen. Denn das, um es mal euphemistisch auszudrücken, kann ich nicht ganz so gut.

Es muss ebenfalls im Sommer 1996 gewesen sein, nur ein paar Wochen nachdem Annika, Steffi und Simone geschminkt zur Schule gekommen waren. Ich hatte mich von dem Schock, dass a) sich die drei über Nacht von nichtssagenden nordfriesischen Teenagern in amerikanische High-School-Schönheiten verwandelt hatten und b) ich beim Versuch, es ihnen gleichzutun, wie die Vorsitzende der deutschen Karnevalsgesellschaft ausgesehen hatte, immer noch nicht erholt, als der Geburtstag von Katrin Ketelsen noch einen draufsetzte. Nicht nur, dass wir zum ersten Mal zu einer »Party« statt zu einem »Geburtstag« eingeladen waren. Nicht nur, dass wir plötzlich zu »Mr. Vain« von Culture Beat tanzten, anstatt, wie im letzten Jahr, Topfschlagen zu spielen. Nein, all das wäre gar nicht weiter beunruhigend gewesen. Es kam zwar alles ein wenig plötzlich, doch so ist eben der Lauf der Zeit. Eine Sache allerdings irritierte mich wirklich: Sechs von neun eingeladenen Mädchen hatten hohe Schuhe an! Pia, ich und die dicke Sonja Maibach waren die Einzigen, die Turnschuhe trugen. Turnschuhe, die wir immer anhatten. Turnschuhe, die Annika, Simone und Steffi auch immer anhatten. Eigentlich. Wir drei starrten den gesamten Nachmittag mehr oder weniger unverhohlen die anderen an und wurden den Verdacht nicht los, dass wir gerade Zeuge, aber nicht Teil einer neuen Lebensphase geworden waren. Nie werde ich das Bild vergessen, als Katrin Ketelsen auf ihren hohen Schuhen in die Küche stakste und uns dabei zurief: »So, ihr Lieben, ich werde dann mal die Schnittchen holen.« Es kam mir vor wie bei der »Mini Playback Show« mit Marijke Amado. »Eben noch im Kinderzimmer, heute als Pseudo-Erwachsener auf unserer Showbühne.«

Bis heute sind High Heels und Hannah Jensen (Himmel, fast hätten wir auch noch die gleichen Initialen gehabt, das fällt mir ja jetzt erst auf) nicht richtig Freunde geworden. Seit dem Geburtstag von Katrin Ketelsen habe ich zwar ein paar zaghafte Annäherungsversuche unternommen, doch entweder taten mir nach kurzer Zeit die Füße dermaßen weh, dass ich mich wie eine Geisha fühlte, deren Zehen abgebunden worden waren. Oder aber ich gab der Redewendung »Wie ein Storch im Salat« eine ganz neue Dimension.

Mein letztes High-Heel-Trauma erlitt ich letztes Jahr auf dem Presseball in Berlin. Es war *das* gesellschaftliche Ereignis schlechthin und sollte meiner journalistischen Karriere, die, na ja, ähm, sich noch nicht so ganz entfalten konnte in den letzten Jahren, den letzten Schliff verleihen.[4]

Ich freute mich bereits Monate vorher auf diesen Ball, sah mich schon neben Angela Merkel am Buffet stehen und morgens um vier betrunken mit Christian Lindner und Peer Steinbrück »Das ist Wahnsinn« von Wolfgang Petry grölen. (So abwegig war das gar nicht, ich habe schon die dollsten Geschichten vom Presseball gehört!)

Für den perfekten Auftritt hatte ich mir sogar extra ein sündhaft teures Kleid von Jil Sander gekauft und mir von Pia atemberaubende, silberne High Heels von Chloé geliehen. Pia schwor beim Leben ihrer Mutter, dass man auf ihnen problemlos einen Abend tanzen könne. Als ich sie zu Hause probierte, dachte ich noch, dass es machbar wäre. Auf dem Ball aber, wo ich mehr als nur die drei Meter vom Wohnzimmer zur Küche laufen musste, entpuppten

---

[4] Machen wir uns nichts vor: Menschen werden Journalisten, weil sie zum Presseball gehen wollen. Sollten Sie jemals Umfragen von angehenden Jungjournalisten lesen, warum sie sich für diesen Beruf entschieden haben, und diese irgendwas von »aufklären«, »aufdecken«, »öffentliches Interesse vertreten« von sich geben, können Sie das getrost als glatte Lüge einstufen. Nein, nein, die Pressebälle sind der wahre Grund für diese Berufswahl. So, jetzt ist es raus.

sich die Schuhe als reine Sitzschuhe. Machen wir es kurz: Ich verbrachte den gesamten Abend an meinem Tisch, an tanzen war nicht zu denken. Selbst als mich der überaus gut aussehende Chefredakteur einer Berliner Tageszeitung auffordern wollte, ließen meine Schuhe nichts anderes zu, als höflich abzulehnen. »Nein, danke, ich sitze viel lieber.«

Aber ich werde das Meer der Tränen bald erfolgreich hinter mir lassen, denn Ksenia Kotina wird mich in die Kunst des »Wie-geheich-auf-hohen-Schuhen-ohne-mir-die-Füße-zu-brechen« einweihen. Sie ist eine ehemalige russische Primaballerina und betreibt in Berlin die erste High-Heel-Schule Deutschlands. Ich stelle mir eine kleine, zarte, bis in die Spitzen durchtrainierte Frau vor, die uns Normalsterblichen zeigen wird, wie man feengleich auf zehn Zentimetern durch das Leben schwebt. Wahrscheinlich ist sie auch wahnsinnig streng (wie die Ballettlehrerin damals bei »Anna«) und wird die gleichen Maßstäbe an uns setzen wie an Primaballerinas im Bolschoi-Theater. Großer Gott, ob sie wohl auch einen kleinen Schlagstock dabei hat? Mich überkommt ein wohliges Gruseln. Ich bin mir sicher: Bei Ksenia bin ich in den besten Händen.

Sie beibringen Hannah, wie laufen auf hohe Schuhe. Es nicht mehr sein Problem. Hannah nur noch laufen auf High Heels. (Sprechen Sie das bitte mal mit russischem Akzent, mehr High-Heel-Kompetenz geht nicht!)

Ich glaube ja ohnehin, dass es da einen Trick gibt. Ich meine, Millionen von Frauen können problemlos auf High Heels laufen, da *kann* es ja nicht allzu schwer sein! Vielleicht muss man nur die ganze Zeit die rechte Pobacke anspannen oder die Zunge an den Gaumen legen oder so. Zugegeben, das klingt vielleicht seltsam, aber irgend so etwas wird es sein. Ich muss nur jemanden finden, der mir den Trick verrät. Halt, ich korrigiere mich: Ich habe ja schon jemanden gefunden, nämlich Ksenia!

Nein, im Ernst. Ich bin guter Dinge, dass ich das schaffe. Nasdrowje Kotina (ach nee, das heißt »Prost«, oder? Egal!) hat in einem Interview mal gesagt, dass sie die sogenannte »High-Heel-Mania« hat; sie *könne* nur noch auf hohen Schuhen laufen, alles andere finde sie schlichtweg unbequem.

Gut, ich glaube nicht, dass ich Turnschuhe jemals unbequem finden werde, aber stellen Sie sich mal vor, nur ein bisschen von dieser Mania färbt auf mich ab. Großer Gott, ich sehe schon, wie ich bald auf High Heels beim Bäcker Brötchen holen gehe. Wenn ich dann von einer irritierten Passantin angesprochen werde, warum um Himmels willen ich morgens um zehn Uhr in der zugegebenermaßen unglamourösen Hamburger Osterstraße diese hollywoodreifen Schuhe trage, werde ich unschuldig die Augen aufschlagen und säuseln: »Ach wissen Sie, wenn man es einmal gewohnt ist, nur noch auf hohen Schuhen zu gehen, will man sie nie wieder ausziehen.« Wenn ich ganz gut drauf bin, werde ich noch scheinheilig fragen: »Geht es Ihnen nicht auch so?« Ja, die Zeit der Rache ist gekommen.

Zurück zu Kotina. Am Wochenende findet der Kurs statt. Er dauert vier Stunden, und am Telefon sagte man mir, dass wir bitte richtige High Heels mitbringen sollen. Hallo? Das ist ja wohl eine Selbstverständlichkeit! Wenn ich einen Termin beim Zahnarzt habe, bringe ich ja auch meine Zähne mit.

Ich gehe zum Schrank im Schlafzimmer und krame im obersten Fach nach meinen High Heels. Seit Jahren führen sie in den Untiefen meines Kleiderschranks in einem wunderschönen goldenen Beutel ein selbstbestimmtes Schattendasein. Unsere unausgesprochene Abmachung: Sie lassen mich in Ruhe und ich sie auch, seit ich sie vor drei Jahren im Sale bei Boss gekauft habe. Ich habe die Schuhe wirklich noch nicht ein einziges Mal getragen, aber das wird sich ja demnächst ändern; vielleicht werde ich sie bald *ausschließlich* tragen! Die Absatzhöhe habe ich nicht nachgemessen, aber sie ist schon ganz ordentlich. Wahnsinn, in drei Tagen werden wir als zwei eigenständige Individuen nach Berlin fahren und als eingeschworenes Team wieder zurückkommen. Ich mache noch schnell das Preisschild ab. Ich wusste, dass ich sie irgendwann brauchen würde.

***

Drei Tage später. Ich stehe am Hamburger Hauptbahnhof und starre die Auskunftstafel an. Endlich finde ich meinen Zug: ICE 1615 auf Gleis acht, in 20 Minuten. Dann beginnt meine Reise zu einer höheren Bewusstseinsebene. Ich lächele vor mich hin. Habe in den letzten drei Tagen zu Hause das Gehen auf meinen High Heels geübt. Kam mir dabei zwar ein wenig vor wie die Leute, die putzen, bevor die Putzfrau kommt, aber so ganz ohne Erfahrung wollte ich den Kurs nicht absolvieren. Und ich muss sagen: Ich bin inzwischen richtig gut darin, für meine Verhältnisse zumindest.

Ich schlendere entspannt zum Gleis, als ich plötzlich »Hannah, Hannah«-Rufe hinter mir höre. Ich drehe mich um, kann aber niemand Bekanntes in der Menschenmenge entdecken. Ich gehe weiter, doch plötzlich tippt mir jemand auf die Schulter. Es ist Pia.

»Was machst du denn hier?« Ich kann gar nicht glauben, sie hier zu sehen, denn eigentlich sollte Pia immer noch auf dieser Architekten-Konferenz in Kopenhagen sein. Ich war schon so traurig, dass sie die letzten Tage nicht in Hamburg war und mir nicht bei meiner High-Heel-Verwandlung helfen konnte. Umso glücklicher bin ich nun, dass sie mir jetzt doch noch ihren Segen geben kann.

»Das wollte ich dich auch gerade fragen! Wir waren so fleißig, dass wir einen Tag vorher Schluss gemacht haben. Sind gerade mit dem Zug angekommen. Und du? Wohin willst du? Oder hast du Zeit? Wollen wir Kaffee trinken?«

»Leider keine Zeit«, flöte ich. »Ich bin auf dem Weg zum High-Heel-Seminar nach Berlin, habe ich dir doch erzählt. Wenn ich heute Abend zurückkomme, bin ich zehn Zentimeter größer.« Ich muss kichern. »Guck mich noch einmal an in diesen Tretern. So schnell wirst du mich in flachen Schuhen nicht mehr zu sehen kriegen.« Ich muss wieder lachen. Hannah Jensen und der Abschied von flachen Schuhen – wer hätte das gedacht?

»Hast du überhaupt High Heels?« Pia runzelt die Stirn.

»Nein«, sage ich so ernst wie möglich. »Ich werde den Kurs in Ballerinas machen.«

Pia reißt entsetzt die Augen auf.

»Sche-herz«, rufe ich und lache. »Natürlich habe ich High Heels, und natürlich werde ich sie tragen. Was dachtest du denn?« Ich öffne meine Tasche und krame den goldenen Schuhbeutel hervor. Um die Spannung zu erhöhen, öffne ich ganz langsam die Kordel.

»Tattarataaaaa«, singe ich. »Da sind sie.«

Ich drücke Pia einen Schuh in die Hand.

»Und, was sagst du?«

Pia sagt erst einmal gar nichts und bricht dann ganz plötzlich in lautes Gelächter aus. Himmel, was hat sie denn? Die umstehenden Leute gucken schon. Irritiert starre ich eine immer noch lachende Pia an.

»Ach, Mäuschen«, prustet sie schließlich. »Du bist wirklich zu süß. Das sollen High Heels sein?«

Ich gucke meinen Schuh an. Zugegeben, der allerhöchste Absatz ist es bestimmt nicht, aber immer noch so hoch, dass ich kaum drauf gehen kann. O Gott, ob die Teilnehmer beim Kurs auch so reagieren wie Pia?

Pia wischt sich inzwischen eine Träne aus den Augenwinkeln und japst nach Luft.

Ich befürchte, ich brauche eine Planänderung.

Dasselbe denkt wohl auch Pia, denn sie hakt sich mütterlich bei mir unter und sagt: »Weißt du was, wir gehen jetzt schön in die Mönckebergstraße und kaufen dir neue Schuhe. Damit kannst du unmöglich an diesem High-Heel- …« Sie bricht wieder in Lachen aus.

Sehr witzig.

»Mein Zug fährt in … warte«, ich gucke auf meine Armbanduhr, »… zehn Minuten. Gute Idee, lass uns ein wenig bummeln und mir ganz in Ruhe neue Schuhe kaufen. Oder wie stellst du dir das vor?«

Meine Stimme überschlägt sich ein wenig und ich werde ein klitzekleines bisschen panisch.

»Zehn Minuten? Aber mit diesen Schuhen kannst du wirklich nicht …« Sie macht ein ähnlich panisches Gesicht wie ich, doch plötzlich sieht Pia aus, als hätte sie eine Eingebung von ganz oben erhalten. Sie strahlt und ruft: »Deichmann!«

Zwei Sekunden später rennen wir zur Deichmann-Filiale, die sich zum Glück etwa zwanzig Meter hinter uns am Ende der Bahnhofshalle befindet.

»Deichmann?«, japse ich, während wir uns einen Weg durch die Menschen bahnen.

»Ja, Deichmann«, sagt Pia entschieden. »Hast du eine bessere Idee?«

In meinem ganzen Leben habe ich noch keine Schuhe bei Deichmann gekauft. Seit ich denken kann, hat mir meine Mutter eingebläut, dass es nichts Wichtigeres gibt als hochwertige, bequem sitzende Schuhe aus gutem Leder. Was passieren würde, wenn man ein Kriterium davon außer Acht lassen würde, habe ich übrigens nie erfahren. Dieses voraussichtlich grauenhafte Schicksal hing nur wie ein Damoklesschwert über meiner Kindheit. Nun, es ist wohl Zeit, alte Glaubenssätze über Bord zu werfen.

Pia und ich stürmen in den Laden. Mein Zug fährt in acht Minuten. Mein Puls liegt bei 180. Und die Wahrscheinlichkeit, dass ich hier schöne High Heels finde, auf denen man irgendwie gehen kann, tendiert zuverlässig gegen Null. Trotzdem, ich muss es versuchen.

Ich renne auf die nächste Verkäuferin zu, die gerade gelangweilt Kisten auspackt.

»Ich brauche High Heels«, schreie ich sie an und fühle mich wie die Frau neulich in der Apotheke. Als ich gerade etwas kaufen wollte, stürmte eine Frau herein und rief ähnlich verzweifelt wie ich: »Ich brauche ein Asthma-Spray! Mein Junge hat da draußen einen Anfall! Er bekommt keine Luft mehr!«

Wenn ich darüber nachdenke, bekomme ich ein schlechtes Gewissen. Es geht bei mir ja nicht um Leben und Tod, sondern nur um Schuhe. Andererseits – es muss jetzt wirklich schnell gehen.

Die Verkäuferin erkennt nicht wirklich den Ernst der Lage.

»Was haben Sie sich denn so vorgestellt?«, fragt sie seelenruhig.

»Egal, egal, egal«, rufen Pia und ich gleichzeitig. »Größe 38 und möglichst hoch.«

Die Verkäuferin schüttelt den Kopf (wahrscheinlich hält sie uns für komplett unzurechnungsfähig, was ich ihr auch nicht verübeln kann), doch schließlich dreht sie sich um, zieht einen Schuh aus dem Regal und fragt desinteressiert: »Wäre das was?«

Drei Minuten später sitze ich im Zug.

Ich habe gerade einen rosa-neon-farbenen Lack-High-Heel mit goldenen Nieten an der Ferse gekauft. Er vereint gleich drei Superlative der Extra-Klasse:

Er hat 9, 99 Euro gekostet und ist damit der günstigste Schuh, den ich je gekauft habe.

Er ist der hässlichste Schuh, den ich in meinem ganzen Leben je gesehen habe.

Er hat den höchsten und schmalsten Absatz, den ich je an einem Schuh gesehen habe.

In diesem Sinne: ein Hoch auf Deichmann! Im wahrsten Sinn des Wortes.

***

Zwei Tage später. Manchmal ist es Zeit, seine Füße sprechen zu lassen.

Aua.

Bitte nie wieder.

Aua.

Hohe Schuhe werden völlig überbewertet.

***

Der Kurs fand in einer wunderschönen Altbauwohnung in Berlin-Schöneberg statt. Mit roten Wangen stand ich vor der Tür (allein der Gedanke an die Deichmann-Schuhe in meiner Tasche ließ mich erröten) und überlegte krampfhaft, wie ich diese bloß erklären konnte.

Das sind meine absoluten Lieblingsschuhe.

Auf dieses Paar habe ich Monate gespart, sie sind einfach ein Traum.

Damit einmal über die Mönckebergstraße laufen können – mehr will ich im Leben nicht erreichen.

Oh. Mein. Gott.

Bevor ich mir weitere Gedanken machen konnte, wurde ich von der wunderschönen Ksenia Kotina (gertenschlank[5], perfekt geschminkt[6], Haare zu einem strengen Pferdeschwanz gebunden[7], perfekte Zähne[8], durchtrainierte Oberarme[9]) in ein riesiges Zimmer geführt. Die anderen vier Teilnehmerinnen waren schon da und strahlten mich bester Laune an. Schlagartig konnte ich mich entspannen. Denn ich hatte – jajaja, im Nachhinein völlig irrational – plötzlich diese Vision: Als ich noch nicht anwesend war, hatte Ksenia die Frauen aufgeklärt und ihnen gesagt, dass sie heute gar keine High Heels tragen müssten. Denn es gebe ganz einfach einen Trick, wie man sogar auf extrem hohen Schuhen perfekt gehen kann. Wenn die letzte Teilnehmerin (also ich!) angekommen sei,

---

[5] Barbara Schöneberger hat einmal gesagt, dass sie sich nicht mehr zusammen mit Sylvie van der Vaart fotografieren lässt. Ich glaube, Sylvie van der Vaart würde sich nicht mit Ksenia fotografieren lassen. Herrlich, dann bin ich ja hier richtig.

[6] Dieter? Warst du hier?

[7] Das können nur wenige Frauen tragen, ohne komplett entstellt auszusehen. Ksenia kann!

[8] Die können nicht echt sein.

[9] Die können nicht echt sein. Oder? Wahnsinn.

würde sie uns diesen Trick verraten. Die Schuhe konnten also getrost bleiben, wo sie waren.

Ich strahlte über beide Ohren. Natürlich, das musste es sein! Deswegen waren alle so gut gelaunt. Ich zwinkerte den Frauen verschwörerisch zu und raunte: »Ich bin im Bilde.« Ich sag es ja. Im Nachhinein völlig irrational, aber in Ausnahmesituationen (und wenn man die hässlichsten High Heels der Welt in seiner Tasche hat und sie gleich auspacken muss, ist das eine Ausnahmesituation!) flüchtet der Mensch sich nun einmal in Tagträume.

Bevor das »Training« (O-Ton Ksenia, machte mich schon etwas skeptisch) beginnen würde, sollten wir uns doch kurz vorstellen und erzählen, warum wir hier waren.

Manuela machte den Anfang. Sie kam aus Kolumbien, lebte aber seit ein paar Jahren in Berlin und war eine Mischung aus Shakira und dem Catwalk-Trainer Jorge Gonzalez aus »Germany's Next Topmodel«. Sie hatte riesige Brüste (ich befürchte, ich habe sie angestarrt), gestikulierte beim Sprechen wild mit den Händen und fuhr sich immer wieder durch die dicken Locken. Ein echtes Vollweib! Den Kurs besuchte sie nur wegen ihrer Hüften. High Heels an sich seien kein Problem. »Ich komme aus Land, wo Frauen gehen mit Hüften. Ich schon gehen mit Hüften, aber ich will noch mehr Hüften.«

Ute, eine gut aussehende Rechtsanwältin und schätzungsweise etwa 50 Jahre alt, machte weiter. Ihr selbst seien High Heels gar nicht so wichtig, ihrem Mann dagegen umso mehr. Für lange Strecken müsse sie daher gar nicht gewappnet sein. Wenn sie nach dem Training unfallfrei vom Wohnzimmer ins Schlafzimmer laufen könne, sei sie vollends zufrieden. Sie lachte, zwinkerte uns zu, die anderen lachten und ich wurde rot.

Karlotta war die Dritte in der Runde, eine langbeinige, hübsche BWL-Studentin aus Charlottenburg, die auf High Heels eigentlich schon gut gehen könne, nur auf Sky Heels (ja, das sind diese sehr, sehr, sehr hohen Schuhe!) hapere es noch. (Ihre Sorgen möchte ich haben, dachte ich neidisch.)

Bevor ich an der Reihe war, stellte sich Iris vor. Sie arbeitete im Bundestag und würde gerne bei offiziellen Terminen High Heels tragen. High Heels im Bundestag? Das hatte ich eigentlich noch nie miteinander in Verbindung gebracht, aber wer weiß? Vielleicht stöckelt Angela Merkel auch immer auf Zehn-Zentimeter-Absätzen auf und ab und muss von Guido Westerwelle gestützt werden, wenn sie unbeobachtet ist.

Plötzlich spürte ich, dass Iris mich antippte. »Du bist dran.«

Ich machte es kurz und schmerzlos.

»Ich bin Hannah, und ich möchte endlich den Kriegszustand beenden und Frieden mit hohen Schuhen schließen.«

Die ganze Runde lachte. Zu dem Zeitpunkt ahnten sie wohl noch nicht das ganze Ausmaß der Schlacht, die in meinen Schuhen stattfinden sollte.

Nach der Vorstellungsrunde sollten wir uns für das Training aufwärmen, ansonsten würden Muskeln und Sehnen leiden, erzählte Ksenia. An dieser Stelle fiel bei mir der Groschen. Wir würden doch unsere High Heels brauchen! Na ja, aber wahrscheinlich gab es zusätzlich doch noch einen ganz banalen Trick. Ksenia selbst war nämlich das beste Beispiel dafür. Sie hatte etwa 13 Zentimeter hohe High Heels an und lief darauf leichtfüßiger als ich in Turnschuhen. Sie sprang sogar manchmal hoch und landete auf einem Bein. Solche Sachen, bei denen sich sogar Sylvie van der Vaart beide Beine brechen würde. Primaballerina hin oder her. Irgendein Geheimnis musste dahinterstecken!

Das Aufwärmtraining bestand darin, dass wir die Füße und die Zehen in alle Richtungen bewegten und kreisten und anspannten und lockerten. Sogar mit einem medizinischen Thera-Band machten wir Krafttraining für unsere Füße, und ich kam mir ein bisschen wie eine kleine Balletttänzerin vor, die sich für »Schwanensee« aufwärmt.

In meinem ganzen Leben hatte ich meine Füße noch nicht so bewusst trainiert. Ksenia schien meine Gedanken zu erraten, denn sie sagte: »Es ist doch paradox. Für den Körper tut man alles und für die Füße gar nichts. Dabei geht es dem ganzen Menschen besser, wenn es den Füßen besser geht.«

Das klang im ersten Moment sehr weise und ich nickte zustimmend, doch irgendwie hatte es ja auch eine Doppelmoral. Ich meine, warum stecken wir unsere Füße in 15 Zentimeter hohe High Heels, wenn wir wollen, dass es ihnen gut geht? Na ja, ich wollte keine Diskussion anzetteln, denn die Stimmung war gerade so ausgelassen.

Nach dem Aufwärmen kam eine Übung, die wie für mich gemacht war: Wir sollten barfuß laufen! Hah, das konnte ich, und wie!

Wir fünf liefen kreuz und quer durch den Raum und Ksenia sagte mehrmals »sehr gut« zu mir.

Das waren meine five minutes of fame.

Es folgten: three hours of shame.

Nachdem Ksenia uns immer wieder gesagt hatte: »Wenn man auf High Heels geht, soll es genauso aussehen, als würde man barfuß laufen« (sehr witzig, wie bitte soll das funktionieren?), sollten wir unsere High Heels anziehen. Ich zögerte den Moment der Wahrheit noch hinaus und sah mir erst einmal die Schuhe der anderen an. Manuela hatte gleich drei High Heels dabei, Leopardenmuster, feuerrot und vorne offen. Einer schärfer als der andere. Rechtsanwältin Ute zauberte einen schwarzen Lackschuh aus ihrer Tasche mit einem Plateau, das alleine bestimmt schon fünf Zentimeter hoch war. Ich wurde wieder rot, als ich an sie, ihren Mann und den Gang vom Wohn- ins Schlafzimmer dachte. Karlotta hatte traumhafte cremefarbene High Heels von Jimmy Choo dabei, die perfekt zu ihr passten, und Iris zog einen sehr edlen, aber irre hohen schwarzen Wildlederschuh an.

Dann hatte meine Stunde geschlagen. Die anderen sahen mich mit großen Augen an.

»Los, Hannah, wir wollen dein Schmuckstück sehen«, rief Karlotta aufgeregt, und ich bekam einen Hustenanfall.

»Na ja, Schmuckstück ...«, stotterte ich und holte sie schließlich doch aus meiner Tasche. Es gab ja ohnehin kein Entrinnen. »Da sind sie.«

Manuela war sofort komplett begeistert. Sie schnappte sich die Schuhe, begutachtete sie wie einen kostbaren Fund der Maya und rief: »Ich noch nie gesehen haben so etwas. Wow!«[10]

Die anderen drei starrten ebenfalls meine Schuhe an. In einer Mischung aus Entsetzen und Bewunderung und Entsetzen.

Betretenes Schweigen.

Schließlich fragte Ute: »Trägst du die manchmal?«

Eigentlich hätte ich an dieser Stelle ganz nett die Deichmann-Anekdote erzählen und bis zum Ende des Kurses immer wieder ironische Sachen sagen können wie »Höhö, jetzt kommen wieder meine Traumschuhe zum Einsatz, höhö«, aber nein, was machte ich stattdessen? Ich hielt ein flammendes Plädoyer für diese Deichmann-Schuhe.

Wenn ich das Gefühl habe, jemand wird diskriminiert, meldet sich mein Gerechtigkeitssinn. Das nimmt zuweilen so groteske Züge an, dass ich plötzlich eine ganz andere Meinung vertrete, als ich eigentlich habe. Einmal habe ich in großer Runde die Erhöhung der Strompreise verteidigt, nur weil ich das Gefühl hatte, alle meine Freunde hacken auf den Hamburger Stadtwerken rum.

Nachdem ich also lang und breit erklärt hatte, dass diese Schuhe nicht nur a) wunderschön, sondern b) auch noch wahnsinnig bequem seien, schlüpfte ich selbstbewusst hinein. Himmel, die waren aber wirklich unbequem. Nur mit Mühe konnte ich meine Füße da irgendwie reinquetschen. Ich spürte, wie mein kleiner Zeh zerdrückt und auf den nächsten Zeh geschoben wurde. Die Kante an der Ferse hinterließ schon jetzt einen roten Streifen. Aber mein Gott, wahrscheinlich musste man sie nur eintragen. Nach ein paar

[10] Wenn alle Stricke reißen, ziehe ich mit meinen Schuhen nach Kolumbien. Anscheinend würde ich dort voll ins Schwarze treffen.

Runden würden sie sich bestimmt dem Fuß anpassen. »Herrlich, wenn man die richtigen Schuhe gefunden hat«, seufzte ich und lächelte mehr oder weniger zuversichtlich in die Runde.

Betretenes Schweigen.

»Hast du eigentlich Tipps zum Schuhkauf, Ksenia?«, wollte Ute schließlich wissen.

Ja, hatte sie, und zwar diese hier:

1. Je breiter der Absatz, desto bequemer ist der Schuh.
2. Wenn sie schon zu Beginn drücken, sollte man bloß die Finger davon lassen.
3. Investieren lohnt sich. Gute High Heels kosten in der Regel mehr als 100 Euro.

Mit der Gewissheit, dass meine Schuhe alle Kriterien für einen bequemen High Heel zu 100 Prozent, na ja, nicht so ganz perfekt erfüllten, ging es ins eigentliche Training.

Wie bei einer Modenschau bauten wir unsere Stühle in einer Reihe an der Wand auf. Vor uns war der Catwalk, etwa sechs Meter lang. Nacheinander sollten wir nun hin- und zurückgehen, und Ksenia würde uns Tipps geben, wie man den Gang verbessern könne.

Manuela machte wieder den Anfang, und zumindest *mir* fiel nichts auf, was man noch verbessern konnte. Sie setzte gekonnt einen Fuß vor den anderen, bewegte ihre Hüften, strahlte uns immer wieder selbstbewusst an und drehte sich am Ende des Catwalks wie ein Model um. Wir klatschten begeistert, Ksenia gab noch ein paar kleine Tipps, und schon war Karlotta auf ihren Sky Heels dran. Sie meisterte den Gang ganz ordentlich, knickte nicht um und kam irgendwie heil und sicher wieder bei uns an – was bei Sky Heels durchaus ein Erfolg ist. Wir klatschten wieder, und Karlotta strahlte.

Bei Rechtsanwältin Ute war alles wesentlich wackeliger, doch schon auf dem Rückweg hatte sie sich gefangen, nachdem Ksenia ihr gezeigt hatte, wie sie ihre Hüften bewegen sollte. Wir klatschten alle begeistert und ich stellte mir wieder vor, wie Ute bald vom Wohn- ins Schlafzimmer schreiten würde, und wurde rot.

Dann war Iris dran, und mein erster Gedanke war: »Zum Glück bin ich hier nicht die Schlechteste.« Iris machte kleine Tippelschritte, hatte eine merkwürdige Rückenlage und die Arme so fest an den Körper gepresst, als müsse sie unsichtbare Bücher unter ihre Achsel klemmen. Als sie den Catwalk in gefühlten tausend Mini-Schritten absolviert hatte, klatschten wir aufmunternd.

Dann war ich dran.

Als ich vom Stuhl aufstand, wurde mir erst einmal bewusst, wie hoch dieses Etwas von einem Schuh wirklich war. Ich denke, dass er etwa fünf Mal so hoch war wie das Exemplar, auf dem ich drei Tage lang fleißig trainiert hatte. Das nennt man dann wohl: Üben für eine 400-Meter-Runde auf dem Sportplatz, obwohl ein Marathon dran ist.

Ich versuchte mutig einen großen Schritt zu machen, doch von oben sah ich, wie mein Fußgelenk wie Espenlaub zitterte. Außerdem war der Absatz so schmal, dass ich jeden Augenblick wie auf einer Bananenschale nach hinten zu kippen drohte.

Zwei Erkenntnisse auf einmal.

Ich hatte wieder Sitzschuhe gekauft.

Iris war nicht die Schlechteste im Kurs.

Mein Gesichtsausdruck muss etwas panisch gewesen sein, denn plötzlich nahm Ksenia meine Hand und sagte: »Gemeinsam schaffen wir das.« Heiliger Bimbam, ich war auch noch die Einzige hier, die gestützt werden musste!

Trotz Ksenias Hilfe kamen mir die sechs Meter wie der Gang

nach Canossa vor. Wenn Sekunden zu Stunden werden. Oder Zentimeter zu Meilen.

Überlegte für einen Moment, die anderen irgendwie abzulenken. Ich hätte »Guckt mal, ein Elefant« rufen und in die andere Ecke zeigen können. Doch wahrscheinlich hätte mir das einen Zeitvorsprung von lediglich ein paar Sekunden verschafft.

»Ich laufe ja schon wie Heidi Klum«, rief ich und lachte betont locker. Ironie hilft ja manchmal auch schon weiter. Ksenia und die anderen lachten. »Mach dir keinen Kopf, das hat noch jede hier gelernt«, sagte sie.

Natürlich, das war er. Der perfekte Moment, um nach *dem* Trick zu fragen.

»Sag mal, Ksenia, gibt es eigentlich ein Geheimnis, wie man auf diesen Dingern laufen kann? Einen Trick?«

»Ja, den gibt es«, antwortete sie und ich spürte, wie ich gebannt erstarrte. Ich wusste es! Ich wusste es! Ich wusste es!

»Man muss einfach so tun, als wäre man barfuß. Erst den Absatz aufsetzen und dann abrollen. Das ist alles.«

Bis zum Schluss erholte ich mich nicht richtig von der bitteren Wahrheit, dass man das Gehen auf High Heels wahrscheinlich nur durch das Gehen auf High Heels lernen kann. Ich war noch nie der fleißige Übe-Typ, aber ich gab mein Bestes. Und ich will nicht angeben, aber ich schlug mich ziemlich tapfer. Ich ging auf einer geraden Linie (wie ein richtiges Model!), bewegte meine Hüfte, lief mit einer Tasche in der Hand, lief mit einem Buch auf dem Kopf, lief mit Tasche in der Hand und Buch auf dem Kopf, kreuzte extrem die Beine und lief sogar für eine Millisekunde auf den Zehenspitzen, weil man so – laut Ksenia – unbeschadet Kopfsteinpflaster hinter sich bringt. Nur bei der Geschwindigkeit mogelte ich etwas.

Eigentlich sollten wir ausprobieren, zunächst ganz langsam und dann auf dem Rückweg ganz schnell zu gehen. Langsam für elegant, schnell für sportlich. Ich sagte: »Ich gehe auch auf dem Rückweg langsam, ich bin ohnehin nur der elegante Typ.«

Gut, das war vielleicht ein kleines bisschen gelogen, aber ich war ja schon froh, dass ich auf diesen Dingern in Zeitlupe irgendwie von A nach B kam.

Am Ende gingen wir alle runter auf die Straße und schritten auf und ab. Na ja, die anderen schritten, ich tippelte hinterher. Aber immerhin: Ksenia musste mich nicht mehr stützen, sondern es reichte, wenn sie neben mir lief, um mich im Zweifel auffangen zu können.

Der Anfang war gemacht.

Die anderen waren so euphorisch, dass sie in ihren High Heels zur U-Bahn laufen wollten. »Bist du auch dabei, Hannah?«, fragte Iris.

»Am liebsten würde ich ja ganz nach Hamburg laufen, aber ihr wisst schon: mein Zug. Wenn ich den noch kriegen will, dann bestell ich mir schleunigst ein Taxi.«

Drei
Ommmmmmm

Darf man nach zwei Traumfrauetappen schon eine Zwischenbilanz ziehen? Herrlich, dieses Wort: Traumfrauetappe. Ob sich das wohl in den allgemeinen Sprachgebrauch einbürgert und ich irgendwann bei Markus Lanz sitze? »Frau Jensen … Frau Hannah Jensen, Sie haben eine ganze Generation mit dem Wort ›Traumfrauetappe‹ geprägt. Erzählen Sie uns davon.« Dann wird Markus Lanz ganz lanztypisch seinen Finger an die Nase legen, auf der Stuhlkante ganz nach vorne rutschen und mich interessiert und – wenn man es nicht besser wüsste – nahezu lüstern ansehen. Ich denke gerade darüber nach, wie ich mit Markus Lanz auf der After-Show-Party scherzen würde, als das Telefon klingelt. Pia!

»Und, Fru Jensen, wie läuft es sich auf High Heels? Soll ich dich auf einen Spaziergang abholen und wir drehen eine Runde?« Sie lacht.

»Theoretisch schon«, druckse ich herum. »Aber, ach, weißt du, das Wetter, irgendwie zieht mich heute nichts aus der Tür. Aber vom Können her, ich meine, ich und die High Heels, das wäre kein Problem mehr. Ich bin bereit.«

»Aha«, sagt Pia bedeutungsschwer, und ich kann förmlich hören, wie sie am anderen Ende der Leitung wissend eine Augenbraue nach oben zieht. Sie hat mich durchschaut.

»Na ja«, sage ich. »Wenn man es genau nimmt, bleibe ich wohl bei meinen Turnschuhen.« Wir müssen beide lachen.

Dabei habe ich in den letzten zwei Wochen mehrere ernsthafte

Versuche gestartet, mich mit meinem Deichmann-Schicksal anzufreunden und eine zweite Ksenia Kotina in Hamburg zu werden.

Doch irgendwie will der Funke nicht richtig überspringen. Nicht nur von meiner Seite aus, ich glaube auch, dass die High Heels jedes Mal aufstöhnen, wenn ich mich nähere: »Och nö, die schon wieder.«

»In Turnschuhen gefällst du mir ohnehin viel besser«, sagt Pia artig.

»Finde ich auch. High Heels werden auch vollkommen überschätzt.«

»Und ob.«

Wir steigern uns noch ein wenig in die Thematik »High Heels sind der wahr gewordene Albtraum« rein und sind uns am Ende einig, dass lediglich Wahnsinnige auf High Heels laufen und eine Frau ohnehin nur auf flachen Schuhen ihre volle Weiblichkeit entfalten kann.

Also, es kann mit meinem Traumfrauprogramm nur besser werden. Wahrscheinlich schaffe ich schon die nächste Etappe mit links und rufe lachend Pia an: »Weißt du noch, das High-Heel-Desaster?«

»Was steht eigentlich als Nächstes an?«, fragt Pia.

»Warte, ich guck mal nach.« Ich krame unseren Masterplan aus der Schublade. Freue mich auf »Ich lerne kochen« oder so etwas. Ach, das wird ein Kinderspiel, endlich mal etwas Machbares. Ebenmäßiger Teint, habe ich, High Heels … Ich gucke gespannt eine Zeile darunter.

O Gott, auch das noch: Ich soll charismatisch werden.

***

Pia sagt immer, dass sie so gerne Zeit mit mir verbringt, weil ich immer so viel zu erzählen hätte. Auch wenn eigentlich gar nichts in meinem Leben passiert, würde ich immer munter weiterplappern. Ich glaube nicht, dass sie das böse gemeint hat.

Trotzdem kann man wohl sagen, dass es zwei Arten von Frauen gibt: die einen, die plappern, vor allem, wenn sie auf einen Mann treffen, und die anderen, die schweigen und als geheimnisvolle Schöne wahrgenommen werden. Ohne zu übertreiben: Ich bin ein Prachtexemplar der ersten Sorte.

Neulich hatte ich mich mit Pia in der Bar im East Hotel in St. Pauli verabredet. Sie hatte mit ihrem Architekturbüro einen Preis gewonnen und wir wollten das gebührend feiern. Als ich pünktlich um 22 Uhr ankam, war die Bar schon gut besucht, nur Pia war weit und breit nicht zu sehen. Während ich vollkommen souverän, na ja, vielleicht doch eher unsicher den Raum abscannte, piepte mein Handy: »sorry süße, komme 15 min später, wama nicht fertig, such schon mal platz, freu mich«. Seit Pias Waschmaschine vor einem halben Jahr in ihrer Abwesenheit irgendwie vom Badezimmer in den Flur geruckelt war und alles überschwemmt hatte, ist Pia total paranoid und lässt sie keine Sekunde mehr aus den Augen. Versteh ich ja grundsätzlich, aber man stellt seine Waschmaschine doch nicht an einem Samstagabend an, wenn man mit der besten Freundin glucksend irgendwo Cocktails trinken sollte. Na ja, 15 Minuten sind zu verkraften, dachte ich und suchte mir einen Platz an der Bar.

Als ich mich umsah, entdeckte ich auf dem Platz direkt neben mir die deutsche Antwort auf George Clooney. Der Mann hatte dunkle Augen (mmh), dichtes Haar (wie gemacht zum Durchwuscheln), durchtrainierte Unterarme (damit bekommt man mich immer rum) und trug ein perfekt sitzendes Hemd wie Jogi Löw. Und als ob das nicht schon genug wäre, lächelte er mir überaus sinnlich zu und raunte ein »Hallo«.

Willkommen in der Überforderung.

Anstatt einfach mal geheimnisvoll-lächelnd und charismatisch den Mund zu halten, hörte ich mich sagen: »Äh, hallo, meine Freundin wartet noch auf ihre Waschmaschine, deswegen sitze ich hier alleine, sie müsste aber gleich hier sein.«

Nein, nein, nein. Ich hoffte für einen Moment, dass ich das alles doch nicht gesagt hatte, aber der schöne Unbekannte sah so aus, als hätte ich es doch getan. Er lächelte etwas schief und sagte in normaler Stimmlage »Aha«. Von Raunen war keine Rede mehr.

Von da an war der Damm gebrochen, jedenfalls meiner. Anstatt noch irgendwie die Kurve zu kriegen, erzählte ich ihm innerhalb kürzester Zeit, dass ich Pia schon seit der Grundschule kenne, dass sie viel ordentlicher ist als ich, dass sie in Eppendorf wohnt und ich in Eimsbüttel, dass es bei mir beruflich momentan nicht so gut läuft, dass ihre Waschmaschine neulich in den Flur gewackelt ist und dass ich mir überlege, eine neue Einbauküche zu kaufen. So eine schöne von IKEA.

Irgendwann tauchte schließlich Pia auf. »Sorry, Liebes. Hatte schon ein schlechtes Gewissen, weil ich so spät bin, aber wie ich sehe, hattest du ja gute Unterhaltung.« Sie zwinkerte dem Mann und mir zu und ich wurde rot. Der schöne Unbekannte wurde nicht rot und wünschte uns nüchtern einen schönen Abend.

Später sahen wir, wie sich eine Frau neben ihn setzte, sie sich tief in die Augen sahen, er sich zu ihr hinüberbeugte, ihr eine Zigarette anzündete und sie sich wieder tief in die Augen sahen. Sie redeten die ganze Zeit kein Wort.

Was hatte ich bloß getan? Aber andererseits: Ist es nicht unnatürlich, sich *gar* nicht zu unterhalten?

»Sag mal, Pia, stell dir mal folgendes Szenario vor: Du kommst in die Bar und ich sitze am Tresen und starre stumm den Mann dahinten an. So wie die Frau neben ihm. Hättest du das irgendwie komisch gefunden?« Ich zeigte unauffällig auf die beiden, die sich immer noch so tief in die Augen sahen, als gäbe es kein Morgen.

»Na ja, ich hätte schon gedacht, dass was mit dir nicht stimmt. Irgendwie wärst das nicht du gewesen, oder?«, sagte Pia.

»Du meinst, ich bin in diesem Leben zum Plappern verdammt?«

***

Okay, packen wir es an. Ich werde eine dieser Frauen, die einen Raum betreten und mit ihrer Aura alles überstrahlen, die von innen leuchten, die in sich ruhen, die geheimnisvoll sind und denen ein wildfremder Schönling irgendwann stumm eine Zigarette in den Mund steckt.

Um Gottes willen. Wie bitte soll das funktionieren?

»Einmal Charisma, bitte« wird wohl schwierig. Oder kommt das mit dem Alter automatisch? Waren Iris Berben, Hannelore Elsner oder Catherine Deneuve schon immer so charismatisch oder sind sie an ihrem 57. Geburtstag plötzlich mit einem selig-verklärten Lächeln auf dem Gesicht aufgewacht und waren von heute auf morgen eine andere? Auch wenn es so wäre (was ich stark bezweifeln würde): 1. Ich kann nicht so lange warten. 2. Ich will mich nicht darauf verlassen. Bei meinem Glück würde ich am Vorabend meines 57. Geburtstages voller Vorfreude einschlafen (*Ich wäre dann jetzt bereit für einen Ausstrahlungsschub!*) und am nächsten Morgen aufwachen, ohne dass sich auch nur ein klitzekleines bisschen in Sachen Charisma getan hätte.

Herrje, Charisma! Warum musste ich das in meine Traumfrauliste aufnehmen? Hätte es nicht auch »Ich lerne, meine Haare mit einer Rundbürste zu fönen« getan?

Ich bin überfragt und schicke Pia eine SMS. »Eimsbüttel an Eppendorf. Sitze gerade am Charisma. Kommst du nach der Arbeit vorbei? Habe Wein da und jede Menge Fragen.« Senden.

***

Es ist 20 Uhr und jeden Moment müsste Pia hier sein. Ich habe die Wohnung schon voll auf »Charisma« getrimmt. Ich habe kein Licht, sondern nur Kerzen angezündet, aus der Stereoanlage ertönt Klassikradio, und überall habe ich Räucherstäbchen platziert, die zwar ziemlich stinken, aber bestimmt bald eine unglaubliche Wirkung entfalten. Als es an der Haustür klingelt, bin ich schon ziemlich benebelt. Fühlt sich so Charisma an?

»Was ist denn hier los?«, ruft Pia, als ich ihr die Tür öffne. »Brennt es etwa?«

Ich druckse ein wenig rum, lächele unsicher und stammele was von »Charisma«.

»Du bist ein hoffnungsloser Fall. Jetzt trinken wir erst mal was. Ommmmm.«

Nach einer Flasche Wein ist uns immer noch nicht eingefallen, wie ich ein zartes Lichtwesen werden könnte, doch plötzlich strahlt Pia über das ganze Gesicht.

»Natürlich! Katrin Schürnemann! Das ist es. Pass auf, Katrin hat bei uns in der Buchhaltung gearbeitet. Vor zwei Jahren – oder ist es schon länger her? – hat sie sich eine Auszeit genommen und ist für drei Monate in ein russisches Kloster gegangen.«

»Warum?« Ich konnte mir beim besten Willen nicht vorstellen, warum man sich das freiwillig antut.

»Es wurde gemunkelt, dass sie eine private Krise hatte. Auf jeden Fall hat sie im Kloster ziemlich spartanisch gelebt, ihre Zelle hatte noch nicht einmal fließendes Wasser. Aber anscheinend hatte das alles einen tieferen Sinn. Denn als sie wiederkam, war sie plötzlich wie verwandelt.«

Mein Herz schlägt höher.

»Inwiefern?«

»Sie war richtig ausgeglichen und – man kann es nicht anders sagen – die blasse Katrin, die man sonst überhaupt nicht auf dem Schirm hatte, besaß plötzlich Ausstrahlung. Alle Männer aus dem Büro waren hin und weg. Und ich weiß noch, dass ich mal einen Papierstau am Kopierer verursacht und mich total aufgeregt hab. Katrin kam dann vorbei, lächelte milde und hat irgendwas von Gandhi zitiert.«

Oh. Mein. Gott. Das will ich auch. Ich gehe ins Kloster! Aber vielleicht geht auch eine abgespeckte Katrin-Schürnemann-Version? Dass ich drei Monate in einem kalten, russischen Kloster sitze, kann ich mir beim besten Willen nicht vorstellen. Aber eine Woche wäre machbar – und vielleicht könnte ich in eine warme Urlaubsgegend fahren? Ich weiß nämlich, dass sich in meiner Seele überhaupt nichts tun würde, wenn ich permanent friere. Nein, nein, ich muss irgendwo sein, wo ich mich auch wohlfühle.

»Ob es auf den Seychellen wohl ein Kloster gibt?«, murmele ich versonnen vor mich hin.

»Seychellen?« Pia sieht mich entgeistert an. »Es war von Russland die Rede, Hannah. Ich kann Katrin gerne nach dem Kontakt fragen.«

»Sehr witzig. Ich und russisches Kloster.«

Es folgt ein knallhartes Verhandlungstauziehen zwischen den Seychellen und der russischen Tundra. (Pia hat mich immer im Verdacht, dass ich mir das Leben so schön wie möglich machen will, ohne mich auch mal durchbeißen zu müssen.)

Nach langem Hin und Her einigen wir uns darauf, dass ich »Kloster auf Mallorca« bei Google eingeben darf. Pia wollte mich erst in den Harz schicken, weil sie mal eine Reportage auf 3sat über ein Kloster dort gesehen hat. Ich bitte Sie, in den Harz! Das ist ja dermaßen uninspirierend!

Ich hole den Laptop und gebe mit zitternden Händen »Kloster auf Mallorca« ein. Na bitte. Über 3000 Ergebnisse! Das ist doch ein Zeichen!

Nach ein paar Klicks ist alles klar. Ich werde eine Woche in das Kloster mit dem wohlklingenden Namen »Nuestra Señora de Cura« in Randa fahren. Es liegt auf einem einsamen Berg in der Inselmitte, man kann dort zusammen mit Mönchen leben (»Wir wünschen, dass sich die bestehenden Beziehungen zwischen Brüdern und Weltlichen intensivieren«), und ein gewisser Ramon Llull (irgend so ein Heiliger aus dem 13. Jahrhundert) hatte schon nach sechs Tagen im Kloster eine Erleuchtung.

Ich bekomme eine Gänsehaut. Zugegeben, sonst bin ich nicht so religiös. Ich gehe nur zu Weihnachten in die Kirche und beim »Glaubensbekenntnis« (Text ist aber auch schwierig!) nuschel ich immer etwas in mich rein und tue so, als ob ich nicht richtig sprechen kann, weil ich so ergriffen bin.

Trotzdem glaube ich, dass irgendwo in mir eine spirituelle Ader nur darauf wartet, aus dem Dornröschenschlaf geweckt zu werden. Ich liebe zum Beispiel den Film »Sister Act«. Es ist so rührend, wie die dünne Rothaarige am Anfang wahnsinnig schüchtern ist und nachher ganz selbstbewusst ein Solo singt. Ich muss an der Stelle immer fürchterlich weinen. Ob es im Kloster wohl auch einen Chor gibt? Vielleicht könnte ich da mitsingen. Ich sehe schon, wie ich in so einer Kutte vor dem Altar stehe und mich beseelt im Takt bewege. Anschließend würde ich dann mit Bruder José und Bruder Jorge im Nachbarraum ein paar Kerzen anzünden und beten. Wird man mich etwa »Schwester Hannah« nennen?

Pia reißt mich aus meinen Gedanken.

»Kannst du überhaupt noch Spanisch?« Warum muss meine beste Freundin in solchen Momenten immer so pragmatisch sein? Ich denke gerade über meine Metamorphose hin zu einem tiefsinnigen Wesen nach, und Pia muss mich mit banalen Sprachkenntnissen durcheinanderbringen. Mal ganz davon abgesehen, dass es in einem Kloster um etwas ganz anderes geht als um triviale Worte, kann ich ihre Frage mit gutem Gewissen mit »Ja« beantworten. Na ja, nicht so richtig, aber 1997 nahm mein Leben für acht Wochen eine spanische Wendung. Pünktlich zum Start der großen Sommerferien ging in meinem ohnehin schon gebeutelten Teenager-Dasein alles schief, was nur schiefgehen konnte:

1. Ich bekam zum ersten Mal meine Tage. Ich wusste, dass mich dieses Schicksal irgendwann ereilen würde (Pia war schon ein halbes Jahr vorher davon heimgesucht worden), doch tief im Innern hatte ich die Hoffnung, dass dieser Kelch an mir vorbeigehen würde.

2. Alle meine Freunde fuhren in den Urlaub, nur meine Eltern hatten beschlossen, es nicht zu tun.

3. Auch wenn Nordfriesland ohnehin nicht als Riviera des Nordens bekannt ist – der Sommer 1999 schlug alle »So-kalt-war-es-seit-der-Wetteraufzeichnung-noch-nie-Rekorde«. Ich erinnere mich dunkel an Fahrradtouren in Regenkleidung, trostlose Spielenachmittage im Wohnzimmer und Besuche bei Tante Marga in Bosbüll (Nachbardorf von Klixbüll).

Kurz: Ich war der festen Meinung, dass es kein härteres Schicksal auf der Welt gibt, als ein vierzehnjähriger Teenager zu sein, der in Nordfriesland seine Sommerferien verbringen muss. Als ich heulend am Küchentisch saß, erinnerte mich meine Mutter an die Biafra-Kinder, die gar nichts zu essen hätten. Ich fand, der Vergleich hinkte, schließlich hatten die es zumindest warm.

Irgendwann war der Tiefpunkt erreicht: »Nach der Schule zieh ich nach Spanien. Dann kann Klixbüll mir mal gestohlen bleiben.«

Mein Vater, Sorte pragmatischer Nordfriese, erwiderte gelangweilt, ohne von seiner Zeitung aufzusehen: »Na, dann musst du aber erst einmal Spanisch lernen.«

Als die Ferien endlich vorbei waren, hatte ich meine »Im Regen sechs Wochen alleine in Nordfriesland Krise« eigentlich überwunden. Pia war schließlich wieder zurück und in der Schule hatten wir einen äußerst schicken Referendar bekommen. Er kam aus Hamburg und nannte uns Mädchen immer »Ladies«. Die mondäne Welt hatte endlich Klixbüll erreicht.

Ich dachte auch gar nicht mehr an die groß angekündigte Auswanderung nach Spanien, bis meine Eltern irgendwann beim Abendessen sagten: »Na, Hannah, wann geht es eigentlich in den Süden?« Sie lachten.

Sehr witzig. Um glaubwürdig zu rebellieren, buchte ich doch tatsächlich einen Spanischkurs an der Volkshochschule in Husum. Acht Wochen lang fuhr ich jeden Mittwochabend tapfer mit dem Bus nach Husum, um mit Hausfrauen und Rentnern das Einmaleins der spanischen Sprache zu erlernen. Wenn ich zurückkam, begrüßte ich meine Eltern jedes Mal mit einem trotzigen: »Hola.« Insgeheim war ich froh, dass nach acht Wochen der Kurs endlich vorbei war, doch natürlich ließ ich mir zu Hause nichts anmerken, sondern spielte meine Auswanderer-Rolle noch ein wenig weiter.

(Ich wünschte mir zu Weihnachten sogar eine Flamenco-Kassette, die ich mir natürlich nie anhörte).

Aber was soll ich sagen? Ohne es zu wissen, hatte mein Unterbewusstsein damals genau das Richtige getan und mich in diesen Spanischkurs gesteckt.

Ich bin also perfekt auf eine Woche in einem spanischen Kloster vorbereitet. Darauf ein freudiges: Olé! Außerdem kann ich mir ja noch ein paar Schlüsselvokabeln wie »Mönch«, »Seele«, »Charisma« und »Aura« raussuchen. Damit müsste ich dann aber auch wirklich gewappnet sein.

Ich sehe schon, dass ich bald gefragt werde, wie ich bloß diese umwerfende Ausstrahlung bekommen habe. Daraufhin werde ich langsam die Augen aufschlagen, wissend lächeln und irgendetwas furchtbar Weises sagen.

Geh den Weg, den du findest.

Das Licht wird die Seele füttern.

Suche und finde das Suchen im Finden.

Irgend so einen Satz, von dem man im ersten Moment wahnsinnig beeindruckt ist, der aber eigentlich nicht so richtig viel Sinn macht, wenn man länger darüber nachdenkt. Wie vom Dalai Lama eben!

***

Die Zeit im Kloster wird meine Seele reinigen und mein innerstes Ich in Einklang bringen. Das klingt wirklich gut. Ich muss lächeln. Allein der Gedanke an meine Zeit im Kloster lässt mich so tiefsinnige Gedanken haben. Wie wird das erst sein, wenn ich in einer Woche auf dem Rückweg bin?

Ich sitze im Airbus 9756 von Tui Fly und man kann es nicht

anders ausdrücken: Innerlich und äußerlich bin ich schon ein klitzekleines Lichtwesen geworden. Ich habe mir statt einem Wein (genehmige ich mir im Flieger normalerweise) ein stilles, reinigendes Wasser bestellt, ich habe gerade im Bordprogramm »Hitch – Der Date Doktor« ausgemacht und starre seitdem tiefsinnig aus dem Fenster und bin die Ruhe selbst. Als der Junggesellenabschied vor mir das Lied »Zehn nackte Friseusen« gesungen hat, habe ich nur weise gelächelt, und als mir die Stewardess mit dem Getränkewagen über den Fuß gefahren ist, habe ich (!) »Entschuldigung« gesagt.

Es ist nicht zu fassen. Ich bin auf dem guten Weg, eine dieser Frauen zu werden, die den Raum betreten und deren Aura alles überstrahlt.

Als ich gestern Abend gepackt habe, wurde mir noch einmal klar, dass ich von Jesus nicht wirklich viel Ahnung habe. Ich habe für einen Augenblick überlegt, mir noch irgendetwas schnell anzueignen. Die Geschichte von Kain und Abel oder so. Doch wenn sich zwischen Bruder Jorge und Schwester Hannah (hihi) wirklich eine biblische Unterhaltung entspinnen sollte, würde ich mit nur einer Geschichte nicht weit kommen. Ich versuchte mich krampfhaft an meinen Konfirmationsunterricht zu erinnern. Mich hat damals wahnsinnig beeindruckt, dass Jesus über das Wasser gehen konnte. Sogar Björn Paulsen, der ansonsten mit dumpfem Gesicht die Stunden über sich ergehen ließ (Er ließ sich vor allem konfirmieren, weil er von den Geldgeschenken ein Mofa kaufen wollte), fand, dass Jesus ja wohl ein ziemlich krasser Checker war. Wir saßen alle mit offenem Mund im Gemeindesaal, doch Pastor Ketelsen sagte, dass Jesus nicht direkt übers Wasser gehen konnte, sondern dass es lediglich eine Metapher sei. Wofür, habe ich natürlich prompt vergessen.

Stelle mir folgenden Dialog vor:

Mönch: Herzlich willkommen in unseren Räumen. Bevor ich Ihnen das Kloster, die Gebetsräume, den Altar, den Beichtstuhl und all die von Gott angenommenen Orte zeige: Welchen Bezug haben Sie ganz persönlich zu Jesus?

Ich: Eigentlich keinen. Ich weiß nur, dass er gar nicht übers Wasser gehen konnte. Hah!

Zugegeben, der Einstieg könnte besser sein. Aber ich denke auch nicht, dass man mich bei der Ankunft fragen wird, ob ich wirklich bibelfest bin. Nein, nein, die Mönche nehmen die Schäfchen so auf, wie sie sind.

Ach ja, ich werde im Kloster übrigens Tagebuch führen. Dazu habe ich mir bei Manufactum ein wunderschönes Buch aus echtem Büttenpapier, einen Federhalter und ein Tintenfass gekauft. Jeden Tag werde ich festhalten, was sich in meinem Innenleben tut, welche Gedanken mir durch den Kopf gehen, wie meine verirrte Seele wieder zu sich findet. Himmel, ich könnte Pastorin werden!

Ja, ich will meine Verwandlung für die Nachwelt festhalten. Tief im Geheimen hoffe ich ja, dass das Tagebuch irgendwann verlegt wird. Ich meine, wahrscheinlich werde ich jeden Tag eine Ansammlung von tiefsinnigen Sätzen hineinschreiben, die man ohne Weiteres verkaufen könnte. Vielleicht werde ich auch eine Art Guru und muss Vorträge über meine Zeit im Kloster halten?

Als das Flugzeug landet und wir aussteigen dürfen, schwebe ich nahezu hinaus. Ich hauche der Stewardess am Ausgang ein »Adios« zu und sehe durch die Tür einen wolkenlosen blauen Himmel.

Adieu, oberflächliche Welt. Hannah Jensen ist bereit für Tiefsinn.

Montag, 11. März

Einatmen, ausatmen, einatmen, ausatmen. Alles wird gut. Das ist sicher nur ein Missverständnis. Ein großes Missverständnis, das sich bald aufklärt.

Bald werde ich sicher laut auflachen vor Erleichterung und mich fragen, wie ich auch nur eine Sekunde ernsthaft glauben konnte, dass ich hier wirklich alleine bin. Nein, nein, gleich wird ein Mönch an meine Zimmertür klopfen und mich fragen, ob ich am Abendmahl teilnehmen möchte. Alles wird gut.

Ich versuche, tief durchzuatmen und die Stille zu genießen. Doch irgendwie beschleicht mich das Gefühl, dass es doch wahr ist: Ich bin alleine. In einem riesigen spanischen Kloster aus dem 13. Jahrhundert, 548 Meter über dem Meeresspiegel. Ich bekomme eine Schnappatmung.

Nachdem ich heute Mittag am Flughafen gelandet war, bin ich sofort zur Mietwagenstation geeilt. Sehr vorbildlich habe ich mir nämlich schon von Hamburg aus ein Auto gemietet, um vom Flughafen zum Kloster und wieder zurück zu fahren. An der Station angekommen, sah ich eine endlos lange Schlange. Normalerweise hätte ich mich wahrscheinlich ungeduldig ans Ende gestellt und mich über die spanische Arbeitsmentalität geärgert und gesagt, dass so etwas in Hamburg aber nicht passiert wäre. So aber stellte ich mich brav hinten an, lächelte den Mann vor mir an und sagte: »Ist doch herrlich, wenn man einmal innehalten kann.«

Der Mann guckte mich irritiert an. »Isch weiß ja net, wo Sie hin wollen, junge Dame. Aber isch würde gern in den Urlaub starten und net hier versauern.« Er blickte wütend wieder nach vorne und rief »Is doch wahr« in die Menge.

Was dann passierte, war selbst für mich ein wenig überraschend.

Wie ferngesteuert legte ich fürsorglich meine Hand auf seinen Unterarm und hörte mich sagen: »Wenn du es eilig hast, gehe langsam.«

Himmel, was die Aussicht, acht Tage in einem Kloster zu verbringen, ausmacht! Da zitierte ich schon jetzt Lebensweisheiten, als hätte ich noch nie etwas anderes getan. (Den Spruch habe ich übrigens mal auf einer Postkarte bei Nanu Nana gelesen. Ist doch Wahnsinn, dass der jetzt aus mir rausbricht.)

Der Mann guckte mich wieder entgeistert an, und ich lächelte milde zurück.

Nach einer gefühlten Ewigkeit war ich endlich an der Reihe. Die Frau am Schalter sagte mir in gebrochenem Englisch, dass mein gebuchter Wagen nicht mehr frei sei, ich aber zwei Klassen hochgestuft werde und für dieses Upgrade pro Tag nur 19 Euro mehr zahlen müsse.

Ich wollte aber kein größeres Auto, und noch weniger wollte ich dafür bezahlen!

Ich war kurz davor, mich richtig aufzuregen, doch vielleicht war das hier ja so etwas wie eine Prüfung Gottes, und er wollte wissen, inwieweit ich schon gutes Karma in mir hätte.

»No problem«, brachte ich irgendwie über meine Lippen und zwang mich, zu lächeln. »No problem.«

Die Frau am Schalter bestand dann darauf, dass ich die 113 Euro vor Ort in bar zahlen sollte. Komischerweise steckte sie dann mein Geld in ein Portemonnaie, das stark nach ihrem eigenen aussah.

Ommmmm, kein Problem, wiederholte ich innerlich wie ein Mantra. Das wird sicherlich nur eine Prüfung sein. (Wehe, wenn nicht!)

Ich nahm den Autoschlüssel entgegen und verließ die Flughafenhalle.

Die Fahrt vom Flughafen zum Kloster dauerte eine Dreiviertelstunde, und was soll ich sagen? Es war herrlich. Ich fuhr durch Pinienwälder, Olivenhaine, hin und wieder sah ich einen glücklichen Esel[11] am Straßenrand, und schließlich erreichte ich das kleine, entzückende Bergdorf Randa. Von hier aus schlängelte sich eine schmale Straße hinauf auf den Berg zum Kloster. Nach einer waghalsigen Serpentinenfahrt (ich fühlte mich wie ein Busfahrer in Antalya, aber Gott war mit mir) hatte ich es geschafft: Das Kloster lag vor mir.

Ich stellte mein Auto auf dem bis auf einen kleinen Wagen komplett leeren Parkplatz ab (hätte mich eigentlich schon stutzig machen müssen) und durchschritt das steinerne Tor. Drei kleine Schritte für die Menschheit, drei große Schritte für Hannah Jensen, schoss es mir durch den Kopf.

Im Innenhof des Klosters angekommen, verschlug es mir die Sprache. Überall gab es kleine Rundbögen, ein kleiner Garten war adrett angelegt, Bäume spendeten Schatten. Kurz: Es war einfach nur wunderschön. Staunend ging ich über den menschenleeren (hätte mich eigentlich schon wieder stutzig machen müssen) Platz. Ob die alle wohl gerade irgendwo beten?, dachte ich ehrfürchtig. Ich ging durch ein weiteres Tor und mir verschlug es erneut die Sprache. Welch ein Blick! Ich stand auf einem großen Platz und hatte eine atemberaubende Aussicht über die gesamte Insel. Autos sahen aus wie Playmobilfiguren, das Wasser in der Ferne funkelte türkisfarben, darüber der fast wolkenlose Himmel.

Also, wenn ich hier nicht entspannen kann, dann weiß ich auch nicht weiter, dachte ich und setzte meine Suche nach den Mönchen

---

[11] Jajaja, ich weiß. Esel am Straßenrand auf Mallorca sind für gewöhnlich alles andere als glücklich. Doch ich schwöre bei allem, was mir heilig ist: Die Esel, die ich gesehen habe, sahen ziemlich sorgenfrei aus!

fort. Sicher würde ich gleich um die nächste Ecke biegen und eine Gruppe von Mönchen würde im Gleichschritt zu einer kleinen Kapelle marschieren.

Um die nächste Ecke sah ich leider immer noch niemanden, doch da stand eine Tür offen. Mit schnellen Schritten ging ich über den großen Platz und entdeckte eine kleine Cafeteria. Hinter dem Tresen kümmerte sich eine Frau gerade um den Abwasch.

»Hola«, sagte ich.

Die Frau blickte auf und strahlte.

»Señora Jensen?« (»Jensen« sprach sie »Chensen« aus, und dieser scheinbar harmlose Nachname klang plötzlich sehr rassig und temperamentvoll.)

»Sí!« (Mensch, das klappte aber auch!)

Dann sagte sie etwas, von dem ich leider kein Wort verstand.

»No entiendo«, sagte ich und zuckte mit den Schultern.

»No problemo!«, lachte sie. Dann kramte sie einen Schlüssel aus einer Schublade und bedeutete mir, ihr zu folgen.

Wir verließen die Cafeteria und durch eine kleine Tür kamen wir ins Innere des Klosters. Dunkle Gänge mit großen Gemälden an den Wänden und schweren Vorhängen vor den Fenstern ließen mich sofort an den Film »Der Name der Rose« denken.

Wir nahmen eine Treppe in den ersten Stock und blieben vor dem Zimmer mit der Nummer acht stehen. Sie öffnete die Tür, ließ mir den Vortritt und sagte etwas, von dem ich wieder kein Wort verstand. Dann stürmte sie aus dem Zimmer und winkte mir fröhlich zu.

»Uno momento«, rief ich ihr geistesgegenwärtig hinterher. »Donde estan los monjes?«

»Monjes?«, fragte sie ungläubig und runzelte die Stirn. Himmel, so weit hergeholt ist es ja nun auch nicht, in einem Kloster nach Mönchen zu fragen.

»Sí, monjes«, wiederholte ich etwas genervt.

»Aquí? No, no, no, no, no.« Sie schüttelte den Kopf, schüttelte den Zeigefinger und schüttelte wieder den Kopf und sagte wieder »no, no, no, no, no«.

Ob »monjes« vielleicht etwas ganz anderes hieß?

Ich rannte zum Koffer, wühlte schnell mein Wörterbuch aus den Untiefen hervor und schlug es bei »Mönch« auf. Ich zeigte auf die spanische Übersetzung.

Die Frau schüttelte Kopf und Zeigefinger nun gleichzeitig.

»Aquí? No, no, no, no, no.«

Dann zeigte sie auf ihre Uhr, winkte und ging.

Fünf Minuten später hörte ich durch das Fenster eine Autotür ins Schloss fallen. Ich hastete zum Fenster. Nein! Die Frau aus der Cafeteria fuhr davon.

Ich klopfte gegen die Scheibe, doch sie hörte mich nicht. Die Rückleuchten ihres Autos verschwanden kurze Zeit später hinter der Bergkuppe.

17 Uhr

Ich sitze in einer Art Schockstarre auf dem Bett und kann es nicht fassen. Wenn ich die Frau richtig verstanden habe (und ehrlicherweise gibt es keinen großen Interpretationsspielraum), bin ich jetzt alleine hier. Ich atme tief durch und versuche einen kühlen Kopf zu wahren. In der ganzen Aufregung habe ich mich noch gar nicht umgesehen. Und wer weiß, vielleicht hat sich ein kleiner, netter Mönch unter dem Bett versteckt und will mich überraschen?

Das Zimmer besteht aus einem großen Doppelbett, einem Schrank, einem Fernseher (immerhin!) und hat zum Glück auch eine Heizung. Neben der Tür befindet sich noch ein kleines Badezimmer mit WC und Dusche. Alles zwar sehr einfach und spartanisch, aber ich will hier ja auch nur schlafen. Den Tag über bin ich ja schließlich zusammen mit, äh, nun ... irgendetwas werde ich wohl tun. Dass hier wirklich niemand sein soll, halte ich außerdem für mehr als fragwürdig. Das Kloster ist riesig, es gibt sogar eine Cafeteria (irgendjemand will hier anscheinend mal etwas essen!) und im Internet stand es schwarz auf weiß, dass man hier zusammen mit Mönchen leben kann. Nein, nein, je länger ich darüber nachdenke, desto sicherer bin ich mir, dass die Frau mich nur falsch verstanden hat. Vielleicht ist »monje« nur ein veralteter Begriff für »Mönch« und sie konnte nichts damit anfangen.

Ich fühle mich schon viel besser. Sehe schon, wie ich Pia erzähle: »Du glaubst es nicht, aber ich habe am Anfang echt gedacht, dass ich da alleine bin.«

Apropos Pia, ich könnte sie eigentlich mal kurz mit dem Handy anrufen. Vorher dreh ich aber noch die Heizung auf. Inzwischen ist es echt kühl geworden (warum haben die Spanier eigentlich immer und überall Fliesen?). Und danach mach ich den Fernseher an und gucke eine spanische Castingshow oder so. Vielleicht läuft ja gerade die spanische Version von »DSDS«. Ob die wohl auch so einen Fiesling wie Dieter Bohlen in der Jury haben?

Kurz: Alles wird gut.

17 Uhr 10

Ich habe keinen Handyempfang.

Der Fernseher funktioniert nicht.

Die Heizung funktioniert nicht.

Ich muss weinen.

21 Uhr

Habe die letzten Stunden unter der Bettdecke verbracht, denn a) ist es jetzt wirklich kühl im Zimmer, b) wüsste ich nicht, wohin ich sonst sollte, und c) habe ich Angst. Nach der enttäuschenden Erkenntnis, dass ich in der nächsten Woche wahrscheinlich immer alleine beten muss, kam die Erkenntnis, dass es ganz schön gefährlich ist, alleine in einem Kloster auf einem Berg zu schlafen. Ich meine, in Hamburg habe ich ja schon Angst, wenn ich einen unheimlichen »Tatort« gesehen habe. Aber hier? Was, wenn jetzt jemand hier einbricht? Ich will ja gar nicht unterstellen, dass die Bande es explizit auf mich abgesehen hat. Aber vielleicht wollen sie irgend so ein Heiligenbild aus dem Flur klauen und ich bin dann die unerwünschte Zeugin, die sie ausschalten müssen. Hilfeeeeeee! Ich weiß ja noch nicht einmal, was »Ich schwöre, dass ich nicht zur Polizei gehe« auf Spanisch heißt. Habe gerade schon meinen Koffer unter die Türklinke geschoben, damit man von außen die Tür nicht so schnell aufbekommt.

So wahr war der Satz wohl noch nie: Gott steh mir bei.

23 Uhr

Muss immer wieder an den Sommer 1989 denken. Ich hatte ein Zelt zum Geburtstag bekommen und Pia und ich wollten es an einem Wochenende ausprobieren und darin übernachten. Als es noch hell war, schien die Welt in Ordnung. Meine Mutter brachte uns frisch gebackene Waffeln ins Zelt, Pia und ich hörten Kalle Blomquist auf der Kassette und gaben den Ameisen Namen. Als es dunkel wurde, kam meine Mutter im Zehn-Minuten-Takt vorbei und fragte, ob alles in Ordnung sei. Und wenn sie nicht vorbeikam, stand sie im fünf Meter entfernten Küchenfenster und winkte uns zu.

Pia und ich haben schließlich zwei Stunden durchgehalten und waren uns sicher, dass wir dem Tod von der Schippe gesprungen waren, als wir uns in die Arme meiner Mutter retteten.

Zwanzig Jahre später fühle ich mich nur unwesentlich mutiger.

Halleluja.

Dienstag, 12. März

Bin schon um acht wach geworden und hatte einen irren Traum. Jürgen Trittin war Bundeskanzler von Deutschland, ich habe eine Rede von ihm im Fernseher gesehen. Daraufhin habe ich hektisch

Pia angerufen. »Pia, seit wann ist Jürgen Trittin Bundeskanzler? Das habe ich ja überhaupt nicht mitbekommen.«

»Hannah, das ist nicht dein Ernst, oder? Das war doch *das* Thema. Er ist doch schon seit einem Jahr Bundeskanzler. Bitte sag nicht, dass das an dir vorbeigegangen ist.«

Daraufhin schrie ich etwa hundert Mal hysterisch: »Dann haben wir auch einen neuen Landwirtschaftsminister? Wer ist der neue Landwirtschaftsminister, wer ist der neue Landwirtschaftsminister?«, woraufhin Pia total gelangweilt sagte: »Justin Timberlake.«

Ich befürchte, bei diesem Traum wäre auch ein versierter Traumdeuter ratlos.

Ich: »Sagen Sie, können Sie damit etwas anfangen?«

Traumdeuter: »Nun, eigentlich nicht.«

Ich: »Vielleicht können Sie analysieren, warum ich unbedingt wissen wollte, wer der neue Landwirtschaftsminister ist. Ich meine, das muss doch eine tiefere Bedeutung haben.«

Traumdeuter: »Nee.«

Ich: »Und Justin Timberlake? Was hat der damit zu tun?«

Traumdeuter: »Keine Ahnung.«

Ich bin wirklich enttäuscht. Hätte schwören können, dass ich in der ersten Nacht im Kloster einen wahnsinnig aussagekräftigen Traum habe. (Hatte sogar die Hoffnung, dass ich im Traum eine Erscheinung haben und mit einem seligen Lächeln aufwachen und mich vollkommen verändert fühlen würde.) So aber? Ich habe Rückenschmerzen (danke, liebe Matratze!), ich friere (danke, liebe nicht funktionierende Heizung!), und ich hatte einen völlig schwachsinnigen Traum (danke, liebes Unterbewusstsein!).

Ziemlich gerädert verlasse ich mein Zimmer und gehe in die Cafeteria. Dort werde ich von der Frau von gestern Abend begrüßt.

»Buenos días, Señora Jensen, como está?«

Ich würde gerne antworten: »Es geht mir schlecht. Ich habe im Zimmer gefroren, der Fernseher funktioniert nicht, ich habe keinen Handyempfang und ich möchte gerne wissen, ob ich hier tatsächlich alleine bin, denn ich hatte letzte Nacht wirklich Angst. Außerdem frage ich mich ernsthaft, wie ich innere Erleuchtung finden kann, wenn ich eine Woche allein hier verbringen soll.«

Für diese differenzierte Antwort reicht leider mein Wortschatz nicht aus. Stattdessen sage ich, was uns damals in der Volkshochschule auf die Frage »Como estás?» beigebracht wurde: »Gracias, muy bien.« Diese Kurse sind ja völlig realitätsfern, die bilden ja lebensunfähige Roboter aus!

Die Frau scheint aber mit meiner Antwort zufrieden zu sein, denn sie lächelt freundlich und widmet sich wieder ihrer Arbeit. »Desayuno«, ruft sie noch und zeigt auf einen der Tische. Dort sehe ich Kaffee, einen Orangensaft, Brot, Wurst en masse und Käse. Voilà, mein Frühstück!

Nachdem ich schweigend alles aufgegessen habe (Einsamkeit macht anscheinend hungrig), erkunde ich das Kloster. So eine schöne Anlage habe ich wirklich noch nie gesehen. Vom Innenhof gelangt man in einen hübsch angelegten Klostergarten, direkt daneben ist der Eingang zu einem kleinen Museum und einer wundervollen Kapelle. Das Portal ziert ein Rosenstrauch und es sieht aus wie auf einer kitschigen Postkarte. Hinter der Kapelle entdecke ich herrliche Rundbögen, die schnurstracks zu einem kleinen Souvenirladen führen.

Bin ein wenig enttäuscht. Hätte gedacht, dass die Mönche alle materiellen Werte hinter sich lassen. Und dann betreiben die einen Souvenirladen?

Ich betrete den Laden und entdecke hinter der Kasse einen Mann. (Leider ist es wieder kein Mönch, sondern ein ganz normaler Weltlicher.)

»Hola«, sage ich. »Me llamo Hannah Jensen y yo …«, setze ich an. Was heißt noch mal »schlafen«? Ich halte meine geschlossenen Hände unter das Ohr und zeige dann auf das Kloster.

Der Mann lacht und redet auf mich ein. Ich verstehe leider kein Wort, doch anscheinend strahle ich etwas anderes aus, denn der Mann ist nicht zu stoppen.

Ich bin ja auch dafür, dass wir Menschen sprachliche Barrieren überwinden, aber die ganze Sache einfach zu ignorieren, ist auch keine Lösung. Während der Mann in einem irren Tempo einfach weiter auf mich einredet, kommt mir der Gedanke, dass sich so Hunde fühlen müssen. Ein Mensch steht vor dir, öffnet regelmäßig den Mund, textet dich zu und du verstehst nur Bahnhof. Ich spüre, dass ich den Kopf schief lege wie der Golden Retriever von meiner Cousine Anja. Ich verstehe immer noch nichts.

Der Mann spricht unverdrossen weiter, verschwindet plötzlich und kommt mit einem Zettel zurück. Dann sagt er wieder etwas, lächelt und drückt mir eine Broschüre über das Kloster in die Hand. Ich kann mein Glück kaum fassen: acht Seiten auf Deutsch!

15 Uhr

Ich habe die Broschüre auswendig gelernt. Ich weiß jetzt, dass sich in dem kleinen Museum einmal ein Altar befand, der einer Jungfrau mit dem Namen Santa Catalina gewidmet war, dass die Wandkeramiken in den Rundbögen Reproduktionen sind und die sieben Mysterien der Franziskanerkrone darstellen und dass die Christusstatue aus der Kapelle aus dem 17. Jahrhundert stammt und ursprünglich in der Santo-Domingo-Kirche in Palma stand. Stellen Sie sich vor, das waren nur drei Beispiele! In Wirklichkeit weiß ich *alles* über dieses Kloster und könnte sofort Führungen anbieten. Außerdem habe ich ja die Hoffnung, dass ich irgendwann einmal bei »Wer wird Millionär?« sitze, und dann wird mir dieses Detailwissen sicher zugutekommen.

> *Günther Jauch: »Die 42 Zentimeter hohe Statue, die sich im Nebenraum der Kapelle im Kloster Nuestra Señora de Cura in Randa auf Mallorca in der Ecke links hinter dem Altar befindet, stammt aus dem Jahr…«*
> *Noch bevor die vier Antwortmöglichkeiten überhaupt erscheinen, rufe ich: »1517«.*

Zugegeben, vielleicht ist das jetzt ein wenig *zu* speziell, aber irgendwann haben die Fragenmacher bestimmt alle Fragen durch. Und dann komme ich! Mit meinem Detailwissen aus diesem Kloster. O Gott, ich bin ganz aufgeregt und gucke wieder in die Broschüre. Ob ich mir auch besser merke, wie die Inschrift des Mallorquinischen Portals da vorne lautet? »Amable fill, saluda Nostra Dona qui es salut benediccio nostra.« Wahnsinn. Da bin ich gerade erst zwei Tage im Kloster und schon sitze ich hier und murmele lateinische Sprüche vor mich hin. Und wenn ich damit auch noch bei »Wer wird Millionär?« gewinne … Ich merke, wie sich ein seliges Grinsen auf meinem Gesicht ausbreitet. Auf jeden Fall werde ich dem Kloster etwas von dem Gewinn spenden. Ein Zehntel vielleicht … obwohl … das ist wahrscheinlich etwas kleinlich. Na, ich kann das ja auch spontan nach der Sendung entscheiden. Ob die dann wohl mir zu Ehren hier einen Baum pflanzen? Vielleicht geben die Mönche auch ein kleines Fest für mich. Ach herrlich, die

Sonne scheint, ich werde bald nicht nur braun, sondern auch reich sein, und entspannter fühle ich mich ohnehin schon. Jetzt muss ich nur noch die Mönche finden.

16 Uhr

Das Thema »Mönch« ist abgeschlossen. Hier sind wohl wirklich keine.

Hatte gerade in der Broschüre noch Folgendes unter dem Stichwort »Familienleben« gelesen: »Wir Brüder sind darum bemüht, unserer Berufung nach treu und offen zu leben. Wir sind sehr wenige. Wir wohnen im Kloster nicht allein. Wir haben ein Gästehaus.« Da hatte ich es schwarz auf weiß: »Sehr wenige« hieß zwar, dass ich nicht mit einer Horde von Mönchen rechnen konnte, aber irgendjemand sollte hier also sein. Bin aufgeregt zum Souvenirladen gerannt und habe hektisch auf den Absatz in der Broschüre gezeigt. Der Mann guckte dann im spanischen Pendant nach und sagte: »Aquí? No, no, no, no, no.« Dann sagte er wieder etwas auf Spanisch. Bestimmt hat er mir erklärt, warum aus »sehr wenige« inzwischen »niemand« geworden ist.

Mittwoch, 13. März / Donnerstag, 14. März

Tiefpunkt. Muss zwei Tage zusammenfassen, da man auch die Dinge, die passiert sind, relativ schnell zusammenfassen kann.

1. Ich habe gestern und heute jeweils nur drei Worte gesprochen: »Gracias. Muy bien.« (Auf die Frage der Cafeteria-Frau, wie es mir geht.)

2. Ich habe mir die Broschüre über das Kloster etwa dreißig Mal durchgelesen. (Bereue inzwischen, dass ich kein Buch mitgenom-

men habe. Hätte aber schwören können, dass der ganze Tag voll bepackt ist mit Beten und Meditieren und so.)

3. Ich habe einen Fotografen gesehen, der sich das Kloster angesehen hat.

4. Ich habe eine humpelnde Katze gesehen.

5. Ich habe einem Helikopter zugewunken und dabei »Hier, hier« geschrien.

Freitag, 15. März

Das hört sich jetzt vielleicht blöd an, aber nach zwei Tagen im schweigenden Tal der Tränen habe ich mich ans Nichtstun gewöhnt. Habe den ganzen Nachmittag auf einem kleinen Mauervorsprung vor der Kapelle gesessen und – ein Tusch – nichts getan. Ich habe auch nur drei Mal die Broschüre durchgelesen, sonst habe ich mehr oder weniger in den Himmel geschaut. Den ganzen Tag lang! Das muss man sich mal vorstellen! Auf Arte habe ich mal eine Dokumentation über Zen-Mönche gesehen, die ständig im Schneidersitz auf einer Matte hocken und vollkommen weggetreten sind. Genau so habe ich mich gefühlt, ungelogen. Zugegeben, zum ersten Mal in der Woche hat heute die Sonne richtig geschienen und ein Außenstehender hätte vielleicht den Eindruck bekommen können, dass ich mich lediglich sonne. Aber mein Gott, was ist daran so verwerflich, braun zu werden und gleichzeitig den inneren Frieden zu finden?

Der Mann aus dem Souvenirladen war auch wieder da (die letzten beiden Tage war leider geschlossen) und hat ganz laut eine CD im Laden mit gregorianischen Gesängen angemacht. Nur für mich! Er hat wieder irgendetwas auf Spanisch gesagt und natürlich habe ich wieder nichts verstanden. Ich habe mit einem verklärten Lächeln geantwortet und kam mir dabei fast vor wie eine Heilige.

Kein Facebook, kein Handy, keine E-Mail, einfach nur sitzen, schweigen und gregorianischen Gesängen lauschen.

Ich glaube, ich bin erleuchtet.

Samstag, 16. März

Was für ein Auf und Ab der Gefühle. In den ersten Tagen war ich furchtbar einsam, dann habe ich gestern in der Einsamkeit zu mir selbst gefunden (Himmel, klingt das gut! Könnte man prompt als Sinnspruch auf eine Tasse drucken oder so) und heute wurde mein inneres Gleichgewicht wieder durch Menschen ins Wanken gebracht, die ich einst gesucht hatte.

Was ist passiert? Nun, nach der tiefsinnigen Unterhaltung heute Morgen mit der Frau in der Cafeteria:

»Buenos días, Señora Jensen, como está?«

»Gracias, muy bien.«

bin ich wieder zum Mauervorsprung vor die Kapelle geschwebt. Strahlend blauer Himmel, keine Wolke in Sicht, ich war bereit, wieder einen ganzen Tag lang in der Sonne zu … äh … meditieren. Wie gestern eben. Als ich durch den Innenhof ging, spürte ich schon, dass etwas anders war. Ich hörte Stimmen! Ich ging durch das kleine Portal und konnte es nicht fassen. Der gesamte Vorplatz war voll von dutzenden Rennradfahrern. Und diese Lautstärke! Italienisch, Holländisch, Dänisch, Russisch – es schien, als hätte sich das ganze Fahrrad fahrende Europa heute in diesem Kloster getroffen.

Und soll ich was sagen? Nach fünf Tagen in der Einsamkeit überkam mich die totale Reizüberflutung. Ich fühlte mich wie ein Schiffbrüchiger, der sich jahrelang zusammen mit einem Volleyball auf einer einsamen Insel durchgeschlagen hat und dann plötzlich zum ersten Mal wieder auf die Zivilisation trifft.

Ich fragte schließlich einen Mann im Trikot »KSV Ehrenfeld«, was um Himmels willen hier vor sich ging.

»Na, dat is hier doch *die* Radfahrstrecke auf Mallorca. Jeder, der nur halbwegs auf so 'nem Rad sitzen kann, der fährt hier hoch. Sind Se etwa zum Meditieren herjekomme?«

Er fing laut an zu lachen und bot mir einen »Monster Energy Drink« an.

Den Rest des Tages verbrachte ich auf dem kleinen Mauervorsprung vor der Kapelle, starrte ins Leere und wurde von vielen Radfahrern als meditierende Sehenswürdigkeit fotografiert.

Sonntag, 17. März

Ich habe immer geglaubt, dass man irgendwann eine fremde Sprache versteht, wenn man nur lange genug zuhört. Nun, vielleicht ist das doch nicht so ganz richtig.

Heute war der Tag der Tage, und meine »Ich-meditiere-mit-Mönchen-und-hänge-den-ganzen-Tag-im-Gebetsraum-ab-Vision« ist zumindest ein klitzekleines bisschen wahr geworden. Denn: Heute fand doch tatsächlich in der Kapelle ein Gottesdienst statt. Zusammen mit fünf anderen Spaniern, die wohl aus dem Dorf Randa kamen, habe ich gebetet, was das Zeug hielt. Na ja, bis auf die regelmäßig vorkommenden Worte »Chäsuus« (ich denke, die meinen Jesus) und »Maria Magdalena« habe ich nichts verstanden, doch ich habe bei allen Fürbitten mitgebrummt und bin alle zwei Minuten aufgestanden, um mich danach sofort wieder hinzusetzen. (Himmel, die Katholiken machen ja ein richtiges Sport-Happening aus so einem Gottesdienst!)

Am Ende habe ich den Pfarrer abgefangen und hatte mich schon darauf gefasst gemacht, ihm irgendwie auf Spanisch verklickern zu müssen, dass ich davon ausgegangen war, ich würde hier mit Mönchen zusammenleben, dann aber erkannt hatte, dass ich ganz alleine war, dass ich am Anfang ängstlich und verwirrt war und mich nun kurz vor der Abfahrt Richtung Deutschland tiefenentspannt fühlte, obwohl die Invasion der Radfahrer mich gestern noch einmal kurz aus dem inneren Gleichgewicht gebracht hatte. Aber, es geschehen doch tatsächlich noch Wunder: Der Pfarrer sprach ein wenig Deutsch, weil er mal in Wien studiert hat! Er erklärte mir, dass der Klosterbetrieb vor drei Jahren eingestellt wurde und tatsächlich kein Mönch mehr hier wohnte.

»Aber hat es Ihnen trotzdem gefallen?«, fragte er.

Ich sagte: »Gracias, muy bien.«

Vier
Wie ich lernte, was ein Göffel ist

Mein erstes Date mit meinem Ex-Freund Stefan fand in einem schicken Restaurant an der Hamburger Außenalster statt. Wir wollten gerade mit dem Drei-Gänge-Menü beginnen, als ich mir prompt den Rotwein über die – wie sollte es anders sein – weiße Schluppenbluse schüttete. Stefan lachte höflich und es war ein netter Abend. Erst Monate später sagte er mir, dass er die Sache mit dem Rotwein eigentlich ziemlich daneben fand. »Ist so ein bisschen Tolpatschigkeit bei einer Frau nicht ganz niedlich?«, fragte ich damals und kicherte. Blöde Frage! Natürlich finden Männer tolpatschige Frauen niedlich. Stefan aber verzog keine Miene und antwortete ernst: »Ehrlich gesagt: eher weniger.«

Das ist doch wirklich gemein. Ich meine, sobald man den Fernseher anmacht, sieht man Meg Ryan mit zerzausten Haaren, bei der alles schiefgeht, was schiefgehen kann, die in ein Fettnäpfchen nach dem nächsten tritt und dann einen gut aussehenden Mann trifft, der von ihrer Schusseligkeit ganz hingerissen ist und mit leuchtenden Augen murmelt: »Komm her, du kleines, chaotisches, charmantes Ding, du.«

Wenn Hollywood sich mal an der Wirklichkeit orientieren würde, müsste der letzte Dialog im Film eigentlich so sein.

Meg Ryan: »Liebst du mich?«
Gut aussehender Mann: »Nein, du bist mir einfach zu tolpatschig.«
Ende.

Und dann wäre Meg Ryan alleine. Mutterseelenallein. So wie ich. Ist doch wahr, im Film kriegen die schusseligen Frauen immer die schönsten Männer ab. Wenn es danach ginge, müssten sich George Clooney und Brad Pitt eigentlich um mich reißen, Hugh Grant müsste mich geradezu stalken, und Leonardo DiCaprio müsste täglich Pia anrufen und sie anflehen, sie möge endlich mit meiner Telefonnummer rausrücken.

Lustige Vorstellung.

Leonardo DiCaprio: Please, Pia, please.
Pia: No, Leo, sorry.
Leonardo DiCaprio: Please, Pia, please.
Pia: No, Leo, sorry.
Leonardo DiCaprio: Hannah entkommt mir nicht, ich rufe morgen wieder an. (Was heißt das auf Englisch?)

Halt, ich muss mich mal in Schutz nehmen. Denn eigentlich bin ich gar nicht so schusselig, nur ein bisschen chaotisch vielleicht. Außerdem finde ich das ganz liebenswürdig (Himmel, wenn man über sich selbst sagen muss, dass man liebenswürdig ist, ist wirklich was schiefgelaufen).

Als ich einmal mit Stefan in Rom im Urlaub war, habe ich aus unerfindlichen Gründen ständig einen meiner Handschuhe fallen gelassen oder irgendwo vergessen. Stefan hat ihn mir dann netterweise immer hinterhergetragen oder aufgehoben. Eigentlich fand ich das sehr romantisch, irgendwie erinnerte mich das Ganze an Aschenputtel und den Prinzen, der die ganze Zeit mit einem Schuh rumläuft und die dazugehörige Besitzerin sucht. Aber anstatt mich »Mein kleines Prinzesschen« zu nennen (so etwas in der Art wäre doch naheliegend gewesen!), war Stefan irgendwann richtig genervt. Ich weiß noch genau, dass er vor dem Kolosseum plötzlich rief: »Mensch Hannah, wenn du jetzt noch einmal den Handschuh verlierst, dreh ich durch.« Er guckte dabei total grimmig und ich hörte förmlich, wie vorbeieilende Römer abends ihren Familien davon erzählen würden. *»Mio amore, stelli dir vor. Due Touristas, furchtbar gestritten, nix romantico, nix harmonia, nix amore.«*

Noch in demselben Jahr schenkte mir Stefan zu Weihnachten Fausthandschuhe, die durch ein Band miteinander verbunden waren. Wie bei einem zweijährigen Kind konnte ich jetzt das Band um den Hals und durch die Ärmel meiner Jacke wickeln. Es sollte wohl ein Scherz sein. Er zwang mich dann übrigens, die Handschuhe sofort auszuprobieren, und als ich da so stand und diese Fausthandschuhe umständlich in meinem teuren Hugo-Boss-Blazer (extra für Weihnachten gekauft!) verstaut hatte, klatschte Stefan permanent gegen meine Hände und rief dabei: »Patsche, patsche, patsche.«

Man soll den Abend ja nicht vor dem Morgen loben, aber ich werde bald nicht nur Ordnung in meine Handschuhe, sondern auch gleich noch in mein Leben bringen. Denn – ein Tusch: Morgen besuche ich ein Knigge-Seminar der deutschen Knigge-Gesellschaft. Aus Hannah Jensen wird eine Dame von Welt, die weiß, welches Glas für den trockenen Rotwein bestimmt ist, über welche Themen man während des Nachtisches sprechen darf, welche Kette zu welcher Kragenform passt, und die selbstbewusst durch Rom geht, ohne sich um Männer zu scheren, die ihr vor dem Kolosseum eine Szene machen. Hah!

Eigentlich fand ich so ein Knigge-Seminar immer albern, aber wenn ich es mir recht überlege, offenbart mir so ein Kurs ganz neue Möglichkeiten. Stellen wir uns doch mal vor, dass mir so ein Freiherr über den Weg läuft und er sich als MEIN absoluter Traummann entpuppt. Wie wunderbar wäre es dann bitte, wenn ich im Nebensatz einfließen lassen könnte, dass ich für mein Leben gerne Wachteleier mit Sahne esse (vielleicht ist das der letzte Schrei momentan in Adelskreisen) und bei anderen Menschen zuerst darauf achte, ob sie die Serviette richtig auf den Schoß gelegt haben. Und auch wenn so ein Freiherr mir nicht über den Weg laufen sollte: Ich finde, es kann nie schaden, wenn man in meinem Alter firm in Umgangsformen ist. Vielleicht werde ich sogar eine Art gesellschaftliche Instanz in meinem Freundeskreis, weil jeder weiß, dass ich weiß, ob man nun »Gesundheit« sagt oder eben nicht. Und wahrscheinlich werde ich mit meinem neu gewonnenen Wissen ohnehin nur noch in Adelskreisen ein und aus gehen. Ich kann mir direkt vorstellen, wie ich auf Empfängen der High Society kerzengerade an einem hübsch geschmückten Tisch mit gebügelten Servietten sitze. Aaaaaaaaaaaahhhhhh.

***

Fürs Erste sitze ich auf Kohlen. Genauer gesagt sitze ich in der U3 Richtung Hauptbahnhof (das Seminar findet in einem Hotel nahe des Bahnhofs statt), die zwischen den Stationen »Kellinghusenstraße« und »Eppendorfer Baum« angehalten hat. Mitten in der Wallapampa. Es ist 9 Uhr 45 und der Knigge-Kurs beginnt um 10 Uhr und gerade kam die Durchsage, dass es an der Station »Eppendorfer Baum« eine Weichenstörung gibt und der Zug dort endet und dass noch kein Schienenersatzverkehr eingerichtet wurde und dass der nächste Zug in etwa dreißig Minuten von diesem Gleis fahren wird. Ich bekomme eine Schnappatmung.

Da muss ich einmal im Leben pünktlich sein (wenn nicht bei einem Knigge-Kurs, wo dann?), und was mache ich? Bin gefangen in einer U-Bahn, während die Seminarleiterin wahrscheinlich just in diesem Moment sagt, dass Pünktlichkeit nicht nur eine Tugend, sondern im Miteinander ein absolutes Muss ist. Die Seminarteilnehmer nicken zustimmend und alle schauen betroffen auf den letzten freien Platz. Meinen Platz. Argh.

Ich wippe ungeduldig mit den Füßen. Das darf doch nicht wahr sein. Wenn sie wirklich erst einen neuen Zug einsetzen müssen, werde ich eine Stunde zu spät im Hotel sein. Vielleicht sollte ich demnächst mal einen Ratgeber schreiben: *So verscherzen Sie es sich in Sekunden – Hannah Jensen weiß, wie es geht.* Ob ich ein Taxi nehmen soll? Andererseits ist der nächste Taxistand erst am Eppendorfer Marktplatz. Bis ich dorthin gelaufen bin ... Nein, geht nicht. Ich könnte natürlich auch ein Taxi rufen, aber seit ich neulich geschlagene 20 Minuten auf ein Taxi gewartet habe und dann der Anruf »Wir haben momentan keine Wagen frei« kam, bin ich ziemlich skeptisch, was das betrifft. Natürlich, Pia! Sie hat die ganze Woche frei und kann sich bestimmt nichts Schöneres vorstellen, als mich gleich von der Station abzuholen und zum Hotel zu fahren. (Immer optimistisch bleiben!)

Ich krame mein Handy aus der Tasche und schreibe ihr eine SMS.

»Knigge-Notfall. Brauche Pia-Taxi zum ›Eppendorfer Baum‹. Revanchiere mich standesgemäß mit Kaviar und Champagner ;-)« Senden.

Kurze Zeit später piept mein Handy.

»Glückskind, bin gerade auf dem Weg zur Alster. Bis gleich. Kuss«

Ich spüre, wie sich mein Herzschlag beruhigt. Endlich setzt sich auch die Bahn in Bewegung, und nach ein paar Minuten fahren wir in die Station ein. Als der Zug zum Stehen kommt, springe ich raus, jage die Treppe runter (komme mir fast wie James Bond vor, denn ich nehme drei Stufen auf einmal und riskiere gefühlt mein Leben!) und entdecke direkt vor dem Eingang Pias Auto. Der Motor läuft, sie winkt mir zu, hupt mir mit dem Licht entgegen, ich springe rein und Pia fährt los.

Was würde ich nur ohne sie tun? Mir fallen all die kleinen und großen Situationen ein, in denen Pia an meiner Seite war. Wie wir miteinander gelacht und miteinander geweint haben. Wie wir stundenlang geredet haben und manchmal auch Stunden geschwiegen haben, ohne dass es komisch war. Wie wir einander vermissen und uns freuen, wenn wir uns wiedersehen. Ich spüre, wie ich einen Kloß im Hals bekomme. Diese Beste-Freundin-Sentimentalität überkommt mich in regelmäßigen Abständen. Neulich habe ich in so einer Phase »Tiere suchen ein Zuhause« gesehen. Als die Moderatorin zwei – zugegebenermaßen ziemlich hässliche – Hunde reinbrachte und dabei sagte: »Das sind Tom und Jerry. Wir wollen sie gerne zusammen vermitteln, denn sie sind miteinander aufgewachsen und würden den Trennungsschmerz nicht verkraften«, habe ich Rotz und Wasser geweint, weil diese Hunde mich so an uns erinnerten.

Pias rasante Fahrweise reißt mich aus meinen Gedanken.

»Danke«, sage ich schließlich und lege Pia meine Hand auf ihren Unterarm.

Pia lacht. »Gerne. Aber du weißt schon, dass das so nichts wird mit Herrn Knigge, gell, Fru Jensen? Wie war das noch? Fünf Minuten vor der Zeit ist die wahre Pünktlichkeit …«

»Ich weiß, ich weiß«, sage ich zerknirscht. »Vielleicht behaupte ich einfach, dass ich überfallen wurde und mich erst einmal sammeln musste. Könntest du mir vielleicht eine runterhauen, sodass ich ein blaues Auge bekomme?«

Ich schiele zu Pia rüber, die sich auf den Straßenverkehr konzentriert. Wir müssen beide lachen.

»Geniale Idee. Ich vermöbel dich gleich richtig.«

»Sehr gut, was täte ich nur ohne dich?«

»Ach ja«, sagt Pia plötzlich. »Bei ›Punkt 12‹ haben sie gestern erzählt, dass sich die deutsche Knigge-Gesellschaft für ein Popcorn-Verbot in deutschen Kinos einsetzt. Zumindest soll es popcornfreie Zonen geben. Vielleicht kannst du das ja irgendwo unterbringen. Dann sehen sie gleich, dass du vom Fach bist.«

Ich muss lachen. Pia guckt doch allen Ernstes »Punkt 12«! Normalerweise verweigert meine »arte-3sat-wenn-es-denn-sein-muss-ARD-Freundin« nämlich jede Art von Trash-TV. Bis auf »Verbotene Liebe«, das wir beide schon seit Teenagertagen schauen, können die deutschen Fernsehmacher einfach nicht bei ihr landen. Sie lehnt den »Bachelor« ab (»Dieses Frauenbild, das dort transportiert wird, ist ja menschenverachtend«), ebenso wie »Bauer sucht Frau« (»Volksverdummung«), »DSDS« (siehe »Bauer sucht Frau«) und auch »Germany's Next Topmodel« (siehe »Bachelor«).

»Aber dieses Popcorn-Ding ist doch ganz interessant, oder?«, fragt Pia. »Musste gleich an dich denken. Vielleicht ergibt sich ja wirklich die Gelegenheit und du kannst das unterbringen. Guck mal, ich bemühe mich wirklich, dass du noch eine richtige Traumfrau wirst.« Sie lacht.

Ich stelle mir vor, wie ich gleich den Seminarraum betrete.

»Guten Morgen, meine Damen und Herren. Mein Name ist Hannah Jensen, ich bin eine halbe Stunde zu spät und setze mich für popcornfreie Zonen im Kino ein.« Genial, na ja, mehr oder weniger.

Wir erreichen das Hotel am Hamburger Hauptbahnhof, Pia hält

mit quietschenden Reifen, drückt mir ein Küsschen auf die Wange, ich steige aus und renne zum Eingang, in der Hoffnung, mir wird auf den letzten Metern noch eine passende Erklärung für diesen Fehlstart einfallen.

Dann wollen wir mal. Auf in den Kampf. Herr Knigge, ich bin bereit.

***

Auf dem Weg zum Konferenzraum Nummer 3 gehe ich noch einmal alle Möglichkeiten für meine souveräne Vorstellung durch. Als ich schließlich klopfe, mir eine sehr schick gekleidete Frau die Tür öffnet und mich sieben Augenpaare anstarren, entscheide ich mich ganz spontan für »Äh … hallo … Entschuldigung … ja … ich bin … die Bahn.«

Die Frau lächelt höflich, ergreift entschlossen meine Hand und sagt in einem fröhlichen Singsang: »Nun kommen Sie erst einmal rein. Mein Name ist Susanne Pflaumbaum, und ich heiße Sie herzlich willkommen. Sind Sie Frau Jensen? Wie schön, dass Sie hier sind. Sehen Sie dort drüben, dort ist noch ein Platz für Sie. Und noch einmal: Herzlich willkommen.«[12]

Sie zeigt auf einen freien Platz, ich setze mich und atme tief durch. Da Frau Pflaumbaum zum Glück einfach weiter im Programm macht (»Wir sind gerade beim Themenkomplex ›korrekte Anrede‹«), komme ich nicht in Verlegenheit, mich noch weiter erklären zu müssen. Ich schreibe schnell »Hannah Jensen« auf das Namensschild, das auf meinem Tisch steht, und schaue dann konzentriert nach vorne zu Frau Pflaumbaum. Jetzt nur nicht weiter

[12] Das nennt man wohl souverän.

auffallen, alter Trick von chronischen Zuspätkommern. Dann ist man in nur wenigen Minuten fester Teil der Gruppe und niemand weiß mehr, dass man ja zu spät gekommen ist.

Während ich also stur und ohne Regung nach vorne starre, sehe ich mir Susanne Pflaumbaum genauer an. (Wen auch sonst? Vorne ist ja sonst niemand.) Meine Güte, sie ist ein echter Knigge-Profi! Nicht nur, wie galant sie gerade über mein Zuspätkommen hinweggegangen ist und mich nicht bloßgestellt hat – nein, auch ihr ganzes Aussehen und Auftreten ist dermaßen perfekt, dass ich spontan beschließe, zu Hause nie mehr tagsüber im Schlafanzug rumzulaufen.

Susanne Pflaumbaum trägt hohe, aber nicht zu hohe schwarze Schuhe aus teurem, edlem Leder (das sehe ich sogar von hier!), eine schwarze Stoffhose (mit einer perfekten Bügelfalte exakt in der Mitte der Kniescheibe), eine weiße Bluse, die fein säuberlich unter dem beigefarbenen Blazer hervorguckt (ohne auch nur eine einzige Falte zu werfen, wie geht das?), ein kariertes Tuch, passend zum Blazer, einen schwarzen Gürtel, der in Farbe und Leder perfekt auf die Schuhe abgestimmt ist, einen Goldring mit einem roten Stein, der – das darf doch nicht wahr sein – exakt dasselbe Rot hat wie ihre Fingernägel.

Ich beschließe nicht nur, den Schlafanzug tagsüber nicht mehr zu tragen, sondern auch, keine Jogginghose mehr anzuziehen, sondern nur noch gebügelte Stoffhosen. Ja, auch wenn ich alleine bin und mich niemand zu Hause sieht.

Wenn Susanne Pflaumbaum spricht, macht sie Armbewegungen, die dynamisch, aber niemals hektisch sind, sie lächelt in die Runde und schaut einzelnen Teilnehmern dabei in die Augen, ohne dass es unangenehm ist, und steht gerade, ohne steif zu wirken.

Wenn ich nach diesem Seminar nur ein klitzekleines bisschen wie Susanne Pflaumbaum bin, ist schon viel gewonnen.

»Haben Sie eine Idee, Frau Jensen?« Frau Pflaumbaum steht direkt vor mir und sieht mich freundlich an.

»Äh ... wie bitte?«

Frau Pflaumbaum lächelt wieder beziehungsweise immer noch freundlich und lässt sich nicht anmerken, dass ich gerade mit wahrscheinlich leerem Blick definitiv gestottert habe.

»Was glauben Sie?«, hakt sie nach. »Wenn Sie auf einem Empfang Ihrem Nachbarn und dessen Frau begegnen. Wen begrüßen Sie zuerst?«

Sie lächelt mir aufmunternd zu. Eine Chance von 50 zu 50. Das schaffe ich.

»Die Frau?«, frage ich zaghaft.

»Genau richtig, denn ...«

» ... die Frauen stehen in der gesellschaftlichen Rangordnung höher«, vervollständigt eine schrille Stimme neben mir den Satz. Zum ersten Mal sehe ich meine Tischnachbarin an (inzwischen bin ich auch fest in die Gruppe integriert und muss nicht mehr regungslos nach vorne starren). Neben mir sitzt ein junges Mädchen, maximal 20. Sie hat glatte, blonde Haare, trägt eine rosa Bluse und darüber einen grauen Pullover mit dezenter Polopferdstickerei auf der Brust, eine Perlenkette und passende Ohrringe und am Handgelenk baumelt – das wird doch wohl keine echte sein – eine Rolex.

Ich spüre, wie ich dieses perfekte Wesen neben mir immer noch anstarre.

Theresa Halberschmidt lässt sich nicht aus der Ruhe bringen. Im Gegenteil – sie legt noch einmal nach und schaut mich dabei belehrend an: »Sie müssen aber beachten, dass es im beruflichen Umfeld nach der Position geht, wer wen zuerst begrüßt. Frau und Mann sind dann in der gesellschaftlichen Rangordnung gleichwertig.«

»Aha«, bringe ich heraus.

Frau Pflaumbaum lobt Frau Halberschmidt, Frau Halberschmidt grinst mich siegessicher an und Frau Pflaumbaum fährt fort. Nun geht es darum, wer wem zuerst die Hand gibt, wie man den anderen vorstellt, wie man sich selbst vorstellt, ob und wie man zur Begrüßung vom Stuhl aufsteht, wann man jemandem das Du anbietet und ob man ein Du ablehnen darf. Ich schreibe fleißig mit, kann mich aber nicht richtig konzentrieren, denn als mein Blick gerade zur Seite fällt, sehe ich, dass Theresa Halberschmidt nicht den Hotel-Kugelschreiber benutzt, den wir alle benutzen, sondern dass sie einen Mont-Blanc-Füller (!) mit goldener Feder (!) in der Hand mit ihren perfekt manikürten Fingernägeln hält.

Was zu viel ist, ist zu viel.

Ich beschließe, dass ich zu Hause sehr wohl mal wieder meine Jogginghose anziehen werde, nur um der perfekten Theresa Halberschmidt eins auszuwischen. Pah! Im nächsten Moment fällt mein Blick wieder auf die nette Frau Pflaumbaum, die gerade stilsicher durch den Raum geht und dabei so ordentlich und adrett aussieht, dass ich ein schlechtes Gewissen wegen der Jogginghose bekomme. Kurz: Es ist ein Auf und Ab der Gefühle.

»Kommen wir nun zu den Titeln«, sagt Frau Pflaumbaum. »Wann lässt man den Doktor weg, wann nennt man in der Anrede den Professor? Und wie sieht es mit der Gräfin aus? Und wissen Sie, wie man einen Kardinal richtig anspricht oder den Papst?«

Während alle mit den Nachbarn tuscheln (bis auf Theresa Halberschmidt und mich), teilt Frau Pflaumbaum Übungszettel aus. »Wie lautet die Anrede?« steht oben, darunter ein paar Namen, die wir vervollständigen sollen.

Dr. med. Stefan Huber
Prof. Dr. Ing. Klaus Hoffmann
Baron von Flick
Der Papst
Bischof
Rektor
Bundeskanzler
König
Prinz

Nach und nach gehen wir die Personen durch, und Frau Pflaumbaum erklärt, dass man bei einem Doppel-Doktor (so etwas gibt's?) nur einen Doktor benutzt, dass bei einer Gräfin das »von« wegfällt, dass bei einem Doktor-Professor der Professor genannt wird, dass der Papst der »Heilige Vater«, der Bischof »Eure Eminenz« und der Rektor »Eure Magnifizenz« ist. Ich fülle den Arbeitsbogen eifrig aus und ein seliges Grinsen macht sich auf meinem Gesicht breit.

Ist das herrlich. Da sitze ich hier und lerne, wie man den Papst anspricht! Oder einen Prinzen. Oder einen König. Ich bin auf dem guten Weg, eine gebildete, weltgewandte Frau zu werden. Da lasse ich mich doch nicht von so einer »Rosa-Bluse-Mont-Blanc-Rolex-Tante« aus der Ruhe bringen. Pah, pah, pah!

Gerade erklärt Frau Pflaumbaum übrigens, dass man bei Hofe keine Panik haben muss, denn der Protokollführer nennt ohnehin die richtigen Titel, sodass man sie nur noch wiederholen müsse.

»Gut zu wissen«, sage ich ernst und notiere stolz: »Bei Hofe: Alles paletti«.

Tja, jetzt muss ich wohl nur noch zu Hofe eingeladen werden. Aber ganz ehrlich: Das ist nur eine Frage der Zeit. Ich meine, sehen Sie mich doch mal an. Ich bin ja der Inbegriff der guten Etikette!

Ein bisschen fühle ich mich sogar wie Kate Middleton, die auf ein Leben an der Seite des zukünftigen Königs vorbereitet wird. Aaaaaaaaaahhhhhh.

Plötzlich sehe ich aus den Augenwinkeln, dass Theresa Halberschmidt aufzeigt.

»Ja, bitte?«, fragt Frau Pflaumbaum.

»Ich habe noch eine Frage zu der Anrede. Mein Vater ist Professor-Doktor-Doktor, meine Mutter Doktor-Doktor. Dann rede ich meinen Vater also mit Professor an und meine Mutter mit Doktor, oder?« Was für eine scheinheilige dumme Nuss. Nicht, dass sie nicht genau wüsste, dass das die richtige Antwort ist. Nein, sie muss das unbedingt noch unterbringen.

Bevor Frau Pflaumbaum antworten kann, sage ich: »Wie wäre es mit Mama und Papa?« Die ganze Gruppe lacht. Hurra, ich habe einen Lauf. Kate Middleton wird auch noch lustig.

Bevor es in die Mittagspause geht, stehen noch Tischsitten auf dem Programm. Frau Pflaumbaum holt ziemlich viele Gläser, ziemlich viele Teller und ziemlich viel Besteck aus einem Karton und legt alles wild durcheinander auf einen Tisch. »So, meine lieben Damen und Herren. Dann decken Sie mal ein.« Sie tritt einen Schritt zurück und überlässt uns das Feld. Mit Ach und Krach platzieren wir alles und setzen uns dann wieder auf unsere Plätze. Plötzlich springt Theresa Halberschmidt auf und geht nach vorne. »Huch, ich glaube, dass der Dessertlöffel verkehrt herum liegt.« Argh. Argh. Argh.

»Sie müssen übrigens keine Panik bei einem Zehn-Gänge-Menü haben«, erklärt Frau Pflaumbaum jetzt. »Maximal vier Gänge liegen auf dem Tisch.«

Großer Gott, Frau Pflaumbaum hat aber auch Großes mit uns vor. Erst der Protokollführer bei Hofe und nun das Zehn-Gänge-Menü. Weiß sie was, was ich nicht weiß?

Im Schnelldurchlauf ackern wir uns nun durch die Benimmregeln zu Tisch. Ein paar Kernbotschaften:

1. Wenn ein Mann der Frau den Stuhl heranschiebt, damit sie sich setzen kann, darf sie sich im Anschluss nicht mehr bewegen, weil der Mann sonst denken könnte, er habe den Stuhl nicht richtig herangeschoben.
2. Man sitzt so am Tisch, dass zwischen Tisch und Brust eine Katze passen könnte und zwischen Rücken und Stuhl eine Maus.
3. Die Suppe wird von vorne nach hinten gelöffelt.
4. Die Gabel wird beim Essen nach vorne gedreht.
5. Das Messer lässt man stehen und schiebt das Essen gegen das Messer auf die Gabel. Unter keinen Umständen darf das Messer schieben.
6. Beim Apfelstrudel steht die Gabel über dem Löffel und der Löffel übernimmt die Funktion des Messers und zerteilt den Strudel. Unter keinen Umständen darf die Gabel teilen.
7. Spaghetti dürfen nur maximal 2,5 Zentimeter von der Gabel herunterhängen.
8. Hummer muss von der Küche bereits zur Hälfte durchtrennt sein. Wenn das nicht so ist, darf man es verlangen.
9. Man sollte auf dem Oktoberfest aus Gründen der Geselligkeit den Hähnchenschenkel ruhig mit den Fingern essen, obwohl er größer ist als ein Wachtelei und damit nach Knigge eigentlich mit Besteck gegessen werden muss.

Wahnsinn. Ich bin für alle Lebenslagen gewappnet. Jetzt brauche ich nur noch einen Mann, der im Restaurant meinen Stuhl an den Tisch schiebt, damit ich mich setzen kann. Ich schwöre auch, dass ich mich danach nicht mehr bewege. Nicht, dass er noch denkt, er hätte was falsch gemacht. Nein, nein, das wollen wir nicht riskieren. Ist doch herrlich, wenn man diese Art von Sorgen hat, oder?

Ich denke noch darüber nach, dass fürs Erste Pia ja mit mir mal üben kann, da drückt Frau Pflaumbaum jedem von uns ein komisches Besteck in die Hand. Der Reihe nach sollen wir sagen, ob wir es kennen oder uns vorstellen können, was es denn sein möge. Ich bin die Erste, die dran ist, und ich schwöre bei allem, was mir heilig ist: Es sieht exakt so aus wie dieser Löffel, der zu Silvester zum Bleigießen gehört. Vielleicht ist das eine Falle. Ich versuch's mal.

»Es ist ein Löffel fürs Bleigießen?«, frage ich.

»Knapp daneben.« Frau Pflaumbaum lacht. »Kann jemand helfen?«

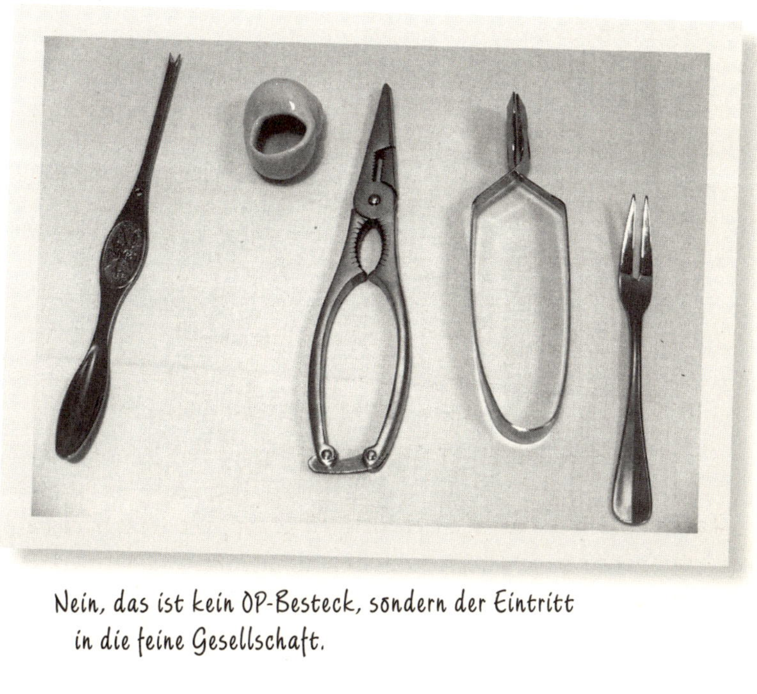

Nein, das ist kein OP-Besteck, sondern der Eintritt in die feine Gesellschaft.

Ratlose Gesichter. Doch plötzlich meldet sich Theresa Halberschmidt.

»Das ist doch ein Göffel, oder?«

Ja, es ist ein Göffel. Und ja, ich frage mich, warum Theresa Halberschmidt diesen Knigge-Kurs überhaupt absolviert. Sie weiß alles. Alles, alles, alles. Ich drehe noch durch. Aber wissen Sie was? Wenn ich mir Theresa Halberschmidt genauer ansehe, muss ich feststellen: Sie hat ziemlich dicke Pausbacken. Mit dem Wissen, dass ich hochoffiziell anerkannte slawische Wangenknochen habe, geht es beruhigt in die Mittagspause.

Der Rest des Seminars ist schnell erzählt. Beim Mittagessen sitze ich gerade, drehe die Gabel nach außen, löffel die Suppe von vorne und wünsche den anderen keinen guten Appetit, sondern nicke nur stumm in die Runde. Nach der Mittagspause haben wir gelernt, dass die Männer einen Frack und die Frauen ein langes, dekolletiertes Abendkleid tragen, wenn auf der Einladung »white tie« steht.

Grundgütiger. Ich glaube, mir steht wirklich Großes bevor.

Fünf

Ravioli mit Stern

Ich will mich ja nicht loben, aber der Knigge-Kurs hat doch tatsächlich Spuren hinterlassen. Erst vor drei Tagen wurde ich von Frau Pflaumbaum in die Welt der besseren Umgangsformen eingeführt und schon trägt ihre Arbeit Früchte. Sie sollten mich jetzt mal sehen! Ich sitze wie eine richtig elegante Frau kerzengerade (!) in der Nord-Ostsee-Bahn Richtung Klixbüll, lese die *FAZ* (!), trage ein graues Kaschmir-Jäckchen von Strenesse[13] und habe vor fünf Minuten zwei Jugendliche, die in Elmshorn zugestiegen sind und sofort ihre Beine auf die Sitze gelegt haben, höflich, aber bestimmt darauf hingewiesen, dass dies ein öffentlicher Zug sei und dass sie doch bitte an die anderen Fahrgäste denken sollten, die noch einen sauberen Bezug nutzen möchten.

Jajaja, bis vor Kurzem hätte ich mich vielleicht als spießig bezeichnet, und eigentlich lege ich auch gerne mal meine Beine auf die Sitze, aber nein: Frau Pflaumbaum hat mir den richtigen Weg gewiesen. Ich bin inzwischen überzeugt, dass die Welt ein klein wenig mehr Anstand, Höflichkeit, Benimm und das Wissen, wie man korrekterweise den Papst anspricht, vertragen kann. Ich glaube ja ohnehin, dass das der einzige Haken an diesem Knigge-Kurs ist:

---

[13] Sie hat ein kleines Vermögen gekostet, aber ich glaube, eine sinnvollere Investition habe ich schon seit Längerem nicht mehr getätigt. Ich bin in dieser Jacke ein ganz anderer Mensch, wirklich! Wahrscheinlich wird es bald vor Jobs nur so regnen, weil ich eine ganz andere Ausstrahlung habe. Und dann bekomme ich die Jacke zig Mal wieder rein!

So schnell wird mir der Papst nicht über den Weg laufen. Auch die Wahrscheinlichkeit, dass mir in nächster Zeit ein König oder ein Prinz, oder meinetwegen auch nur ein Fürst, begegnet, geht ebenfalls gegen Null. Das ist doch wirklich gemein. Da weiß ich jetzt, wie ich *jeden, aber auch jeden* Hans und Franz korrekt anspreche, und dabei habe ich gar keine Gelegenheit dazu. Ich habe schon überlegt, ob ich dem Rektor der Uni Hamburg mal einen Brief schreiben soll. So nach dem Motto: *»Eure Magnifizenz, seien Sie in höchstem Maße gegrüßet. Der holde Tag sei mit Ihnen. Mit größtem Respekt und bewundernder Hochachtung verbleibe ich auch Eurer Spektabilität in demütiger Hoffnung, Ihre Hannah Jensen. P.S.: Der Heilige Vater sowie Eure Durchlaucht schließen sich jetzt einfach mal an.«*

Weiß nicht, ob das so viel Sinn macht. Er wird sich zwar denken: »Heiliger Bimbam, diese Hannah Jensen muss ja wirklich sehr gebildet sein«, aber so richtig viel Aufmerksamkeit bekomme ich damit natürlich nicht. Wenn es hochkommt, erzählt er seiner Sekretärin von dem Brief. Und dann verpufft meine Weltgewandtheit in dem muffigen Hinterzimmer einer unmotivierten 400-Euro-Kraft.

Nein, nein, ich stelle mir das alles eher so vor: Ich werde zu einem Empfang in einer Jugendstilvilla eingeladen und von der Gastgeberin, einer Gräfin mit Seidentuch, den anderen Gästen vorgestellt. Nachdem ich etwa zehn Minuten lang gekonnt, charmant, interessiert und dennoch nicht zu aufdringlich Small Talk betrieben habe, stößt ein weiterer Gast hinzu. Die Gastgeberin hat leider keine Zeit, ihn den anderen vorzustellen (vielleicht muss sie sich um das Streichquartett kümmern, das gerade gekommen ist), und bittet prompt *mich*, den neuen Gast in die Runde einzuführen. Es wird ein wenig sein wie dieses Spiel »Ich packe meinen Koffer«, wo man sich furchtbar viele Begriffe merken muss. Doch ich meistere die Aufgabe bravourös und stelle nacheinander die Barone, Doktoren, Freiherren, Gräfinnen, Professoren und Botschafter vor. Ohne mich auch nur einmal zu verhaspeln, werde ich Titel wegfallen lassen, wenn sie überflüssig sind, und sie hinzufügen, wenn es die Etikette verlangt. Wenn ich schließlich alle einander bekannt gemacht habe, werde ich in die Runde fragen: »Meine Damen und Herren, wollen Sie mich nun bitte ans Buffet begleiten? Ich habe entzückende Canapés gesichtet, und wir sollten uns die Gelegenheit nicht entgehen lassen, auch den bereits von der Küche halbierten Hummer zu verspeisen und dabei die Gabel nach außen zu drehen.«

Apropos Tischsitten. Heute Nachmittag kann ich das alles anwenden. In echt! Wahrscheinlich werde ich auch über »Göffel« sprechen und ganz ernsthaft darauf achten, dass meine Spaghetti nicht mehr als exakt 2,5 Zentimeter von der Gabel hängen. Ist das nicht aufregend?

Was ich vorhabe? Nun, ich bin auf dem Weg zum »Söl'ring Hof«. Das ist ein Fünf-Sterne-Hotel auf Sylt. Eine Übernachtung kostet zwischen 400 und 1000 Euro, es gibt einen Rolls Royce, mit dem die Gäste über die Insel chauffiert werden, sie haben ein mehrfach ausgezeichnetes Zwei-Sterne-Restaurant, in dem man mir, Hannah Jensen, der Jungfrau am Herd, heute höchstpersönlich ein Zwei-Sterne-Gericht beibringen wird. Ihnen wird ganz schwindlig vor lauter Sternen? Mir auch! Sie finden, ich bin ein richtiges Glückskind? Nun, das finde ich auch!

»Jungfrau am Herd« ist übrigens ein bisschen übertrieben. Es ist ja nicht so, dass ich *gar* nicht kochen kann. Ich kann:

1. Spiegelei braten
2. Rührei machen
3. Reis kochen (gut, manchmal wird er etwas matschig)

4. Nudeln kochen (siehe Reis)
5. Toast Hawaii

Dabei ist mir Kochen sogar ziemlich wichtig. Ich vergöttere geradezu Frauen, die kochen können! Meine Freundin Nadine zum Beispiel kann locker ein Drei-Gänge-Menü kochen, obwohl sie eigentlich gar nichts im Kühlschrank hat. Sie bemüht grundsätzlich kein Rezept, weil sie das nur – ich zitiere – »einengen würde«. Als wir uns neulich zum »Germany's-Next-Topmodel«-Gucken verabredet hatten (ausnahmsweise natürlich!) verschwand sie für nur zehn Minuten in der Küche. »Ich habe uns noch schnell was Kleines gemacht«, sagte sie und stellte vollkommen beiläufig perfekt angerichtete Hähnchen-Saltimbocca auf Rucola-Salat auf den Tisch. Ich war sprachlos. Ein paar Wochen zuvor hatte ich Nadine zum Essen zu mir eingeladen. Ich kam mir wahnsinnig mondän vor, weil ich grüne Bandnudeln mit einem außergewöhnlichen Bärlauch-Pesto (zugegeben, aus dem Glas) gekocht hatte. Großer Gott, bis gestern war ich mir sicher, dass ich Nadine nie wieder im Leben zum Essen einladen könnte. Aber nein, ich muss mich korrigieren: Natürlich lade ich Nadine bald zum Essen ein. Und zwar zu einem richtigen Zwei-Sterne-Essen. Hah, von wegen popelige Hähnchen-Saltimbocca, Nadine wird sich noch warm anziehen müssen!

Um ein Haar wäre ich jetzt übrigens auf dem Weg zur Hamburger Volkshochschule gewesen und hätte gelernt, wie man Brötchen mit Butter beschmiert.[14] Denn fast hätte ich mich zu einem Koch-

[14] Liebe Hamburger Volkshochschule, wenn Sie das hier lesen und jetzt furchtbar gekränkt sind: Ich bin mir sicher, Sie vermitteln auch andere Gerichte in Ihren Kochkursen. Aber seien Sie doch mal ehrlich. Wofür würden Sie sich selbst entscheiden? Für einen Kochkurs bei Ihnen oder in einem Zwei-Sterne-Restaurant auf Sylt? Sehen Sie, da haben wir's!

kurs dort angemeldet, nachdem Pia und ich »Kochen lernen« auf den Plan der Verwandlung gesetzt hatten. Zum Glück habe ich manchmal doch noch lichte Momente im Leben und habe mich *nicht* angemeldet. Denn:

1. Natürlich will ich kochen lernen, aber dazu muss ich nun wirklich nicht einen ganzen Kurs über Wochen oder – Gott bewahre – Monate belegen. Vielmehr ist es doch wichtig, dass ich *ein* richtiges Kracher-Gericht kochen kann. Stellen Sie sich mal vor, ich lade einen Mann zum Essen ein und tische ihm dann Steinbuttfilet an Fenchel-Carpaccio mit Jakobsmuscheln im Zucchinimantel auf. Ich meine, der wird doch so in Ehrfurcht erstarren, dass der gar nicht merkt, dass es später nur noch Nudeln mit fertiger Tomatensauce gibt.

Das ist wie damals im Physikunterricht bei Herrn Paysen. Ich verstand nichts von den Wechselrichtern und dem ganzen Kram, doch Herr Paysen, der neu an unserer Schule war, hatte natürlich keinen Schimmer, dass *ich* keinen Schimmer hatte. So schöpfte er auch keinen Verdacht, als ich in der ersten Klausur die beste Note hatte. Eine Eins! Der gute Herr Paysen hatte sich bei den Punkten verrechnet und ich den Ruf, ein totales Ass in Physik zu sein. Sukzessive bin ich danach von einer Eins auf eine Drei gerutscht. Aber sonst wäre ich wahrscheinlich gleich auf eine Vier gekommen. Wie gesagt: Der erste Eindruck zählt!

2. Wenn man *ein* Gericht kochen kann, kann man alles kochen. Das ist doch ganz einfach. Man muss nur die Zutaten anders kombinieren, und schon kann man ganz viele tolle Köstlichkeiten zaubern. Aus Steinbuttfilet an Fenchel-Carpaccio mit Jakobsmuscheln im Zucchinimantel wird dann zum Beispiel Zucchini-Carpaccio

mit Steinbutt in Fenchelmuscheln an Jakobsfilet oder so ähnlich. Genial.

3. Die Hamburger Volkshochschule ist nun wirklich nicht der richtige Ort, um angemessen in die gehobene Küche eingeführt zu werden. Der »Söl'ring Hof« (Sterne, Sterne, Sterne!) dafür umso mehr.

Vor drei Jahren hatten meine Eltern Perlenhochzeit, und gemeinsam mit der gesamten Verwandtschaft haben wir den beiden ein Sieben-Gänge-Essen im »Söl'ring Hof« geschenkt. Als wir meine Eltern spät abends wieder am Bahnhof abholten, hatte meine Mutter ein seliges Lächeln auf dem Gesicht, und selbst mein Vater, der ein typischer Nordfriese ist und für gewöhnlich nicht viele Worte verliert, sagte: »Das war stark.« (Das klingt jetzt vielleicht nicht richtig euphorisch, aber glauben Sie mir, bei meinem Vater will das was heißen. Als ich mein Studium abschloss und im ehrwürdigen historischen Saal der Uni Hamburg verabschiedet wurde, sagte mein Vater: »Gut.«)

Nachdem ich den »Söl'ring Hof« zur Geburtsstätte meines Kochlebens auserkoren hatte, verfasste ich folgende E-Mail:

> Sehr geehrter Herr Sondej,
>
> ich bin eine freie Journalistin aus Hamburg und würde mich sehr gerne in Zukunft auf die Gastronomie-Berichterstattung fokussieren. Ein renommiertes Food-Magazin, dessen Namen ich hier leider nicht nennen darf, weil es unerkannt bleiben möchte, bat mich nun, ein Zwei-Sterne-Essen vorzukochen, um eingestellt zu werden. Ich möchte Sie gerne bitten, mir ein

entsprechendes Essen beizubringen. Außerdem sicherte mir das renommierte Food-Magazin zu, eine große Titelgeschichte darüber zu bringen, wie Sie mir alles erklärt haben.

Mit freundlichen Grüßen
Ihre Hannah Jensen

Gut, vielleicht waren da ein paar klitzekleine Notlügen dabei, aber ich finde, dass sich mein Beruf ruhig irgendwann auch einmal auszahlen muss.

Ein paar Tage nachdem ich die Mail abgeschickt hatte, erhielt ich Antwort. Vom »Söl'ring Hof«! Herr Sondej, der Souschef[15], freue sich auf meinen Besuch, und ja, gerne können wir etwas zusammen kochen.

Und genau das findet heute Nachmittag statt! Ich bin ja schon ein wenig aufgeregt. Vielleicht stellt sich ja heraus, dass ich wahnsinnig Talent zum Kochen habe, und vielleicht wird mir gleich ein Job angeboten. Aber will ich auf Sylt leben? Die Insel ist zwar wunderschön, aber würde man irgendwann einen Inselkoller kriegen? Ach herrlich, ist das alles aufregend.

Ich hätte ja am liebsten noch kurz Halt bei meinen Eltern gemacht, es liegt ja quasi auf dem Weg. Aber nein, die beiden sind mal wieder unterwegs, gerade machen sie ein paar Tage Urlaub in Dänemark.

Dann muss ich ihnen eben ein anderes Mal schonend beibringen, dass ihre kleine Hannah ein richtiger Gourmet geworden ist. Vielleicht kann ich auch bald gar nicht mehr zu Hause essen, weil mein Magen sich voll auf Haute Cuisine eingestellt hat. Ich meine,

---

[15] Werde ich der Soussoussoussoussouschef?

Espressotrinker können irgendwann auch keinen Filterkaffee mehr trinken, wegen der Säure und so!

Eine scheppernde Stimme reißt mich aus meinen Gedanken. »Nächste Station: Westerland«, höre ich plötzlich aus dem Lautsprecher. Willkommen in der Wirklichkeit!

***

Eine Busfahrt später, eingequetscht zwischen Woolrich-Jacken und Perlenohrringen, erreiche ich die Haltestelle »Rantum Mitte«. Ich nehme den kleinen, geschwungenen Pfad von der Hauptstraße zum Hotel und stehe plötzlich direkt davor: Der »Söl'ring Hof« ist ein wunderschönes Reetdachhaus, das idyllisch inmitten der Dünen liegt. Direkt dahinter sind Strand und Meer, ich höre das Rauschen der Nordsee.

Wenn ich mir vorstelle, ich würde jetzt vor der Hamburger Volkshochschule in der Schanze stehen … Ich muss kichern. Warum Kreisliga spielen, wenn man auch gleich in die Champions League kann?

Nein, nein. Ein Kochkurs im »Söl'ring Hof« ist die logische Konsequenz meiner Verwandlung.

Mit zitternden Beinen gehe ich Richtung Tür. Drinnen werde ich direkt von einem Herrn im schicken Anzug in Empfang genommen.

»Herzlich willkommen, was kann ich für Sie tun?«

»Gestatten, Hannah Jensen mein Name. Ich habe einen Termin mit Herrn Sondej.«

»Ah ja, er erwartet Sie bereits. Nehmen Sie doch bitte die Treppe dort drüben, Sie kommen dann direkt ins Restaurant.« Er zeigt mit einer großen Armbewegung hinter sich und ich muss an den Adlon-Film neulich im ZDF denken, wo die ganzen Stars mit exakt dieser ausladenden Armbewegung hineingebeten wurden.

»Merci«, flöte ich und gehe Richtung Treppe. (Ich habe doch tatsächlich »Merci« gesagt!)

Manchmal habe ich wirklich einen Lauf. Ich meine, so stilvoll habe ich mich noch nie irgendwo vorgestellt (Frau Pflaumbaum war wirklich jeden Cent wert!) und so stilvoll wurde ich noch nie irgendwo empfangen. Es heißt doch immer, dass die Umgebung einen Menschen formt. Und ich muss sagen: Ich bin eine gestandene, elegante Frau, die weiß, was ein Göffel ist.

Ich schreite die Treppe zum Restaurant hinauf und denke noch darüber nach, wie ich das Gespräch mit Andreas Sondej irgendwie auf diesen Göffel bringen kann (ich *muss* das irgendwo unterbringen!), als er plötzlich direkt vor mir steht.

»Frau Jensen?« Kräftiger Händedruck, schwarze, dichte Haare, überaus sympathisches Lachen. »Schön, dass Sie da sind. Hatten Sie eine gute Fahrt? Ich hole Ihnen schon mal eine Schürze, und dann können wir auch direkt anfangen.«

So schnell, wie er aufgetaucht ist, so schnell verschwindet er hinter einer Tür. Ich nutze die Zeit, um mich in aller Ruhe umzusehen.

Das Restaurant ist kleiner, aber noch edler, als ich es mir vorgestellt hatte. Weiße, gebügelte Decken liegen auf den Tischen, die Stühle sind mit dezentem Leder überzogen, durch die Fenster hat man einen herrlichen Blick auf die Dünen, eine Kellnerin poliert an einem der Tische in höchster Konzentration ein Glas, in der Ecke steht ein traumhafter Kamin. Und dann erst dieses Licht! Viele kleine Lampen (die sicher ein Vermögen gekostet haben) baumeln an der Decke und zaubern ein so weiches, warmes Licht, dass selbst *ich* hier einen ebenmäßigen Teint haben müsste. Perfektes Licht in einem Raum macht wirklich viel aus, denke ich. Eigentlich müsste

man auch für seine eigene Wohnung einen Lichtdesigner einstellen. In diesem Licht ist man ja ein ganz anderer Mensch!

Ich starre selig-verklärt ins Leere, als mich plötzlich jemand an die Schulter tippt. Andreas Sondej ist wieder da und drückt mir eine Schürze in die Hand.

»Wollen wir?«

»Ja. Wir wollen«, sage ich mit fester Stimme. Sollte ich irgendwann heiraten, werde ich vor dem Altar sicher daran denken, dass ich schon einmal einem Mann das Ja-Wort gegeben habe.

Während Andreas Sondej in einem irren Tempo etliche Schüsseln und Töpfe aus kleinen Schränkchen mit goldenen Griffen zieht, binde ich mir die Schürze um. Wahnsinn, ich fühle mich so kochmäßig wie noch nie. Gibt es dieses Wort? Na ja, Sie wissen schon, was ich meine. Ich habe das Gefühl, dass ich allein durch dieses Ambiente und diese Schürze zu einer dieser Frauen geworden bin, die mit nur einem Ei und altem Toastbrot ein Drei-Gänge-Menü kochen können.

Ich höre schon förmlich, wie mich bald ein wahnsinnig gut aussehender Mann bittet:

»Hannah, du Kochgöttin, verrate mir dein Geheimnis.«

»Ach, nicht der Rede wert«, werde ich nonchalant antworten. »Ich habe in einem Fünf-Sterne-Hotel mit angeschlossenem Zwei-Sterne-Restaurant das Kochen gelernt. Schmeckt's dir?«

Die Stimme von Andreas Sondej reißt mich aus meinen Gedanken. »Frau Jensen?«

»Ja, das bin ich.« Gott bewahre. »Äh, ja, wie bitte?«

»Ich habe mir überlegt, dass wir gefüllte Ravioli mit Kartoffelstampf machen, dazu ein halbwarmes Ei sowie selbst gemachtes Lauchöl. Ist das in Ordnung?«

»Sehr gerne, klingt fantastisch.«

Andreas Sondej stellt eine Schüssel mit Kartoffeln vor uns.

»Schälen!« Er lacht, drückt mir ein Messer in die Hand und fängt an, wieder in einem irren Tempo eine Kartoffel zu schälen. Währenddessen erzählt er, dass er aus dem Schwarzwald kommt, sich aber inzwischen auf der Insel wie zu Hause fühlt. Nur der erste Winter sei ziemlich hart gewesen. Er lacht.

Himmel, er ist wirklich nett! Und da ich ja ohnehin eine Schwäche habe für kochende Männer (durchtrainierte Unterarme wegen der schweren Töpfe, Kochjacke, Liebe geht durch den Magen, Steffen-Henssler-Trauma), merke ich, wie ich zwar so tue, als würde ich konzentriert die Kartoffel schälen, aber nebenbei heimlich zu Andreas Sondej rüberschiele. Aber wissen Sie was? Ich bin wirklich eine neue Hannah Jensen!

Die alte Hannah Jensen hätte jetzt überlegt,

1. ob eine Fernbeziehung Sylt-Hamburg funktionieren könnte,
2. ob sie nicht doch lieber nach Sylt ziehen sollte

   und

3. wie es klingt, sich am Telefon mit »Hannah Sondej« zu melden.

Und was mache ich stattdessen? Ich sehe Andreas Sondej an und denke ganz rational: »Er ist wirklich nett.« Mehr nicht. Nein wirklich, ich bin so ganz und gar auf mein feministisches Manifest konzentriert (hihi), dass ich gar keine Augen mehr für Männer habe. Na ja schon, aber ich laufe ihnen nicht mehr unreflektiert hinterher. Hah!

Da fällt mir ein, dass ich Ihnen das Beste ja noch gar nicht erzählt habe. Als ich neulich vom Hauptbahnhof zurück nach Eimsbüttel gefahren bin (nach dem High-Heel-Seminar), wurde ich doch tatsächlich in der S-Bahn angeflirtet. Ein junger Mann saß mir schräg gegenüber, lachte mich ab und zu an, las dann wieder im *Hamburger Abendblatt*, lachte dann wieder und zwinkerte mir zu. Normalerweise hätte mich das völlig aus dem Konzept gebracht, aber dieses Mal nicht. Ich stand auf und sagte im Vorbeigehen zu ihm: »So nicht.« Zugegeben, diese Reaktion war nicht wirklich sinnvoll (ich war vielleicht doch etwas überfordert), aber sie zeigt doch eins: Ich lasse mich nicht mehr irritieren, sondern ziehe meinen Plan konsequent durch.

»Hah«, entfährt es mir plötzlich laut, als ich darüber nachdenke, welch Verwandlung ich schon durch gemacht habe.

»Wie bitte?«, fragt Andreas Sondej.

»Äh … hah … eine Kartoffel, wollte ich sagen.« Ich hebe die Kartoffel in die Luft und rufe: »Hah, hah, hah, eine Kartoffel, hier, hah!«

Andreas Sondej runzelt die Stirn, lächelt etwas schief und hält mich wahrscheinlich für unzurechnungsfähig. Aber auch wenn der Start besser hätte laufen können – nach dieser kurzen Verwirrung mache ich mich doch ziemlich gut als Kochlehrling.

Ich putze Steinpilze, »blanchiere« den Lauch, gebe den Nudelteig in eine Küchenmaschine, drücke das Wasser aus dem Lauch und mixe ihn im Anschluss, trenne ein Ei und stelle das Eigelb in einem kleinen Glas in den Backofen, rolle in einer Nudelmaschine den Teig aus, steche kleine Raviolis mit einem Ring aus, fülle sie mit der Steinpilzmischung, reibe Parmesan und würze am Ende alles. Na ja, streng genommen macht Andreas Sondej das ein oder andere davon, aber ich stehe bei allen Arbeitsschritten neben ihm und sauge alles wissbegierig in mich auf. Ab und zu sage ich »Interessanter Ansatz« oder gebe ein fachmännisches »mmh« von mir. Ich glaube ja auch, dass Andreas Sondej in mir eine Kochkollegin auf Augenhöhe sieht. Gerade hat er mich zum Beispiel gebeten, Schalotten »brunoise« zu schneiden. So eine Profi-Anweisung gibt man ja schließlich nur, wenn man davon ausgeht, der andere weiß, was gemeint ist. Ich hatte natürlich keine Ahnung, was das bedeuten soll. Habe mich aber ganz gut rausgeredet und gesagt: »Können Sie das vielleicht übernehmen? Ich wollte gerade noch einmal nach dem Teig sehen.«

Als ich zur Arbeitsfläche gegangen bin, habe ich mich übrigens zufällig in einem Spiegel gesehen. Was soll ich sagen? In meiner Kochschürze und mit dem Kochlöffel in der Hand sehe ich wie eine richtige Profi-Köchin aus, Cornelia Poletto kann einpacken!

Ich muss lächeln. Wer hätte gedacht, dass ich so ein Talent fürs Kochen habe? Und dann auch noch für die Sterneküche! In der Volkshochschule wäre ich wirklich unterfordert gewesen.

Nur einmal war ich gerade irritiert. Andreas Sondej bat mich, den heißen Lauch abzuschrecken. »Abschrecken heißt, mit kaltem Wasser kurz zu übergießen. Wenn Sie was nicht verstehen, melden Sie sich einfach, ja?«

Ich muss schon bitten. Auch wenn ich nicht richtig viel Ahnung vom Kochen habe, so weiß ich doch, was »abschrecken« bedeutet. War für einen kurzen Moment eingeschnappt, doch ich kann Andreas Sondej nicht lange böse sein. Gerade zum Beispiel hat er mir erzählt, was die Sterneküche für ihn ausmacht. »Wir wollen den größtmöglichen Geschmack, und trotzdem soll die Küche einfach sein. Ein Lauch soll ein Lauch bleiben und ein Pilz soll ein Pilz bleiben.«

Großer Gott. Ich wusste es! Ich bin ja wie gemacht für die Sterneküche! Auch bei mir soll ein Pilz ein Pilz bleiben! Ich nicke wissend und sage ernst: »Ich bin da inhaltlich ganz bei Ihnen.«

Nach anderthalb Stunden ist das Gericht fertig. Andreas Sondej ruft einen vorbeieilenden Kellner und drückt ihm den Teller mit einer riesigen Haube oben drauf in die Hand. »Einmal servieren, bitte.« Er lacht.

Ich setze mich an einen der fein gedeckten Tische und der Kellner bringt den Teller. Andreas Sondej setzt sich dazu und sieht mich gespannt an. »Guten Appetit, ich hoffe, es schmeckt.«

»Ich soll ganz alleine essen?«

»Ich esse nachher, jetzt geht es ja schließlich um Sie.«

Ein echter Gentleman!

Machen wir es kurz: Ich habe noch nie so lecker gegessen. Ich bin kurz davor, aufzustöhnen, doch ich erinnere mich an Frau Pflaumbaum und sage so gefasst wie möglich: »Das ist geschmacklich wirklich ein Genuss. Mein Gaumen fühlt sich sehr geschmeichelt. Haben Sie vielen Dank für die Einweisung.«

Apropos Frau Pflaumbaum, ich habe gar nicht meinen Knigge-

Kurs untergebracht. Nun, manchmal muss man auch improvisieren können.

Völlig aus dem Zusammenhang frage ich plötzlich: »Verwenden Sie hier eigentlich auch Göffel?«

Sechs
All in!

Ich kann mich nicht mehr erinnern, was Andreas Sondej darauf geantwortet hat. Ich weiß nur noch, dass ich im Bus zurück zum Westerländer Bahnhof Stefan und Christin getroffen habe. Stefan, der bis vor zwei Jahren zu mir gehörte, und Christin, die seit zwei Jahren zu Stefan gehört. (Ganz blöde Kombination!)

Die beiden waren auf Sylt, weil sie im August in Kampen heiraten und sich vor Ort noch einmal vergewissern wollten, ob die Trauzeremonie nun in dem kleinen Leuchtturm im Süden der Insel oder doch lieber gleich direkt in den Dünen stattfinden soll. »Wir können uns einfach nicht entscheiden«, säuselte Christin und streichelte währenddessen Stefans Hand. »Wer die Wahl hat, hat die Qual, sage ich immer«, seufzte sie.

Ich schlug mich ganz tapfer und brachte sogar ein »Dann habt mal eine schöne Feier« heraus.

In der Nord-Ostsee-Bahn nach Hamburg hatte ich zwar permanent einen dicken Kloß im Hals, weinte aber nicht.

Im Bus 25 Richtung Eimsbüttel spürte ich zwar, wie sich auf meiner Netzhaut so ein komischer Schleier breitmachte, aber ich weinte immer noch nicht.

Erst als ich nach Hause kam und im Briefkasten eine Postkarte von Pia fand, bahnten sich die Tränen zielsicher ihren Weg, so als hätten sie nur Jahre auf das »Go« gewartet.

»TRAUMFRAU« stand in Großbuchstaben auf der Vorderseite der Karte, und auf der anderen Seite hatte Pia in ihrer wunderschönen Architektenhandschrift geschrieben: *»Wie war es auf Sylt? Lädst du mich bald zum Sterne-Essen ein? Bin so stolz auf dich, Süße, du bist schon jetzt eine richtige Traumfrau!«*

Ich hätte nicht gedacht, dass es mich so aus der Bahn wirft, Stefan und Christin zu sehen. Ich meine, ich *wusste* ja, dass die beiden zusammen sind, und dass sie heiraten würden, war auch nur eine Frage der Zeit. Aber irgendwie ist es eben noch mal was anderes, so live und in Farbe damit konfrontiert zu werden. Wahrscheinlich ist das ein psychologisches Phänomen. Wenn du etwas nur hörst, schicken die Botenstoffe *»Alles halb so wild«* Richtung Herz; wenn du es dagegen siehst, ist alles zu spät. *»Ach, das ist wirklich real?«*

Und dann auch noch Christin! Sie ist eine der Frauen, die nie einen Handschuh verlieren würden. Und wahrscheinlich weiß sie auch ohne Knigge-Seminar, was ein Göffel ist. Wenn ich ihr erzählt hätte, dass ich gerade mitten in einem Traumfraumarathon stecke, hätte sie wahrscheinlich wieder Stefans Hand gestreichelt und gesagt: »Hannah hat immer so süße Ideen, findest du nicht, Schatz?«

Ich muss wieder weinen.

Ist das nicht vollkommen irre, was ich hier mache?

***

Zwei Stunden später. Ich sehe zum Glück wieder klarer. Pia ist mit zwei Dr.-Oetker-Pizzen vorbeigekommen und hat die Lage treffend analysiert.

1. Ich habe wahrscheinlich so eine Art Mid-Etappen-Crisis. Fünf Etappen liegen hinter mir, fünf kommen noch. Glaubt man Pia, ist das ganz normal, dass ich gerade ein »Zwischentief« habe. »Das

ist doch wie mittags nach dem Essen, da bist du doch auch immer ganz müde.«

2. Ich will Stefan nicht zurück, mich hat lediglich die Tatsache, dass ich ihn – ich zitiere Pia – »in einem neuen Kontext« erlebt habe, irritiert. »Denk doch mal dran, als du den Ford Fiesta an Natascha verkauft hast. Du warst so fertig, als du sie in dem Auto an der Tankstelle getroffen hast.«

Zugegeben, so richtig stichhaltig sind Pias Beweise nicht, aber dazu ist eine beste Freundin schließlich da: mit vollkommen schiefen Vergleichen Optimismus versprühen!

Unter dem Strich hat Pia aber recht. Ich will Stefan wirklich nicht zurück, und so kleine Krisen sind ganz normal. Übrigens könnte ich mich auch schwarz ärgern, dass ich Stefan und Christin nicht im Nebensatz von meiner Kochlehre im »Söl'ring Hof« erzählt habe. Oder vom Yves-Saint-Laurent-Visagisten, der mir slawische Wangenknochen attestiert hat. Na ja, im Nachhinein ist man bekanntlich immer schlauer.

»Was steht eigentlich als Nächstes an?«, fragt Pia und schenkt uns noch ein Glas Wein ein.

»Lass mich raten: Kickbox-Training, damit ich Christin nachts auflauern kann?« Ich hole den Plan meiner Verwandlung aus dem Schlafzimmer.

»Und?«, fragt Pia gespannt.

Ich scanne den Zettel und ein breites Lächeln macht sich auf meinem Gesicht breit.

»Stefan Schröder aus der Reihenhaussiedlung in Hamburg-Barmbek, lebe wohl! Ich bin bereit für keinen Geringeren als James Bond«, rufe ich. »Ich werde Poker lernen!«

Den Rest des Abends verbringen Pia und ich damit, uns auszumalen, wie ich bald in einem Paillettenkleid im Kasino sitze, einen

Mann nach dem anderen nicht nur um den Verstand, sondern auch um seine Jetons bringe und am Ende ein Vermögen gewinne.

Ich muss sagen: Mein neues Leben geht in die nächste Runde.

***

Dass Frauen, die Poker spielen, Männer beeindrucken können, weiß ich schon lange. Als ich klein war, hatte mein Vater mit ein paar Bekannten aus dem Dorf einen Poker-Stammtisch. Renate Hauschildt, Bäuerin und Witwe, war die einzige Frau in der Runde – und an vielen Abenden die Gewinnerin. Ich erinnere mich noch genau, als der Stammtisch einmal bei uns im Wohnzimmer stattfand und ich heimlich durch den Türspalt gesehen habe: Da saß die dicke Renate Hauschildt, umgeben von acht schnaufenden Männern mit aufgedunsenen, roten Gesichtern, und verzog keine Miene. Der Stapel an Münzen und Scheinen vor ihr wurde immer höher, das Schnaufen der Männer immer stärker. Am Ende steckte sie schweigend das Geld in ihre Handtasche und fuhr erhobenen Hauptes mit dem Fahrrad zurück zu ihrem Hof.

Natürlich ging es nicht um hohe Summen, die die Runde verspielte. Aber die Männer redeten sich regelmäßig in Rage, dass Renate Hauschildt sie mal wieder ausgenommen habe wie eine Weihnachtsgans. Immer wenn wir an ihrem Hof vorbeifuhren, zeigte mein Vater auf das neu gedeckte Reetdach und brummte: »Dat heb alles wi betoohlt.«

Gut, ich würde jetzt nicht behaupten, dass Renate Hauschildt mein großes Idol ist, aber trotzdem habe ich durch sie gelernt, dass man mit Poker Eindruck machen kann.

Stellen Sie sich mal vor, dass ich im Rahmen meines Traumfrauprogramms wirklich richtig gut Poker lerne. Ich meine, so schwer kann das nicht sein. Kann mich nicht daran erinnern, dass mein Vater damals irgendwann einmal gestöhnt hätte: »Um Himmels willen, warum haben wir uns nur Poker für unseren Stammtisch ausgesucht, ich begreif die Regeln einfach nicht.« Auch Renate Hauschildt, die bis zu ihrem Eintritt in die Poker-Runde nur für ihre guten Frikadellen bekannt war, hätte sicherlich nicht gesagt: »Super Idee, wir suchen uns das schwierigste Spiel aus, das man sich vorstellen kann.«

Nein, nein, Poker ist ein geselliges Kartenspiel. Wahrscheinlich könnten das auch schon kleine Kinder spielen, wenn sie denn nur Lust hätten, Stunden an einem Tisch zu sitzen und ihr Taschengeld zu verwetten.

Ach herrlich, ich freue mich ja so. Wie schnell Stefan und Christin doch vergessen sind. Jetzt mal unter uns. Was ist aufregender? Sich in einer Jack-Wolfskin-Wetterjacke komische Leuchttürme auf Sylt anzusehen oder bald zwischen gut aussehenden Männern im Smoking in einem Kasino zu sitzen und regelmäßig »All in« zu raunen? Sehen Sie, da haben wir's! Gut, irgendwann soll diese Leuchtturm-Dünen-Entscheidung bitte auch bei mir anstehen, aber genau genommen bin ich noch nicht reif dafür. Noch habe ich ein bisschen Aufregung im Leben verdient. Christin würde bestimmt nie ins Kasino gehen. *»Stefan, Schatz, ich bleibe lieber zu Hause. Im Kasino sind schon ganze Existenzen ruiniert worden. Das macht mir große, große Angst. Ich möchte heute lieber fernsehen und später noch in Ruhe deine Unterhosen bügeln.«*

Tja, und während das Leben an Christin vorüberzieht, geht meins erst richtig los. O Gott, je länger ich über das Thema »Poker« nachdenke, desto sicherer werde ich, dass das mein Durchbruch in Sachen Traumfrauprojekt wird.

Wahrscheinlich werde ich die einzige Frau am Pokertisch sein. Ich werde natürlich ein Kleid mit einem tiefen Dekolleté tragen, und auch meine High Heels werde ich noch einmal aus dem Schrank holen (ich *sitze* ja schließlich nur). Wenn das Spiel dann beginnt, werde ich alle Register ziehen. Ich werde manchmal unschuldig die Augen aufschlagen, um dann im nächsten Moment mit dem perfekten Pokerface meine Jetons in die Mitte zu legen. Kurz: Ich werde verführerisch und gleichzeitig knallhart sein. Wahrscheinlich werde ich mir auch schnell den Ruf erarbeiten, ziemlich abgezockt zu sein, und neue Pokerspieler werden vor mir gewarnt. Und dennoch können sie meinem Charme nicht widerstehen und sind ganz hingerissen, dass eine Frau so ausgebufft und gleichzeitig so anmutig sein kann. Ich höre förmlich, wie ein geschlagener Mann mich nach der Runde fragt, ob wir noch einen Martini zusammen trinken wollen, und ich darauf ganz ernst sage: »Gerne, aber bitte nur geschüttelt und nicht gerührt.« Wir gehen gemeinsam langsam, elegant zur Bar und ich stecke mir auf dem Weg einen Jeton in den Ausschnitt.

Oh. Mein. Gott. Ich drehe durch!

Ach ja, einen kleinen, feinen Nebeneffekt habe ich ja noch gar nicht erwähnt. Mit Poker kann man eine Menge Geld verdienen. Vor zwei Jahren hat ein 22-jähriger Student aus Köln namens Pius Heinz – jetzt halten Sie sich fest – 8,7 Millionen Euro bei dem Weltmeister-Turnier in Las Vegas verdient. Mit einem Kartenspiel! Die anderen acht Spieler, die im Finale waren, haben übrigens auch alle was gewonnen. Der Letzte hat 900 000 Euro und ein paar Zerquetschte bekommen. Der Letzte!

Ich will ja den Abend nicht vor dem Morgen loben, aber ganz auf den Kopf gefallen bin ich ja nun nicht. Stellen wir uns mal vor, dass Poker genau mein Ding ist, und nehmen wir mal an, ich werde wirklich nur Neunte in diesem Turnier. Dann hätte ich auf einen Schlag fast eine Million Euro!

Himmel, ob ich überhaupt noch als Journalistin arbeiten müsste? Nein, natürlich nicht! Wo bin ich denn mit meinen Gedanken? Mit einer Million könnte ich doch von den Zinsen leben und die Welt bereisen. Ich sehe schon, wie ich an einer Strandbar unter Palmen sitze und den Einheimischen Pokern beibringe.

»Hannah?« Pia wedelt mit ihrer Hand vor meinem Gesicht. »Ist da jemand?«

»Huch, ich hatte gerade eine Vision«, stottere ich.

»Das merkte man. Ich habe dich gefragt, wie und wo und bei wem du eigentlich Poker lernen willst?«

»Ach ja, stimmt. Da war ja noch was.« Ich lache. Vielleicht neige ich wirklich dazu, den zweiten bis hundertsten Schritt vor dem ersten zu machen, muss ich mal selbstkritisch anmerken. Aber na ja, so schwer wird das nicht sein, und wahrscheinlich reicht es, ein Pokerhandbuch zu lesen.

»Auf jeden Fall müssen wir zusammen ins Kasino gehen, wenn du das gelernt hast«, sagt Pia.

»Unbedingt!« Wir stoßen mit Wein an.

»Auf dich und die Männer im Smoking«, sagt Pia. »Möge alles so klappen, wie du es dir vorstellst.«

***

Es ist wohl nicht übertrieben zu behaupten, dass manchmal die Dinge in meinem Leben nicht so klappen, wie ich sie mir vorstelle. Umso schöner aber, dass ich jetzt sagen kann: Es wird alles noch viel, viel großartiger, als Pia und ich uns das vor drei Wochen ausgemalt haben.

1. Ich sitze gerade im ICE 1713 nach Berlin.[16]

2. In genau zweieinhalb Stunden nehme ich an einem Poker-Seminar des »Gaming Institute« teil.[17]

3. Morgen Nachmittag treffe ich Pokergott Pius Heinz (jaaaaa, den mit den 8,7 Millionen!) zum Interview.[18]

4. Morgen Abend reist Pia aus Hamburg an, und wir gehen ins Kasino und werden reich und unwiderstehlich.

5. Im kleinsten Koffer, mit dem ich in meinem ganzen Leben je gereist bin, befinden sich nur zwei Dinge: ein Kapuzenpullover (Pius Heinz trägt ausschließlich Kapuzenpullover, und ich bin ja bald seine Schwester im Geiste) und ein tief dekolletiertes Abendkleid mit einem nicht-jugendfreien Schlitz an der Seite und schwarzen Pailletten am Ausschnitt (für meinen Auftritt im Kasino).

6. Ich werde zwei Nächte im Hilton am Gendarmenmarkt schlafen. 210 Euro die Nacht, ohne Frühstück. Ohne mit der Wimper zu zucken, habe ich das für 29 Euro noch dazugebucht.

Sie denken, ich bin jetzt endgültig größenwahnsinnig geworden?

Ich würde das ganz anders ausdrücken: Zum ersten Mal im Leben weiß ich, was ich zu tun habe.

Auch wenn Sie mich für verrückt erklären: Ich bin wirklich felsenfest überzeugt, dass Poker mein Ding ist. Kennen Sie nicht dieses warme, tiefe Gefühl, das sich in einem breitmacht, wenn

---

[16] Gut, diese Tatsache ist jetzt noch nicht so richtig großartig, aber irgendwie fahre ich in letzter Zeit so häufig nach Berlin, dass ich das Gefühl habe, eine Frau von Welt zu sein, die ständig auf Achse ist.

[17] Klingt doch wirklich sehr professionell. »Wo haben Sie gelernt, Frau Jensen?« »Gaming Institute.« Das sitzt.

[18] Ich habe etwas geschummelt und vorgegeben, ich würde für ein neues Poker-Magazin einen Artikel über ihn schreiben wollen. So schlimm finde ich diese kleine Notlüge gar nicht, denn a) muss sich mein Job auch mal auszahlen und b) gründe ich ja vielleicht selbst bald ein Poker-Magazin. Hah!

man sich einer Sache ganz sicher ist? Außerdem heißt es nicht umsonst, dass man sich auf die weibliche Intuition verlassen kann. Und genau diese Intuition habe ich jetzt: Ich bin wie gemacht für Poker!

Gut, als Stefan an unserem letzten Abend in der Toskana sagte, dass er mit mir reden wollte, war ich mir auch fast zu 100 Prozent sicher, dass er mir einen Antrag machen wollte. Aber wenn ich ehrlich bin, gab es damals noch eine ganz kleine Stimme in mir, die mir ins Ohr flüsterte: »Ist das jetzt wirklich wahr?«

Und jetzt beim Poker – nichts. Ich höre nichts! Da ist keine Stimme, da sind keine Zweifel, keine Ängste, kein Misstrauen, nichts, niente, nada. Ich bin mir dermaßen sicher, dass ich bald ganz groß im Pokern rauskomme, dass ich mich schon fast ein wenig ärgere, dass ich erst jetzt darauf gekommen bin. Stellen wir uns mal vor, dass ich schon direkt nach dem Abi diesen Weg eingeschlagen hätte. Und nehmen wir dann mal an, dass ich pro Jahr nur etwa – worst case – 50 000 Euro gewonnen hätte. Mir wird ganz schummrig, ich hätte mir ja schon längst ein Haus an der Außenalster kaufen können! Aber nun gut, besser spät als nie.

Ich lächele selig vor mich hin. Wer hätte gedacht, dass ich von meinem Vater nicht nur die Vorliebe für Baumkuchen mit Zartbitterglasur erbe, sondern auch noch das Talent zum Pokern. Pokern! Wenn ich jetzt beispielsweise wahnsinnig gut »Mensch ärgere dich nicht« spielen könnte – im stillen Kämmerlein würde man sich zwar darüber freuen, doch für ein Leben im Rampenlicht wäre das wohl eher ungeeignet. Aber Poker? Das hat was.

Ich bin mir übrigens so sicher, dass dieses Wochenende meinem Leben eine neue Wendung verleihen wird, dass ich gestern einen Auftrag des *Elmshorner Boten* (ich sollte den neuen Vorsitzenden der Feuerwehr portraitieren) abgesagt habe. Bald habe ich wahrscheinlich so viel Geld, dass ich den ganzen Laden kaufen könnte. Und ohnehin bin ich nicht Journalistin geworden, um für 20 Cent die Zeile mit irgendwelchen Feuerwehrmännern im Vereinsheim zu sitzen.

In meiner Absage an den Chefredakteur habe ich meinem ganzen Frust, der sich in den letzten Jahren angestaut hat, Luft gemacht. Ich sag Ihnen, das tat so gut, sich all das mal von der Seele zu schreiben: die schlechte Bezahlung, die langweiligen Termine (Feuerwehr, gääääääähn!), die geringe Wertschätzung freier Journalisten, die immer auf Knopfdruck parat stehen müssen. Himmel, bin ich froh, dass ich das alles einmal losgeworden bin. Man liest doch dauernd in Zeitschriften von irgendwelchen Aussteigern, die plötzlich einen ganz anderen Weg im Leben eingeschlagen haben und nun nicht mehr bei der Versicherung in Dortmund, sondern als Aromatherapeut in Andalusien arbeiten. Genau so fühle ich mich! So befreit, so rein. Ich wage mich auf neues Terrain und nun ziehe ich das auch durch.

Und dann auch noch Poker – immer wenn ich dran denke, dass ich bald nicht nur eine Frau bin, die auf hohen Schuhen gehen kann (na ja, ein bisschen wenigstens), die kochen kann (ein Gericht zumindest), die weiß, was ein Göffel ist, und die auch noch pokern kann, macht sich ein seliges Grinsen auf meinem Gesicht breit. Poker ist das I-Tüpfelchen, die Kirsche auf der Sahnetorte, das Ausrufezeichen hinter »Traumfrau«.

Wissen Sie was? Ich hol mir jetzt erst einmal Sekt aus dem Bordbistro. Obwohl – haben die da auch Champagner?

***

Drei Tage später:

Hannah Jensen
Osterstraße 163a
20358 Hamburg

an den
Elmshorner Boten
z. Hd. Herrn Winkelmann, Chefredaktion

Sehr geehrter Herr Winkelmann,

mit großem Entsetzen habe ich gesehen, dass ich Ihnen in der vergangenen Woche eine E-Mail mit dem Betreff »Jetzt reicht's« geschrieben habe.
Irgendjemand muss meinen E-Mail-Account gehackt haben, denn *ich* habe diese Mail nicht verfasst.
Ich möchte mich an dieser Stelle ausdrücklich von dem Inhalt distanzieren. Ich habe nämlich durchaus großes Interesse, das von Ihnen vorgeschlagene Thema zu übernehmen. Der Vorsitzende der Feuerwehr Elmshorn Süd ist sicher eine spannende und facettenreiche Persönlichkeit und ich bin mir sicher, dass es ein außerordentlich schöner Artikel werden kann. Auf keinen Fall dürfen wir den Lesern des *Elmshorner Boten* dieses Thema vorenthalten!
Die Behauptung, dass – ich zitiere aus dieser Geistermail – »20 Cent pro Zeile nicht einmal ausreichen, um sich anständiges Klopapier zu kaufen«, ist einfach nur geschmacklos und entbehrt jeglicher Grundlage. 20 Cent sind eine angemessene Bezahlung, was sage ich – 20 Cent sind überaus großzügig

und ich bin jeden Tag dankbar, dass ich als freie Autorin für Sie schreiben darf.
Natürlich ist die Behauptung »Ich verdiene bald mein Geld mit Poker und dann können Sie sich Ihre komischen Artikel mal sonst wohin schieben« nicht nur infam, sondern auch noch falsch. Ich *kann* nämlich gar nicht Poker spielen!
Hoffentlich ist dieses kurze Missverständnis nun aus der Welt und wir können weiterhin gut zusammenarbeiten. Ich würde mich auf jeden Fall sehr freuen, weiter Termine für Sie zu übernehmen. Wahrscheinlich werde ich auch die Polizei einschalten, damit sie ermittelt, wer meinen Account gehackt und Ihnen die Mail geschrieben hat.
Mit so etwas ist nicht zu spaßen.

Mit freundlichen Grüßen
Ihre ergebene Hannah Jensen

***

Als ich in Berlin am Hauptbahnhof ankam, war ich so guter Laune, dass ich schon auf dem Weg zum Taxistand »Das ist die Berliner Luft, Luft, Luft« leise vor mich hin sang. Natürlich hätte ich auch mit den öffentlichen Verkehrsmitteln zum Seminar fahren können. Aber zweimal umsteigen und dann noch von der Bushaltestation 800 Meter laufen? Och nö. Die Zeiten, in denen ich mich in überfüllte U-Bahnen quetschen musste, waren ohnehin bald vorbei. Warum sollte ich mich nicht schon einmal daran gewöhnen, mit einem Taxi durch Berlin chauffiert zu werden?

Ich lächelte selig vor mich hin und ließ mich ins weiche Leder fallen. So fühlte es sich also an, mit sich im Reinen zu sein.

Irgendwo in Berlin-Mitte geschah dann das Unglaubliche. Erst dachte ich, ich hätte mich verhört, aber nein, es war tatsächlich real: Im Radio lief »Pokerface« von Lady Gaga. Ich war fix und fertig. Das war doch ein Zeichen! Musste mich regelrecht in die Armlehnen festkrallen, um nicht komplett auszurasten. Ich war auf dem Weg zu einem Pokerseminar. Bald würde ich eine erfolgreiche Pokerspielerin sein. Und dann lief im Radio »Pokerface«!

Ich hörte schon, wie ich diese Anekdote bald bei »stern TV« erzählen würde. Pius Heinz war nach seinem Sieg in Las Vegas auch in der Sendung zu Gast gewesen. Fast ein wenig gelangweilt hatte er da von dem Turnier und seiner Karriere als Pokerspieler erzählt. Also, wenn ich eingeladen würde, dann würde ich das alles ein wenig ausschmücken. Mit der Pokerface-Geschichte wollte ich beginnen und dann würde ich erzählen, dass ich gleich von Anfang an dieses Gefühl hatte. Dieses Angekommen-Sein-Gefühl. Großer Gott, das klang gut. Vielleicht würde ich an der Stelle auch ganz ergriffen innehalten, dann bekam das alles noch so etwas Mystisches. Ich musste wieder grinsen und wippte mit den Füßen. Kinder, konnte das Leben schön sein!

Wahrscheinlich war es meiner klitzekleinen Überdrehtheit zu verdanken, dass ich beim Bezahlen plötzlich auf die Idee kam, schon einmal den perfekten Bluff zu üben.

»Elf Euro fuffzig«, sagte der Fahrer und hielt mir seine Hand entgegen.

Ich lehnte mich nach vorne, wedelte mit meinem Portemonnaie und flötete: »Ich sage Ihnen, dass ich jetzt mit einem 20-Euro-Schein bezahlen werde. Glauben Sie mir das? Oder werde ich etwa doch einen 50-er herausholen? Ich verrate ni-hichts!« Meine Stimme überschlug sich und ich musste kichern. Mist, man durfte doch keine Miene verziehen. Ich wurde also schlagartig ernst und raunte zwei

Oktaven tiefer: »Keine Angst, junger Mann. Geben Sie einfach Ihren Tipp ab.« Ich schlug dramatisch die Augen auf. Der Taxifahrer sah mich mit unbewegter Miene an und wiederholte stoisch: »Dit macht dann Elf Euro fuffzig.«

Menno, war der spaßbefreit! Der würde noch sein blaues Wunder erleben. Spätestens wenn ich wirklich bei so einem Riesen-Turnier gewann (oder eben auch nur Neunte wurde!) und dann die *Bild*-Zeitung über mich berichten würde. *»Junge Hamburgerin zockt alle ab.«*

Dann würde er sich denken, dass ich ihm irgendwie bekannt vorkam. Irgendwann würde schließlich der Groschen fallen, und der arme Mann würde sich grün und blau ärgern, dass er sich nicht noch ein Autogramm von mir hatte geben lassen. Ich hätte ja auch direkt auf dem Geldschein unterschreiben können! Ich erinnere nur an Joachim Gauck. Als der im Taxi saß und von Angela Merkel per Handy zum Bundespräsidenten gekürt wurde, da war der Taxifahrer so geistesgegenwärtig, ihn nach einem Autogramm zu fragen.

Ein wenig trotzig, aber immer noch bester Laune stieg ich aus. Pah, der würde sich noch umgucken!

Das Seminar fand im unglamourösen Berliner Stadtteil Pankow statt. Genau genommen in einem unglamourösen Hinterzimmer eines unglamourösen Hinterhofs. Verraucht, dunkel und – sagte ich schon unglamourös? Es entsprach zwar so gar nicht meiner Smoking-Paillettenkleid-Martini-Vorstellung vom Pokerspielen, aber auch das konnte mir die Stimmung nicht verderben. Im Gegenteil: Alle brasilianischen Top-Fußballspieler hatten in irgendwelchen Favelas angefangen zu kicken. Da war es doch eigentlich viel cooler, wenn man auch »von der Straße« kam.

Als ich den Raum betrat, saß der Seminarleiter Mike König – ich verkniff mir schweren Herzens den Gag »Und, Herr König, haben Sie schon Ihre Herzdame gefunden?« – bereits am Pokertisch. Mit ihm die anderen Teilnehmer: ein bleicher Typ mit roten Haaren, ein bleicher Typ mit schwarzen Haaren, ein bleicher Typ mit dunkelbraunen Haaren und ein Pärchen in meinem Alter. Ich lächelte in die Runde, setzte mich auf den freien Platz und zwinkerte der Frau links neben mir zu. »Mein Bankkonto freut sich schon, dass ich mit Pokern anfange«, flüsterte ich.

»Sie sind ja optimistisch«, flüsterte sie zurück und sah ernsthaft erstaunt aus. »Ich habe ja eher Angst, dass ich bald Geld verliere.« Auf ihrer Stirn bildeten sich dicke Sorgenfalten und sie hielt sich beinahe ängstlich am Tisch fest.

Warum waren die Leute nur immer so pessimistisch?, dachte ich ein wenig betrübt. Warum musste man immer nur die Nachteile sehen? Warum war das Glas halb leer anstatt halb voll? Warum dachte man nicht ein Mal an Pius Heinz und die 8,7 Millionen? Während ich noch darüber sinnierte, ob vielleicht meine Zeit im Kloster aus mir so eine Vorzeige-Optimistin gemacht hatte (ich fühlte mich in dem Moment tatsächlich so ausgeglichen wie die kleine Schwester des Dalai Lama), läutete Mike König die Vorstellungsrunde ein. Warum waren wir hier? Was wussten wir bereits vom Spiel? Und was wollten wir noch lernen?

Es stellte sich heraus, dass alle schon einmal Poker gespielt hatten – bis auf mich.

Normalerweise hasse ich ja solche Situationen: Man besucht einen Kurs und ist die Einzige, die wirklich so dämlich ist, den »Grundkurs Level 0 ohne Vorkenntnisse« ohne Vorkenntnisse zu buchen. Ich erinnere mich noch genau, wie ich vor ein paar Jahren einen Italienischkurs an der Volkshochschule beginnen wollte. Ich konnte bis auf ein international verständliches »Ciao bella« wirklich nichts und freute mich darauf, mich mit Gleichgesinnten innerhalb von zwölf Abenden langsam an die italienische Sprache heranzutasten. Schon in der Vorstellungsrunde kam heraus, dass eine Teilnehmerin bereits ein halbes Jahr in Mailand gelebt hatte und sie im Grundkurs alles noch einmal auffrischen wollte. Ein anderer fing in der zweiten Stunde an, akzentfrei das Lied »Volare« (Sie wissen schon, dieses »Cantare, oh oh oh oh«) zu singen. Doch dieses Mal beunruhigten mich die Vorkenntnisse der anderen nicht im Geringsten. Es ging schließlich nicht um ein komplexes System wie eine neue Sprache, sondern lediglich um ein Kartenspiel.

»Och nö«, sagte ich laut in die Pokerrunde und zog übertrieben die Mundwinkel nach unten. »Wie soll ich denn euer Wissen noch aufholen? Das ist ja von vornherein zum Scheitern verurteilt!« Ich schlug melodramatisch die Hände zusammen, musste dann aber doch lachen. »Klitzekleiner Scherz«, flötete ich. »So schwer wird das ja nicht sein.«

Und ich sollte tatsächlich recht behalten. Ach, was sag ich? Ich war geboren für Poker, ungelogen! Das Spiel war so kinderleicht, dass ich es kaum glauben konnte! Im Prinzip funktionierte es so: Man bekam zwei Karten auf die Hand und hatte dann drei Möglichkeiten:

1. Die Karten sind gut und man spielt weiter.
2. Die Karten sind schlecht und man spielt nicht weiter.
3. Die Karten sind schlecht und man spielt weiter, indem man so tut, als wären die Karten gut.

Zu entscheiden, ob Karten gut oder schlecht waren, war ein Klacks. »Immer wenn euch auf einer Karte zwei Augen angucken, habt ihr schon einmal ganz ordentliche Karten«, sagte Mike König und legte einen Buben, eine Dame und einen König auf den Tisch. Er redete zwar noch was von »erster Ansatzpunkt« und ich nahm auch noch verschwommen das Wort »Faustformel« wahr, aber um ehrlich zu sein, bekam ich das nicht mehr so richtig mit. Während Mike König ziemlich schnell und oft den Mund auf- und zumachte (anscheinend sagte er noch etwas), konnte ich nicht anders, als nur noch selig auf die Karten vor mir zu starren. Das war also alles! Sobald man Buben, Damen oder Könige auf der Hand hatte, sollte man die Karten behalten. Und: Ein Ass war das Beste!

Danach entschied eigentlich nur noch das reine Glück. Denn nach und nach wurden fünf Karten in die Mitte des Tisches gelegt und jeder Spieler guckte, ob irgendetwas davon zu den eigenen Karten passte.

Fast war ich schon ein wenig beleidigt, dass das alles so einfach war und man sich eigentlich nur noch auf das Glück verlassen musste. Aber mein Gott, ich durfte mich nicht beschweren, denn überall dort, wo Glück eine Rolle spielte, war es auf meiner Seite:

1987 gewann ich beim Sommerfest im Kindergarten ein Indianerkostüm.
1996 gab es beim Konfirmationsgottesdienst eine Oblate zu wenig, sodass ich die Einzige beim Abendmahl war, die dieses Ding nicht essen musste.
2008 ergatterte ich an Silvester eine Minute vor Schließung der Läden das letzte Bleigießen-Set bei Karstadt.

Je weiter der Kurs voranschritt, desto besser wurde meine Laune. (Ich weiß, am Anfang war ich schon überdreht, fragen Sie besser nicht, wie irrwitzig ich am Ende drauf war!)

Poker war nämlich nicht nur kinderleicht, sondern gleichzeitig auch noch ein Spiel, das in Sachen Coolness-Faktor alle schlug, die ich bisher kannte.

Die Erfinder vom Poker waren nämlich auf die geniale Idee gekommen, alles und jedem einen englischen Namen zu geben. So heißen die ersten Einsätze »small blind« und »big blind«, und wenn man an der Reihe ist, steht man – festhalten – »under the gun«. Will man einen Einsatz erhöhen, muss man »raise« sagen, und wenn man nur mitgehen will, sagt man »call«. Möchte man weder das eine noch das andere, sagt man »check« und klopft dabei auf den Tisch. Als wir eine Proberunde machten, musste ich immer ein wenig kichern, als ich »check« sagte und dabei ganz ernsthaft auf den Tisch klopfte. Die anderen verzogen dagegen keine Miene. Himmel, waren die schon abgezockt!

Auch für alle möglichen Kartenkombinationen gibt es so coole englische Namen. »Ass« und »König« zusammen nennt man »Anna Kurnikowa«, weil sie zwar schön aussieht, aber nie gewinnt. Und hat man am Anfang eine 2 und eine 9 auf der Hand, heißt das »Montana Banana«, weil die Wahrscheinlichkeit, dass in Montana Bananen wachsen, höher ist als die Wahrscheinlichkeit, dass man mit der Kombination einmal gewinnt. Ich sah mich im Kasino schon die Karten auf den Tisch knallen und rufen: »Heidewitzka, schon wieder Montana Banana.«

Irgendwann legte Mike König dann die Karten 10, Bube, Dame, König und Ass in Herz auf den Tisch.

»Das ist ein Royal Flush«, erklärte er mit getragener Stimme. »Das Höchste, was man im Poker haben kann. Selbst Profi-Pokerspieler sehen so eine Kombination höchstens zwei Mal im Leben.«

Ich bekam eine Gänsehaut. Ich hatte vorher zwar noch nie davon gehört, aber plötzlich konnte ich es gar nicht mehr abwarten, auch einen Royal Flush zu sehen.

»Hatte die Black Mamba nicht neulich einen?«, fragte plötzlich der bleiche Typ mit den roten Haaren.

»Stimmt, bei diesem Turnier in Memphis, oder?«, antwortete sein Nachbar, der bleiche Typ mit den schwarzen Haaren.

Black Mamba? Was oder wen meinten die?

»Wer ist Black Mamba?«, fragte ich, und alle lachten.

Mike König erbarmte sich meiner. »Sandra Naujoks, die beste Pokerspielerin Deutschlands, nennt sich so. Du musst wissen, dass alle Profispieler in der Szene Nicknames haben. Als Mike König oder Hannah Jensen tritt da keiner an.« Er lachte.

Großer Gott, ein Nickname! Black Mamba! Ich gestehe, dass ich im Rest des Kurses nicht mehr so richtig aufgepasst habe, weil ich mir vor allem Gedanken über einen möglichen Namen machte. Fakt war: Er musste englisch sein. Und er durfte ruhig ein wenig martialisch und kampfbereit klingen, aber dennoch sollte er auch eine weiche und erotische Seite haben.

Endlich wusste ich, wo die Schwierigkeit beim Pokern lag: Man musste sich einen coolen Namen ausdenken. Ich konnte mich ja wirklich schwarz ärgern, dass »Black Mamba« schon vergeben war. Der hätte gut zu mir gepasst. Hannah Jensen alias The Black Mamba. Ich bekam wieder eine Gänsehaut. Wenn ich erst eine neue Identität hätte, würde ich voll durchstarten.

Nach zwei Stunden war der Kurs zu Ende, und ich stand am Anfang eines neuen Lebensabschnittes. Ich verabschiedete mich von Mike König und schüttelte ihm lange die Hand. »Danke«, sagte ich bedeutungsschwer. »Für alles.«

Die anderen blieben alle noch für »Level 1« und »Level 2«, was mich in dem Moment ein wenig stutzig machte. Ich meine, wir hatten doch alles gelernt. Was um Himmels willen sollte jetzt noch kommen? Ich war aber so gefangen in meiner Glückseligkeit, dass ich nicht weiter nachfragte, sondern aus dem Raum schwebte.

Ich war schon fast draußen, als Mike König mir hinterherrief: »Hannah, ich hab noch was für dich.«

Er drückte mir ein Buch in die Hand: *Meine Hände auf dem Weg zum Poker-Weltmeister*, von Pius Heinz. Ich bekam wieder eine Gänsehaut. Mike König wusste doch gar nicht, dass ich Pius Heinz am nächsten Tag interviewen würde. Und dann schenkte er mir zufällig sein Buch! Heiliger Bimbam, ein Zeichen jagte das nächste.

»Danke«, sagte ich ergriffen und schwebte nun tatsächlich hinaus. Auf der Straße bestellte ich mir ein Taxi.

»Ins Hilton, bitte.«

***

Zwei Stunden später lag ich in einer weißen Marmorbadewanne von Villeroy & Boch, im Nacken spürte ich ein flauschiges Handtuch aus 100 Prozent ägyptischer Baumwolle, der Schaum vom Lavendelbadezusatz türmte sich bis zu meinem Kinn, auf dem Beckenrand links stand ein Glas Prosecco, das ich mir aus der Minibar genommen hatte (ohne vorher auf die Preisliste zu sehen!), und auf dem Beckenrand rechts lag das Buch von Pius Heinz. Im Klappentext stand, dass jeder Spielzug aus dem Finale der Weltmeisterschaft in Las Vegas beschrieben wurde. Ich fragte mich wirklich, wie ein Mensch so viel Glück haben konnte wie ich. *Jeder* einzelne Spielzug wurde beschrieben und erklärt. Dieses Buch gab mir nun wirklich den letzten Feinschliff, um am nächsten Tag ein Interview auf Augenhöhe zu führen. Von Pokerspieler zu Pokerspieler. Von

Weltmeister zu Bald-Welt ... Ich musste kichern und ermahnte mich, dass ich mich nicht schon wieder in etwas reinsteigern sollte. Aber Gott, man wird ja wohl noch träumen dürfen! Ich pustete vorwitzig etwas Schaum durch die Luft und nahm das Buch in die Hand. Ob Pius wohl auch einmal »Montana Banana« gerufen hatte? Gespannt schlug ich die erste Seite auf. »Dann wollen wir mal«, sagte ich laut. »Beginnen wir mit der Heiligen Schrift.« Ich musste wieder kichern.

Kurz: Ich war der glücklichste, entspannteste, vorfreudigste Mensch, den man sich nur vorstellen kann. Für etwa zehn Minuten. Denn spätestens dann war klar: Ich. Verstand. Nichts.

Mit Ach und Krach fand ich hin und wieder bekannte Wörter wie »big blind« oder auch »call«, doch in dem jeweiligen Zusammenhang sagten sie mir überhaupt nichts.

Ich zitiere jetzt mal ein paar Stellen aus dem Buch. Ich weiß, Sie werden nichts verstehen. Aber da müssen Sie jetzt durch, genauso ohnmächtig fühlte ich mich auch:

»Der Actionflop fällt deutlich zu Gunsten von Martin. Er lässt ihn Trips treffen. Der Turn gibt Pius mit einem Gutshot zwar vier weitere Outs zu seinen zwei Sechsen, aber der River blankt, und Martin kann verdoppeln.«

»Es stellt sich die Frage, warum Ben nicht reraist. Man kann darin ein Slowplay sehen, denn er bezahlt mit der höchstwahrscheinlich besten Hand und spielt in Position am Flop. Den schnellen Fold am Flop kann man hinterfragen. Dies wäre durchaus ein Spot, um zu floaten. Ein anderer Grund für seinen Preflop-Call könnte die jüngste Vergangenheit sein.«

Zwischendurch kommentiert Pius seine Spielzüge übrigens auch selbst. Das klingt dann so:

»Preflop entschließe ich mich dazu, Martins Limp zu raisen, da ich eine Hand habe, die sehr gut floppt, aber auch gleichzeitig eine Hand ist, von der Martin nicht zwingend erwartet, dass ich sie raisen würde. Aufgrund dessen kann ich hier sehr viele gute Flops bekommen, die nicht so aussehen, als hätten sie mich getroffen. Genau so einen Flop bekommen wir dann auch. Ich setze also wieder, wie ich es mit einem Großteil meiner Preflop-Range machen würde. Martin callt und es kommt die Karo-Dame am Turn. Dies ist definitiv keine Karte, die ich unbedingt sehen wollte, da sie eine Großzahl der Flush- und Straight-Draws am Flop komplettiert. Außerdem improvt hier eine Hand wie Q9 oder Q8 zu besseren Two Pair. Nichtsdestotrotz kann ich meine Hand noch komfortabel für Value einsetzen, da Martin wenig hohe Suited-Karten in seiner Limp-Range hat und ich aufgrund seiner Limps prinzipiell eher auf Offsuit-Karten setze.«

Äh … ja.

Wie bei jeder Lebenskrise durchlebte ich in den folgenden Stunden verschiedene Stadien:

1. Die klassische Panik-Phase

Ich hatte das dumme Gefühl, dass es nicht nur Level 1 und Level 2 gab, sondern wahrscheinlich auch noch Level 3, 4, 5. Und bestimmt konnte man sich auch zum »Level 10 000« anmelden.

Objektive Einschätzung der Lage: Ich wusste, dass Poker ein Kartenspiel mit fünf Buchstaben war.

Und dann sollte ich am nächsten Tag den Weltmeister himself interviewen.

Ich: Soso, interessant, Poker ist also ein Kartenspiel.
Pius Heinz: Exakt. Was wollen Sie denn wissen? Gibt es Facetten, die Sie besonders interessieren? Wir könnten über den Preflop-Raise oder natürlich auch über den Straight-Draw am River sprechen. Ich bin offen, nur zu, fragen Sie!
Ich: Wie läuft das eigentlich mit dem Mischen der Karten?

Gott bewahre.

Ich bekam eine Schnappatmung.

2. Die Es-nicht-wahrhaben-wollen-Phase
Ich hatte doch ein offizielles Pokerseminar belegt. Renate Hauschildt konnte es doch auch. Und als wir bei Mike König eine Proberunde gemacht hatten, hatte ich doch alles verstanden. Das mit den Buben, Damen und so. Irgendwas lief hier falsch.

3. Die Hoffnungs-Phase
Auch wenn ich vielleicht nicht dieses Fachchinesisch beherrschte – ich hatte die Grundelemente des Spiels verstanden! Jawohl! Und es war doch überhaupt nicht relevant, ob man nun wusste, was ein »Flushdrawriverflop« oder so ähnlich war. Letztlich kam es doch nur darauf an, dass man die großen Zusammenhänge verinnerlicht hatte. Und schließlich konnte ich mich immer noch auf die Waffen einer Frau verlassen. Hah, das würde ich mir zunutze machen! Ich würde die Männer in Grund und Boden spielen. Mit tiefen Blicken, einem erotischen Augenaufschlag und hin und wieder einem Seufzen. Pah, pah, pah!

4. Größenwahn
Natürlich, das war es: Ich war schlicht und einfach ein Naturtalent. Ich musste mich gar nicht mit den banalen Begrifflichkeiten auseinandersetzen, sondern konnte mich morgen im Casino voll und ganz auf meine Intuition verlassen.

Schrieb im Wahn eine SMS an Pia: »Morgen kassieren wir ab, stell schon einmal den Schampus kalt.«

Dann holte ich mir noch einen Prosecco aus der Minibar und verbrachte den restlichen Abend damit, mir »Plötzlich Prinzessin« auf Sat.1 anzusehen: Ein unauffälliges, tolpatschiges Mädchen erfährt, dass sie auserkoren wurde, Thronfolgerin zu werden.

Da hatten wir's schwarz auf weiß: Wunder gibt es immer wieder!

***

Das Interview mit Pius Heinz fand passenderweise in der Lobby des Hilton statt, denn auch er übernachtete hier während seines Wochenendes in Berlin. Zumindest eine Gemeinsamkeit haben wir, dachte ich etwas frustriert, als ich nach dem Frühstück den Aufzug von meinem Zimmer nach unten nahm.

Über Nacht hatte ich ein wenig von meinem Größenwahn eingebüßt, sodass mein Seelenzustand sich irgendwo zwischen Phase 1 – »Ich-werde-nicht-eine-schlaue-Frage-stellen-können-Hilfeeeee« – und Phase 3 »Alles-halb-so-wild-Naturtalent-Hannah-Jensen-setzt-auf-die-Waffen-einer-Frau« befand.

Als ich in die Lobby kam, sah ich Pius Heinz schon auf einem Sofa sitzen. In einem Kapuzenpullover! Ich trug ein ähnliches Exemplar (fragte mich in dem Moment, in welcher Laune ich eigentlich auf diese absurde Idee gekommen war) und wusste nicht, ob ich lachen oder weinen sollte. Nun denn, versuchte ich mich aufzubauen, wenn alle Stricke reißen sollten, könnten wir uns ja auch einfach über Kapuzenpullover unterhalten. Mir wurde etwas schummrig beim Gedanken, dass ich den Pokerweltmeister gleich in eine Diskussion darüber verwickeln würde, ob er auch eher schmal geschnittene Pullover bevorzugt und ob er nicht auch findet, dass die Bündchen oftmals schnell ausleiern und das ja wohl total nervt.

Oh. Mein. Gott.

Mit zittrigen Beinen näherte ich mich Pius Heinz. So normal sah also ein mehrfacher Millionär aus. Im Prinzip saß da ein junger, sympathischer Student. Hatte der keine Bodyguards? Also, wenn ich bei diesem Turnier abräumen würde, würde ich mir das ja überlegen, Bodyguards einzustellen. Mit Entführungen und Lösegelderpressungen ist schließlich nicht zu spaßen. Außerdem gibt es ja Schlimmeres, als gut aussehende, durchtrainierte Männer um sich zu haben. Musste an Heidi Klum und ihren Bodyguard denken. Mir wurde heiß.

Pius Heinz starrte konzentriert auf sein Handy, sodass ich mich mit einem beherzten »Hallo, Herr Heinz, hier bin ich, Hannah Jensen« bemerkbar machte. Er blickte auf und lachte mich an. »Ah ja, schön, Sie zu sehen. Setzen Sie sich doch.« Er zeigte auf einen Sessel neben sich.

Plötzlich blieb sein Blick an meinem Kapuzenpullover hängen und ich fing die Situation mehr oder weniger genial auf. »Wenn ich schon so rein gar nichts von Pokern verstehe, habe ich mir gedacht, dass ich zumindest wie ein Profispieler aussehen sollte. Wie Sie eben!« Ich lachte etwas hysterisch auf und Pius Heinz lachte auch. Ich sag es ja immer wieder: Was täte ich bloß ohne Ironie!

Ich setzte mich und holte Block und Stift aus meiner Tasche.

»Dann wollen wir mal«, sagte ich und versuchte, Pius Heinz möglichst seriös anzusehen. »Unsere Leser interessiert natürlich, warum

Sie sich gerade für Poker entschieden haben. Können Sie mir verraten, was Sie an dem Spiel mögen?«

Sehr gut, das war eine unverfängliche und offene Frage und verschaffte mir etwas Zeit, um über die kommenden Fragen nachzudenken.

»Klar«, sagte Pius. »Ich mag vor allem, dass es ein komplexes System ist.«

Komplexes System, da hatten wir's. Ich musste schlucken, und Pius Heinz legte noch einmal nach.

»Poker besteht nämlich immer aus mehreren Aspekten. Glück, Strategie und Mathematik.«

»Ma-the-ma-tik«, wiederholte ich und schrieb das Wort in großen Buchstaben auf meinen Block.

»Gibt es denn Leute«, fragte ich, »die denken, dass ausschließlich Glück entscheidend ist?« Ich lachte hektisch. »Ich meine, ich kann mir eigentlich nicht vorstellen, dass Menschen das Spiel nur darauf reduzieren. Aber ich frage Sie, als Profi. Wie sind Ihre Erfahrungen?«

»Poker hat leider immer noch ein schlechtes Image, weil es genau so ist, wie Sie es beschrieben haben. Viele denken, dass es ein reines Glücksspiel ist.«

»Nein«, rief ich bestürzt. »Das mag man ja gar nicht glauben!«

»Stimmt, denn wer nur den Glücksaspekt sieht, tut dem Spiel unrecht. Jeder Pokerspieler weiß, dass man mit jedem Blatt gewinnen und verlieren kann. Strategie und Mathematik sind eben auch immens wichtig.«

»Und ob!« Ich nickte wissend. Und merkte: An dieser Stelle kamen wir auf keinen gemeinsamen Nenner. Ich wollte auch keine Diskussion anzetteln, dass man doch nur auf Buben, Damen und Könige achten müsse und danach das Glück entschied.

»Kommen wir mal zu etwas ganz anderem«, sagte ich schließlich. »Stellen Sie sich mal eine Frau vor, die in einem tief dekolletierten Kleid am Pokertisch sitzt und Sie mit Blicken und so ganz verrückt macht ...«

Pius lachte. »Ja, und?«, fragte er.

»Nun, könnte diese Frau Sie so aus dem Konzept bringen, dass sie gewinnt?«

»Nein.«

»Wie, nein?«

»Das kann man als Spieler ignorieren.«

»Nein.«

»Doch.«

»Glaub ich nicht.«

»Ist aber so.« Pius lachte wieder. »Um ehrlich zu sein, achtet man auf so etwas gar nicht, weil man so auf das Spiel konzentriert ist.«

»Ja, genau, das ist es ja, was ich meine.« Himmel, der war aber auch schwer von Begriff! »Die Frau macht Sie so verrückt, dass Sie sich eben nicht mehr konzentrieren können.«

»Nee, das passiert nicht.« Pius lachte wieder beziehungsweise immer noch. Schien wohl wirklich eine abstruse Vorstellung zu sein.

»Und wie ist das mit Anfängern? Ich meine, stellen Sie sich mal einen puren Anfänger vor, der wirklich nicht viel von dem Spiel versteht. Der das Spiel vielleicht nur auf Buben und Damen und Könige reduziert.« Ich lachte wieder hektisch und verdrehte die Augen. »Ich weiß, schwer vorzustellen. Aber könnte so einer Sie aus dem Konzept bringen?«

»Schon eher«, sagte Pius Heinz. »Anfänger reißen einen aus der natürlichen Gedankenstruktur, weil sie so verwirrend spielen. Da macht man dann schon einmal den einen oder anderen Fehler.«

Hah, das war doch schon mal ein Anfang. Meine Verwirrtheit würde mir im Kasino helfen, das hatte mir ja soeben ein Vollprofi bescheinigt.

»Ist es für Sie eigentlich wichtig, dass eine Frau pokern kann?«, fragte ich möglichst beiläufig, während ich in meinen Block undefinierbares Zeug kritzelte.

»Nö, gar nicht.«

»Wie meinen Sie das, gar nicht?« Meine Stimme überschlug sich ein wenig.

»Ich finde das ziemlich uninteressant. Für mich wären andere Sachen viel wichtiger.«

»Nein.«

»Doch.«

»Zum Beispiel?«

»Wenn sie handwerklich begabt ist, fände ich das toll.«

Handwerklich … Gott bewahre.

»Vielleicht haben Sie mich nicht richtig verstanden.« Ich startete einen letzten Versuch. »Ich meine, stellen Sie sich doch mal eine Frau vor, die einerseits knallhart und andererseits verführerisch ist. Die als einzige Frau im Kasino an einem Pokertisch sitzt und alle in Grund und Boden spielt. Würden Sie das nicht toll finden? Wäre das nicht eine, nun, nennen wir es mal ganz salopp, Traumfrau für Sie?«

»Das wäre beeindruckend, das stimmt. Aber wenn ein Mann so spielen würde, wäre das ebenso beeindruckend.«

Er schien mein enttäuschtes Gesicht bemerkt zu haben, denn er sagte: »Wirklich, mit Traumfrau hat das für mich nichts zu tun.«

Pius Heinz lachte, und ich konnte ihm nicht böse sein. Trotzdem war es für mich ein Rätsel, wie dieser junge Mann in Sachen Traumfrau dermaßen auf dem Holzweg sein konnte. Ich lächelte ihn milde an.

»Letzte Frage«, sagte ich und zum ersten Mal hatte ich das Gefühl, dass es noch ein Gespräch auf Augenhöhe werden könnte. Denn für den Schluss hatte ich – im wahrsten Sinne des Wortes – noch ein Ass im Ärmel. Als ich am Abend zuvor noch desillusioniert das Buch durchgeblättert hatte (kurz nach Phase 1), war mein Blick mehr zufällig auf eine der letzten Seite gefallen. Und zum ersten Mal erstarrte ich: Pius Heinz hatte den Weltmeistertitel mit der Kombination »Ass« und »König« gewonnen: Anna Kurnikowa! Karten, die zwar schön aussehen, aber niemals gewinnen. Ich war fix und fertig! Mein Pokerweltbild war komplett zerstört. Das musste ich klären.

»Sie haben ja mit einer Anna Kurnikowa gewonnen«, sagte ich fachmännisch. »Dabei sieht diese Kombination zwar schön aus, aber …«

»… sie gewinnt nie«, vervollständigte Pius meinen Satz. Menno, das wollte ich doch sagen!

»Stimmt«, sagte Pius, »so beschreibt man diese Kartenkombi, aber wenn man es genau nimmt, ist das gar nicht richtig. Ass und König ist nämlich eine der stärksten Hände, die man haben kann.«

»Ja, dann«, stotterte ich, »noch einmal herzlichen Glückwunsch. Auch von unseren Lesern.«

***

»O Gott, Hannah, ist das traumhaft hier!« Pia schmiss ihren Koffer in die Ecke und sich selbst kurz danach rücklings aufs Bett. Wie ein Schneemann breitete sie die Arme aus. »So lässt es sich leben! Wie viel kostet das Zimmer noch mal die Nacht?«

»210 Euro«, druckste ich.

»Oh la la la«, sang Pia. »Aber das haben wir ja heute Abend wieder drin, wenn du so richtig absahnst, was?«

Sie lachte und setzte sich aufrecht hin. »Und jetzt erzähl mal, das ist ja echt der Wahnsinn, dass du so schnell pokern gelernt hast.«

Pia sah mich erwartungsvoll an und strahlte. Ich musste schlucken. Fühlte mich plötzlich wie ein Vater, der seine Arbeit verloren hat und trotzdem jeden Tag im Anzug und mit Aktentasche aus dem Haus geht, damit seine Familie keinen Wind davon bekommt. Dann sitzt er den ganzen Tag traurig in einem Café und muss sich am Abend von der Ehefrau fragen lassen, wie es denn im Büro gewesen sei.

Ich weiß nicht warum, aber aus unerfindlichen Gründen hatte ich Pia nach dem Gespräch mit Pius Heinz eine SMS mit den Worten »So, Feinschliff vom Weltmeister hat gesessen. Heute Abend sahnen wir ab. Nenn mich Cash-Cow, Baby« geschrieben. Vielleicht wollte ich mich selbst davon überzeugen, indem ich überzeugt an Pia schrieb, die dann überzeugt wäre und mich wiederum überzeugen würde, dass dem tatsächlich so sei. Machte das Sinn? Ach herrje, ich wusste es nicht. Ich wusste gar nichts mehr. Vor allem nicht, wie ich aus der Nummer wieder rauskommen würde.

»Nun, um ehrlich zu sein«, setzte ich an. »Also, ein Profi bin ich noch nicht geworden …«

»Natürlich nicht, du hast ja auch noch nie im Kasino gespielt. Aber es reicht ja auch, wenn du heute Abend Profiqualitäten an den Tag legst, nicht wahr?!«

Pia lachte wieder und sprang vom Bett auf. Sie öffnete den Kleiderschrank und begutachtete meinen Paillettentraum von einem Kleid.

»Hannah, du wirst so wunderschön aussehen. Und dann kannst du auch noch pokern!«

»Nun, um ehrlich zu sein …«, nuschelte ich wieder, ohne den Satz zu beenden. Wie dumm nur, wenn man in einem Gespräch hauptsächlich die fünf Worte »Nun, um ehrlich zu sein« von sich gibt.

»Um ehrlich zu sein, was?«, fragte Pia, während sie ihren Koffer auspackte und einen atemberaubenden weißen Seiden-Overall herausholte.

»Um ehrlich zu sein, habe ich keinen Schimmer von diesem Spiel.«

Ich gestand Pia schließlich alles: dass ich beim Seminar nicht so richtig aufgepasst hatte, weil ich auf der Suche nach meiner persönlichen Black Mamba gewesen war, dass ich nicht einen einzigen Satz aus dem Buch von Pius Heinz verstanden hatte, dass Anna Kurnikowa doch gar nicht so schlecht wäre und eine Frau einen Mann überhaupt nicht beeindrucken konnte, nur weil sie pokern konnte. Kurz: Es brach alles aus mir raus.

Pia nahm eigentlich überhaupt keine Notiz von mir, sondern räumte stoisch den Koffer weiter aus. Als sie fertig war, setzte sie sich zu mir aufs Bett. »Kopf hoch, das wird schon. Es ist doch schließlich nur ein Kartenspiel.« Sie lachte, zwinkerte mir zu, verschwand im Badezimmer und ich hörte sie fröhlich vor sich hin summen.

Zwei Erkenntnisse:

1. Pia hatte den Ernst der Lage nicht verstanden.

2. Pia dürfte mit dieser Auffassung nie, nie, nie Pius Heinz begegnen. »Nur ein Kartenspiel« – Gott bewahre, wenn die beiden jemals aufeinandertreffen sollten, müsste ich mich todesmutig dazwischenstürzen und vermitteln. Hörte mich schon förmlich rufen:

»Pia, nein, du bist auf dem Holzweg, du machst einen Fehler.«

»Gnade, Pius, Gnade. Pia ist eine verirrte Seele, bald wird sie verste-

hen, dass es eben mehr ist als ein Kartenspiel. Ich sage nur: MATHEMATIK!«

Pia kam summend aus dem Badezimmer und ging zielstrebig auf die Minibar zu. Als sie einen Blick auf die Preisliste warf, zuckte sie zwar kurz zusammen, doch schließlich holte sie zwei Prosecco heraus und drückte mir eine Flasche in die Hand. »Du bist ja ganz kreidebleich, jetzt trinken wir erst einmal was. Prost!«

Als wir drei Stunden später das Hilton verließen, hatten wir einen leichten Schwips und ich hatte so oft »Es ist doch nur ein Kartenspiel« gesagt, dass ich es selbst fast glaubte. Noch dazu sahen wir umwerfend aus (wir hätten in unseren Outfits locker auf die Oscarverleihung gehen können!), und als wir durch die Lobby zum Ausgang schritten, guckte uns der Mann an der Rezeption hinterher. Großer Gott, es war genau wie bei »Pretty Woman«, als Julia Roberts ihre Verwandlung in eine Traumfrau schon hinter sich hatte und nun mit Richard Gere in die Oper ging. Ich stupste Pia in die Seite und wir mussten kichern.

Potsdamer Platz, wir kamen!

***

Natürlich, es hatte immer mal wieder Anlässe gegeben, zu denen ich nicht so richtig passend gekleidet war. Mal ist man underdressed, mal overdressed – so ist das Leben nun mal. Aber normalerweise warf mich so etwas nicht aus der Bahn.

Doch im Casino gaben Pia und ich dem Wort »overdressed« eine ganz neue Dimension.

Wir betraten das große Foyer und erstarrten.

Überall sahen wir Jeanshosen.

Kapuzenpullover.

Turnschuhe.

Trainingsjacken.

Komische Hemden.

Komische Strickjacken.

Komische Stoffhosen.

Komische Blazer.

Als dann auch noch ein Mann in einer Adidas-Jogginghose an uns vorbeilief, schnappten wir endgültig nach Luft.

»Hattest du nicht immer irgendwas von Smokings und Abendkleidern erzählt?«, flüsterte Pia und starrte fassungslos der Jogginghose hinterher.

»Davon war ich auch ausgegangen. Bis jetzt zumindest.« Grundgütiger, ob wir die Garderobenfrauen dort drüben fragen sollten, ob sie mit uns für zwei Stunden die Kleider tauschten? Oder einfach zwei Männer in Kapuzenpullovern? Ich meine, es gibt doch immer wieder mal Männer, die sich heimlich nichts Sehnlicheres wünschen, als einmal Frauenkleider zu tragen.

Ohgottohgottohgott.

Wir standen paralysiert am Eingang, doch schließlich nahm Pia das Zepter in die Hand.

»Okay, wir können ohnehin nichts an der Situation ändern, also machen wir das Beste draus. Wollen wir mal unsere Mäntel abgeben?«

»Du willst hierbleiben?«, rief ich. Diesen optimistischen Pragmatismus hatte ich an Pia noch nie verstanden. Wenn es nach mir gegangen wäre, hätten wir auf dem Absatz kehrtgemacht und wären ins Hilton gefahren, um uns zu betrinken.

»Natürlich bleiben wir hier. Du willst doch pokern!«

»Na ja, so kann man das nun auch nicht …« Pia zerrte mich in Richtung Garderobe, bevor ich Einspruch einlegen konnte.

»Außerdem …«, flüsterte Pia, »… ist es auch gar nicht so schlimm, wenn man nicht mehr auf die anderen achtet. Wir sehen nämlich auf jeden Fall bombastisch aus!« Sie grinste.

»Genau das ist ja das Problem«, murmelte ich zurück.

Ich hätte nicht gedacht, dass ich mich einmal so unwohl fühlen würde, weil ich zu *gut* aussah. Das nächste Mal, wenn ich am helllichten Nachmittag im Schlafanzug dem Postboten die Tür aufmachte und der mich blöd ansah, würde ich sagen: »Sie hätten mich neulich mal im Kasino am Potsdamer Platz sehen sollen!«

Pia und ich bahnten uns den Weg zur Garderobe. Ich fasste die Situation messerscharf zusammen: Ich sah aus, als würde ich zur Oscarverleihung gehen, und sollte gleich ein Spiel spielen, von dem ich so viel Ahnung hatte wie vor Kurzem noch von der Existenz eines Göffels. Wahrscheinlich konnte mir wirklich nur die weibliche Intuition helfen. Oder ein Wunder.

Nachdem ich mein Hirn an der Garderobe abgegeben hatte, gingen Pia und ich zu den Pokertischen. Dummerweise waren sie mit einer hohen Wand vom restlichen Raum abgeschirmt, sodass niemand zusehen konnte.

»Dann musst du da wohl alleine durch«, sagte Pia und verabschiedete sich in den ersten Stock zum Roulette. Mit zittrigen Knien ging ich zur Pokerkasse. Ich musste 100 Euro einwechseln, was mir erst einmal die Sprache verschlug. Hatte mit zehn Euro gerechnet. Oder 20. Aber 100? Wussten die, wie viel ich verdiente? Ich versuchte, die Fassung zu bewahren, und sagte so souverän wie möglich: »Gerne doch. Ich freue mich schon auf das Spiel. Auf das Kartenspiel, um genau zu sein.«

»Sie haben sogar Glück«, sagte der Mann hinter dem Schalter. »An Tisch drei ist gerade ein Platz frei geworden. Da drüben!« Er zeigte auf einen Tisch in der Mitte. »Viel Glück!«

Er reicht mir eine Handvoll Chips (dieses bisschen Spielgeld sollten 100 reale Euro sein?) und ich schritt auf dem roten Teppich, äh, auf einem komisch gemusterten Teppich zum Ort meines Schicksals.

Kennen Sie die Kasino-Szene aus dem James-Bond-Film »Casino Royal«? Ich liebe nicht nur den Film, sondern vor allem auch diese Szene. Daniel Craig alias James Bond sitzt in einem perfekt sitzenden Smoking am Pokertisch, umgeben von wunderschönen Frauen in eleganten Abendroben und wunderschönen Männern in ebenfalls perfekt sitzenden Smokings.

Ich muss Ihnen jetzt mal was sagen, und Sie müssen versprechen, ganz tapfer zu sein: Hollywood lügt! Denn die Realität am Potsdamer Platz war das wahr gewordene Gegenteil.

An Tisch drei hatten sich versammelt: zwei junge Männer in verwaschenen Kapuzenpullovern, ein dicker Mann mit Sonnenbrille, ein Chinese mit Kopfhörern und Baseballcap, eine alte Frau in einem alten Strickpullover mit Rautenmotiv und drei Männer, die so aussahen wie die Mitglieder der Albanermafia neulich im Frankfurter »Tatort«.

Zitternd setzte ich mich auf den freien Stuhl zwischen der alten Frau und dem Mann mit der Sonnenbrille. Ich begrüßte die Runde mit einem mehr oder weniger geistreichen »Hallo, ja, äh«, doch niemand würdigte mich eines Blickes. Kinder, waren die abgebrüht! Auch meine anderen Versuche der zaghaften Kontaktaufnahme scheiterten kläglich. Als ich dem Mann neben mir zuzwinkerte und »Sonnenbrille« kicherte (der hatte doch ernsthaft eine Sonnenbrille auf!), zeigt er keine Reaktion, und als ich der Frau (als Frauen musste man sich doch hier verbrüdern!) zuflüsterte: »Jetzt zeigen wir's den Männern, was?«, gab sie nur ein dumpfes »mmh« von sich.

Zugegeben, ich hatte auch nicht damit gerechnet, dass man sich im Kasino einander so nett vorstellen würde wie im Seminar von Mike König, aber dass so gar keiner Notiz von dem anderen nimmt, hatte ich nun auch nicht erwartet. Jeder starrte mit dem Inbegriff eines perfekten Pokerface konzentriert auf den Tisch. Wie konnten die nur alle so abgezockt sein?

Ich konnte nicht weiter darüber nachdenken, denn schon hatte die Kasino-Angestellte, die in der Mitte der langen Tischseite saß, die Karten verteilt. Ich warf verstohlen einen Blick auf meine zwei Karten: Karo 3 und Pik 3. Spürte, wie mir der Schweiß ausbrach. Was sollte ich tun? Ob ich wohl mal kurz den Telefonjoker nutzen könnte und Mike König anrufen dürfte? Mist, warum hatte ich im Seminar auch nicht richtig aufgepasst? Waren zwei Dreien nun gut?

Plötzlich spürte ich, wie mich die Kasino-Angestellte ansah. Anscheinend war ich an der Reihe.

Hannah, reiß dich zusammen, ermahnte ich mich. Wie lautete noch einmal das dritte Pokergesetz? Wenn man keine guten Karten hatte, konnte man immerhin noch so tun als ob. Das würde ja wohl auch für den Fall gelten, dass man gar nicht *wusste*, ob die Karten nun gut oder schlecht waren.

Ich nahm also die Hälfte meiner Chips und legte sie in die Mitte. »Ich erhöhe«, sagte ich und versuchte, meiner Stimme einen dunklen, verrauchten Klang zu geben. Und ich wuchs noch über mich hinaus, denn plötzlich hörte ich mich sagen: »Let the game begin, ladies and gentlemen.«

Es ist wohl nicht übertrieben, dass ich in meinem ganzen Leben noch nie so cool gewesen war. Wenigstens für fünf Sekunden. Denn im nächsten Moment setzte sich mein wahres Ich wieder durch, und ich musste blöde kichern. Gott bewahre.

Machen wir es kurz: Ich hatte die anderen wohl wirklich aus dem Konzept gebracht, denn einer nach dem anderen warf seine Karten weg. Nur der Chinese mit den Kopfhörern und einer der Albaner erhöhten ebenfalls. Wie es dann letztlich genau dazu kam, weiß ich nicht mehr. Auf jeden Fall schob mir die Kasino-Angestellte zwei Minuten später einen riesigen Chip-Stapel rüber. »85 Euro für die Dame.«

Ich hatte gewonnen! 85 Euro! In der ersten Runde! Es war also doch wahr. Ich war ein Naturtalent. Von wegen Mathematik und Strategie. Es tat mir fast ein wenig leid, dass selbst der Weltmeister so auf dem Holzweg war bei diesem Spiel. Großer Gott, 85 Euro. Ich spürte, dass meine Halsschlagader wie ein Vulkan kurz vor dem Ausbruch pulsierte. Konnte die nicht auch mal platzen?

Die restlichen anderthalb Stunden verliefen, nun, sagen wir mal, semi-optimal:

Mein Chip-Stapel reduzierte sich von Runde zu Runde. (Anscheinend hatten die anderen doch schnell durchschaut, dass ich nicht so richtig viel Ahnung hatte.)

Ich verstand zwei anscheinend sehr lustige Situationen nicht. Einmal deckte der Chinese eine Dame auf, und alle lachten. Und wenig später hatte die alte Frau eine 3 und eine 5, was auch für allgemeine Heiterkeit sorgte. Jedes Mal gackerte ich hilflos mit.

Ich konnte mich nicht konzentrieren, weil ich immer wieder die Albaner anstarren musste. Was, wenn die mich im Anschluss verschleppen würden?

Plötzlich tauchten drei Polizisten auf und sprachen mit einem Spieler am Nachbartisch.

Irgendwann nahm der dicke Mann seine Sonnenbrille ab und starrte mir unverhohlen in den Ausschnitt.

Die ganze Zeit über hatte ich einen Puls von 180 und stand jeden Moment kurz vor dem Herztod. Ich musste an Demenzkranke denken, die ab einem gewissen Stadium ein Schild um den Hals tragen, auf dem die Adresse des Heims notiert ist, in das man sie wieder zurückbringen soll, wenn man sie findet.

Warum hatte ich bloß nicht auch so ein Schild bei mir? *»Wenn ich plötzlich leblos auf den Tisch kippe, informieren Sie bitte Pia. Sie ist im ersten Stock am Roulettetisch. Sie erkennen sie an ihrer Oscar-Robe.«*

Nach anderthalb Stunden hatte ich noch einen Zwei-Euro-Chip übrig, und mir blieb nur ein Abgang à la Loriot.

Ich fragte die Runde: »Kennen Sie eigentlich das Spiel ›Schnipp-Schnapp‹?«

Sieben
Kommen wir zum Geld

Als ich vom Tisch aufstand, war ich mit den Nerven komplett am Ende. Ich umklammerte krampfhaft den letzten Zwei-Euro-Chip, der mir noch geblieben war, spürte, wie mir die Albaner hinterherstarrten, und im Kopf ging der Taschenrechner an. 98 Euro verspielt, Zugfahrt 150 Euro, Hilton 449 Euro … Mir wurde schwindlig, und ich fuhr mit dem Fahrstuhl und einem bedrohlich puckernden Herzen in den ersten Stock zum Roulette. Waren in einem Kasino wohl Sanitäter anwesend?

Ich fand Pia an einem der hinteren Tische. In ihrem weißen Seiden-Overall sah sie einfach hinreißend aus, wie ein richtiges Leuchtwesen. Ich war wohl nicht die Einzige mit dieser Meinung. Neben ihr standen zwei gut aussehende Männer im Anzug (warum um Himmels willen sahen die beim Pokern nur alle so komisch aus?), die ihr abwechselnd irgendwas ins Ohr flüsterten, worauf Pia den Kopf in den Nacken warf und herzlich lachte.

Okay, eine von uns beiden hatte wohl einen schönen Abend gehabt.

»Hannah«, rief sie, »ist das nicht alles aufregend hier? Wir müssen unbedingt öfter ins Kasino gehen. Ich habe sogar 50 Euro gewonnen. Gut, ist jetzt nicht so richtig viel, aber für den Anfang?« Sie sprach ohne Punkt und Komma und lachte. »Und gerade eben, das hättest du sehen sollen, hatte ich auf die Vier gesetzt, und dann rollte die Kugel doch tatsächlich in die Vier und sprang erst im letzten Moment wieder raus! Ich dachte, mein Herz bleibt stehen.«

Ich starrte mit totem Blick auf die grünen Felder des Roulettetisches.

»O je«, sagte Pia, »entschuldige bitte. Jetzt erzähl ich die ganze Zeit von mir. Wie war's denn bei dir?«

Wie bei einem einschneidenden Trauma setzt meine Erinnerung an dieser Stelle aus.

Irgendwie sind wir zurück ins Hilton gekommen. Nachdem ich Pia von den Albanern, meinem Treffer in der ersten Runde und meinem Absturz in den folgenden erzählt hatte, sind wir schnell ins Bett gegangen, und Pia ist noch schneller eingeschlafen. Ich dagegen konnte kein Auge zumachen. Während der Nacht starrte ich dann abwechselnd Pia an – die hatte doch sogar im ungeschminkten Zustand immer noch eine Haut wie eine Elfe! – oder saß mit dem Hilton-Hausprospekt auf dem Klo.

Schließlich rang ich mich dazu durch, auszurechnen, was mich das gesamte Wochenende gekostet hat. 730 Euro und 58 Cent.

Mit der Erkenntnis, dass es besser wäre, diese Summe einfach mal für sich alleine stehen zu lassen und nicht etwa in Bezug zu meinem Einkommen zu setzen, muss ich vor lauter Erschöpfung irgendwann eingeschlafen sein.

Das Frühstück fand in einem edlen Raum mit direktem Blick auf den Gendarmenmarkt statt. Schon wieder fühlte ich mich wie ein arbeitsloser Familienvater. Dieses Mal hatte er allerdings seine Familie in einen Fünf-Sterne-Robinson-Club auf den Malediven gelockt und musste ihnen nun gestehen, dass er seinen Job verloren habe, die Kreditkarte nicht gedeckt sei und die Familie nun zurück nach Deutschland schwimmen müsse.

Schon blöd, dass ich mich seit dieser Pokeridee beinahe permanent wie ein arbeitsloser Familienvater fühlte. Ich sah beklommen auf das meterlange Buffet und auf all die gut aussehenden Menschen davor, die sich vornehm kleine Saté-Spieße in den Mund steckten.

Als eine Frau in einer schwarzen Chanel-Jacke an unserem Tisch vorbeilief, musste ich spontan an Peter Zwegat denken und sah vor meinem inneren Auge schon folgende Szene: Ich sitze deprimiert vor einem Flipchart. Auf der einen Seite stehen die Einnahmen, auf der anderen Seite die Ausgaben. Peter Zwegat rechnet die Differenz aus, sieht mich streng an und die Kamera zoomt auf mein Gesicht, weil klar ist, dass ich bald weinen werde.

Nun gut, Schluss mit dem Selbstmitleid. Das Kind war schließlich ohnehin schon in den Brunnen gefallen, denn ich hatte das Frühstück ja bereits bei meiner Ankunft gezahlt. Also nahm ich zur Abwechslung mal Pias Motto an: Mach das Beste draus.

Das Beste draus machen bestand darin, dass ich mich durch das ganze Buffet aß. Und ich meine wirklich: das GANZE.

Ich aß Mini-Croissants, große Croissants mit Schokoladenfüllung, Blätterteig-Öhrchen, kleine Canapés mit Schinken, Käse und Auberginenmousse, Müsli, gefüllte Crèpe-Röllchen, gebackene Teigtaschen mit geräuchertem Lachs, Frischkäsestangen mit Ibérico-Schinken, Pancakes mit Ahornsirup.

Ich wollte jeden einzelnen verdammten Cent abessen. Außerdem war es doch keine schlechte Idee, so viel zu essen, dass ich in den nächsten Tagen nicht so viel brauchen würde. Damit sparte ich ja auch wieder. Ich meine, wie viel gab ich jeden Tag für Essen aus? Bestimmt sieben Euro, oder sogar zehn. Wenn ich also drei Tage …[19]

---

[19] Was täte ich bloß ohne meine Begabung, mir die Dinge hin und wieder ein klitzekleines bisschen schönzureden?

Irgendwann kam ein Koch mit Kochjacke und Mütze zu uns an den Tisch und fragte, ob er uns ein Spiegelei mit Kräutern aus der Provence machen dürfe. Geistesgegenwärtig fragte ich natürlich erst einmal, ob das extra kosten würde. Da dem nicht so war, schlug ich noch einmal zu.

Im Zug zurück nach Hamburg fühlte ich mich wie eine Schwangere kurz vor einer Sturzgeburt. Ich hatte in meinem ganzen Leben noch nie so viel gegessen. Allein schon das Geradesitzen tat weh, vom Bewegen ganz zu schweigen. Hatte ich am Morgen noch geglaubt, dass ich für ein paar Tage im Voraus gegessen hatte, so war nun klar: Ich würde Wochen nichts mehr brauchen, ach was, Monate! Ich sah schon die Schlagzeile: *»Nach Frühstück im Hilton isst junge Hamburgerin seit Jahren nichts mehr.«*

»Das Poker-Wochenende war ja wohl die beste Investition, die ich hätte machen können«, murmelte ich.

»Was hast du gesagt?« Pia sah vom *DB-mobil-Magazin* auf.

»Ach nichts, meine Fettreserven haben halluziniert.«

Pia lachte. »Gib mir mal das Buch von diesem Pokerprofi. Ich will mich mal selbst davon überzeugen, dass man nichts versteht. Es ist doch schließlich nur ein Kartenspiel.«

Das Wort »Kartenspiel« sagte sie in einem fröhlichen Singsang. Wir hatten in den letzten beiden Tagen diesen Satz so oft gesagt, dass es mich nicht wundern würde, wenn er mich bis an mein Lebensende verfolgen würde. Wahrscheinlich würde sich Pia zu meiner Hochzeit (wenn denn mal eine kommen sollte) irgendein Spiel mit diesem Titel ausdenken. Und sollte ich einmal mein Leben niederschreiben (vielleicht passiert ja irgendwann doch noch mal was Weltbewegendes), würde ich auf diesem Titel bestehen: *Hannah Jensen – es ist doch nur ein Kartenspiel.* (Der Verlag protestiert zwar zunächst dagegen, weil der Name mal so gar keinen Sinn macht, aber nachdem ich hysterisch schreie: »Dieser Satz bedeutet mir alles!«, fügen sie sich der irren Autorin.)

Ich kramte das Pokerbuch aus meinem Koffer, der auf der Ablage unter der Zugdecke lag. Himmel, jede Bewegung war eine einzige Qual. Ich ließ mich wieder in den Sitz plumpsen und drückte Pia das Buch in die Hand.

»Bitte schön«, sagte ich ein wenig trotzig. »Viel Spaß mit dem Flopriverturnstraightflopdraw.«

Pia schlug das Buch auf und sagte nach einer Sekunde, ohne dass sie auch nur einen Satz hätte lesen können: »Ich verstehe auch nichts.« Sie legte mir mitfühlend ihren Arm auf mein Bein und wir mussten beide lachen.

»Dann bin ich ja beruhigt.«

Eine Station hinter dem Hauptbahnhof (ich wollte mich gerade quer auf die Sitze legen, denn mein Magen verlangte verzweifelt nach der Horizontalen) ging plötzlich unsere Abteiltür auf.

»Ist hier noch ein Platz frei?«, fragte ein junger Mann in unserem Alter, der einen schönen schwarzen Trenchcoat trug, und dazu aber braune Lederschuhe mit einem komischen Bommel obendrauf kombinierte. (Ich bin ja ein großer Verfechter der These: »Zeig mir deine Schuhe, und ich sag dir, wer du bist.«)

Ich wollte gerade entgegnen, dass wir noch auf vier Leute warten würden (konnte ja theoretisch sein!), doch Pia kam mir zuvor: »Klar, komm rein.«

Er setzte sich auf den Platz neben der Tür und holte das *Hamburger Abendblatt* aus seiner Tasche. Dann fiel sein Blick auf das Pokerbuch auf Pias Schoß.

»Ach cool, pokert ihr etwa?«, fragte er und klappte seine Zeitung wieder zusammen.

»So kann man das nicht sagen«, nuschelte ich.

»Wir überlegen gerade, da einzusteigen«, sagte Pia und zwinkerte mir zu. »Bist du vom Fach?«

»Nicht wirklich. Während des Studiums habe ich ein wenig gespielt, aber nicht sonderlich ambitioniert. Das Buch von Pius fand ich allerdings super spannend.«

»Du hast das verstanden?«, entfuhr es mir.

»Klar, warum nicht?« Er sah ernsthaft erstaunt aus.

Nur so ein Gedanke: Kann man jemanden auf Anhieb so gar nicht mögen?

In den folgenden anderthalb Stunden nach Hamburg schaffte es Johann – wer um Himmels willen heißt heutzutage noch Johann? –, sich noch weiter ins Aus zu schießen.

Er wohnt zwar auch in Eimsbüttel, mag den Stadtteil aber überhaupt nicht.

Er mag ohnehin Berlin lieber als Hamburg.

Er trug ein geflochtenes Lederarmband um das Handgelenk. (Seit der Pleite mit TV-Koch Steffen Henssler mache ich um solche Männer einen großen Bogen.)

Er rennt drei Mal die Woche um die Außenalster. (Seit der Pleite mit Stabhochspringer Tim Lobinger mache ich um sportliche Männer einen mindestens genauso großen Bogen wie um die Lederarmband-Fraktion.)

Je länger wir uns mit ihm unterhielten, desto einsilbiger wurde ich. Pia fand ihn dagegen anscheinend wirklich amüsant. Ich sag ja: Manchmal ist sie mir ein Rätsel.

»Und jetzt noch mal zum Mitschreiben«, fragte Johann irgendwann. »Warum wolltet ihr pokern lernen?«

»Streng genommen wollte das nur Hannah«, sagte Pia und zwinkerte mir wieder zu. »Denn sie …«

»… recherchiert gerade«, sagte ich schnell, »… zu dem Thema. Ich bin nämlich Journalistin.«

»Und um was geht es genau?«, fragte Johann und blickte mich interessiert an.

»Um …«, stotterte ich. »Na ja, um die Bedeutung des Kartenspiels im … äh … gesellschaftlichen Kontext der soziologischen Geschlechterdebatte.«

Johann runzelte die Stirn.

»Hannah versucht sich gerade an der Frage, wie Frauen Männer beeindrucken können.«

Ich warf Pia einen bösen Blick zu.

»Natürlich nur beruflich«, schob sie schnell hinterher. »Sie schreibt da eine große Geschichte für ein Frauenmagazin.«

»Soso«, sagte Johann und seine zugegebenermaßen sehr schönen Lippen umspielte ein Lächeln. »Und was sind deine Rechercheergebnisse?«

Ich konnte ihm unmöglich erzählen, dass ich ernsthaft bei einer russischen Primaballerina in die High-Heel-Schule gegangen war. Oder davon, dass ich im mallorquinischen Kloster mehr oder weniger erfolgreich meditiert hatte.

Johann sah mich gespannt an.

»Ich darf nicht darüber sprechen«, sagte ich mit gedämpfter Stimme. »Ich musste nämlich absolutes Stillschweigen versprechen, musst du wissen.«

»Ich verstehe«, sagte er und lächelte wieder.

»Mit was könnte man dich denn beeindrucken?«, fragte ihn plötzlich Pia. »Ich meine, vielleicht kann Hannah das in ihren Artikel einbauen?« Sie lachte.

Johann schaute lange stumm aus dem Fenster. Himmel, warum mussten Männer immer so melodramatisch sein?

»Ehrlich gesagt kann ich das gar nicht sagen«, meinte er schließlich. »Entweder eine Frau beeindruckt mich oder nicht. Das Ganze muss stimmen, die Persönlichkeit, die Ausstrahlung, die Lebensfreude. Es an konkreten Fähigkeiten oder Eigenschaften festzumachen, ist wohl ziemlich utopisch. So funktioniert das nicht, befürchte ich.«

Ja, man konnte einen Menschen auf Anhieb mal so gar nicht mögen. Sagte ich das bereits?

***

Das alles ist jetzt eine Woche her. Ich habe das Wochenende einigermaßen verkraftet und versuche, nicht mehr so viel an die 730 Euro zu denken. Nur gestern bin ich bei der »Tagesschau« kurz zusammengezuckt, als Judith Rakers die neue Meldung mit einem besorgten Gesicht und den Worten »Siebenhundertdreißig« begann. Es ging aber dann zum Glück doch nicht um mein Pokerdesaster, sondern um irgendeine Staatsverschuldung in Milliardenhöhe.

Außerdem habe ich das Geld schon fast wieder reingeholt, na ja, noch nicht ganz, aber ich bin auf jeden Fall auf dem guten Weg dorthin.

Sie sollten mich jetzt mal sehen: Es ist neun Uhr und ich sitze bereits frisch geduscht und komplett angezogen voller Tatendrang am Schreibtisch. Gerade habe ich das Porträt über den neuen Vorsitzenden der Feuerwehr für den *Elmshorner Boten* fertig gemacht. Ich konnte Herrn Winkelmann tatsächlich davon überzeugen, dass ich die E-Mail nicht selbst verfasst habe. Zumindest hat er so getan, als würde er mir die Geschichte abnehmen, und ich durfte den Text schreiben. Na also, geht doch. Zack, zufrieden klicke ich auf

»Senden«. Und wissen Sie was? Ich habe ihm gleich noch vorgeschlagen, dass wir doch eine ganze Serie daraus machen könnten. Warum porträtieren wir nicht auch noch die Vorsitzenden aus Fuhlsbüttel, Barmbek und Wandsbek? Pro Text bekomme ich immerhin 30 Euro. Wenn ich also, lassen Sie mich kurz rechnen, 30 Texte schreibe, habe ich das Wochenende locker wieder reingeholt und sogar noch ein wenig Plus gemacht.

Großer Gott, 30 Texte?

Wie soll ich 30 Texte zusammenbekommen?

Äh, ja.

Natürlich – dass ich darauf noch nicht vorher gekommen bin. Ich könnte ja auch noch die Frauen der Feuerwehrvorsitzenden porträtieren. (Stichwort »Hillary Clinton«. Sie wissen schon, hinter jedem erfolgreichen Mann steht auch eine erfolgreiche Frau.) Und vielleicht könnte ich danach noch über die Kinder der Feuerwehrvorsitzenden schreiben. Das sind ja, na ja, äh, tja, wichtige Persönlichkeiten der Zukunft. Und wenn ich dann die 30 Texte noch nicht zusammenhaben sollte, könnte ich ja auch noch die, ja, mmh, Haustiere der Feuerwehrvorsitzenden porträtieren?

O Gott.

700 Euro an einem Wochenende.

Ich befürchte, ich habe ein Geldproblem.

Na schön, wenn wir schon dabei sind:

1. Ich habe mir neulich Schuhe für 270 Euro gekauft und sowohl Pia als auch meiner Mutter gesagt, ich hätte sie bei Görtz für 79 Euro gefunden.
2. Ich habe keine private Altersvorsorge.
3. Vor zwei Wochen habe ich meinen Rentenbescheid bekommen. Wenn ich so weiterverdiene wie bisher, bekomme ich mit 65 Jah-

ren 243 Euro pro Monat. Habe einen hysterischen Lachanfall bekommen (das *können* die ja nicht ernst meinen!) und bin danach erst einmal im Mikawa Sushi essen gegangen.

4. Die 40 Seiten Formulare, die ich bei der Veranstaltung »Riester oder Rürup?« letztes Jahr im Rathaus mitgenommen habe, habe ich als Geschenkpapier für Pias Adventskalender verwendet.
5. Ich verstehe die Finanzkrise nicht und habe sie noch nie verstanden.

Der Punkt mit der Finanzkrise wurmt mich wirklich. Ich wüsste schon gerne, was da 2007 schiefgegangen ist, doch ich habe den Eindruck, dass man nicht mehr reinkommt, wenn man nicht gleich am Anfang richtig aufgepasst hat. Außerdem läuft das inzwischen so lange, dass der Zug auch abgefahren ist, um noch mal nachzufragen.

Das ist genau dasselbe wie bei meiner Cousine Sina. Irgendwie habe ich am Anfang nicht mitbekommen, was sie studiert. Inzwischen ist sie kurz vor dem Abschluss, und auf jedem Familientreffen versuche ich mit allgemeinen Fragen wie »Gibt's bei euch in der Mensa auch so ein tolles Salatbuffet?« meine Ahnungslosigkeit zu verschleiern. Dummerweise kann ich auch aus ihren Antworten nicht eindeutig ablesen, was sie nun genau studiert. Warum kann sie nicht einfach mal sagen: »Ach weißt du, Hannah, mein Ethnologie- und Geografiestudium auf Magister mit Schwerpunkt auf der lateinamerikanischen Völkerkunde im 17. Jahrhundert ist momentan ganz schön zeitaufreibend.«

Ich sag ja: Irgendwann ist immer der Zug abgefahren.

Und bei der Finanzkrise geht's mir genauso. Ich habe keinen blassen Schimmer.

Meinen absoluten Finanzkrisentiefpunkt[20] hatte ich letztes Jahr bei der Hochzeit meiner Schulfreundin Kristina. Nach dem Abi hat sie eigentlich ganz harmlos eine Banklehre bei der Volksbank in Niebüll gemacht, doch irgendwie ist sie danach die Karriereleiter raufgefallen. Inzwischen arbeitet sie bei der Deutschen Bank in Frankfurt und ist für Devisengeschäfte zuständig. Frank, ihr Mann, ist Fondsmanager bei der Deutschen Bank, sieht unverschämt gut aus und hätte in der ZDF-Sendung »Der klügste Deutsche« fast den ersten Platz gemacht, wäre da nicht dieser kleine, dicke Junge gewesen, der alle Primzahlen bis zur Million aufsagen konnte.

Frank und Kristina müssen ein Vermögen verdienen. Zu ihrer Verlobung haben sie sich ein kleines Apartment in Paris gekauft. (Ungefähr zu dem Zeitpunkt, als Stefan mit mir Schluss gemacht hat und ich hauptsächlich im Snoopy-Schlafanzug auf dem Sofa lag und mir die Augen aus dem Kopf geweint habe.)

Die Hochzeit der beiden fand in einem traumhaften Palais außerhalb von Frankfurt statt, und es war alles so liebevoll und perfekt in Szene gesetzt, dass ich den ganzen Tag die imaginäre Stimme von Linda de Mol hörte: *»Das ist eure Traumhochzeit.«* (Bitte mit holländischem Akzent nachsprechen, sonst wirkt das nicht!) Noch dazu waren alle in so einer herrlich hochzeitlichen Stimmung. Irgendwann lief Kristina durch den Saal und trommelte mit den Fingern auf unseren Tisch. »So, Mädels, ich werfe jetzt den Brautstrauß.« Sie zwinkerte mir zu und zeigte dann unverhohlen auf meinen Sitznachbarn und formte mit ihren Händen ein Herz. Alle

---

[20] Liebe Herausgeber des DUDEN, wenn Sie das hier lesen: Sie können gerne den Begriff übernehmen. Falls Sie sich dafür entscheiden sollten, können Sie mir ja ganz diskret ein kleines Honorar für die Wortschöpfung überweisen.

lachten. Solche eindeutigen, irrationalen, übertriebenen, völlig aus der Luft gegriffenen und romantisch-verklärten Anspielungen passieren nur auf Hochzeiten und niemandem ist es peinlich. Herrlich.

Mein Sitznachbar war übrigens der Auslöser für meinen Finanzkrisentiefpunkt. Es war Ashton Kutcher. Na ja, nicht wirklich, aber er hätte locker als sein deutsches Double durchgehen können. Noch dazu war er Single und Arbeitskollege von Kristina. Mir wurde schon ganz schummrig, als ich mir nur vorstellte, wie er hinter einem Bankschalter stand und raunte: »Soll ich Ihnen mal Ihre Kontoauszüge ausdrucken?«

Ashton, ich meine natürlich Mark, und ich unterhielten uns den ganzen Abend wirklich sehr nett, doch irgendwie kam die Sache nicht so richtig in Schwung. Das änderte sich, als Kristina alleine auf der Tanzfläche zu »Gangnam Style« tanzte und dabei mehr Sexappeal als Jennifer Lopez und Shakira zusammen hatte.

Dunkel erinnere ich mich an den folgenden Dialog:

Mark: »Kristina ist wirklich eine tolle Frau. Und dass sie dann auch noch so ein Finanzcrack ist – unglaublich.«

Ich: »Findest du das etwa so ungewöhnlich, wenn Frauen etwas von Geld verstehen? Ich finde ja, dass es ein absolutes Basic ist.«

Mark: »Echt? Du beschäftigst dich auch mit Finanzen? Hätte ich gar nicht vermutet.«

Ich (entrüstet): »Na hör mal, ganz dünnes Eis, mein Lieber. Mein Steckenpferd sind auch Devisen, genau wie Kristinas.«

Mark (sah mich so interessiert wie nie zuvor an): »Chapeau, junge Dame.«

Ich (vollkommen größenwahnsinnig): »Nicht der Rede wert, ich sag immer: nichts leichter als Devisen.«

Mark (drehte den Oberkörper zu mir und unsere Knie berührten sich und mir wurde heiß): »Das sind ja auch gerade echt spannende Zeiten.«

Ich: »Und ob, du sagst es!«

Mark: »Ich denke ja, dass die Fed die Lockerungen bald einstellen wird. Oder was denkst du?«

Ich: »Doch, doch, das denke ich auch.«

Mark: »Hast du auch die jüngsten Zahlen von JP Morgan gesehen? Hätte ja nicht gedacht, dass der Volatility Index so krass abgeht.«

Ich: »Ich musste auch schlucken, als ich das gesehen habe. Bäng, zack, hui.« (Ich lachte blöde und machte Armbewegung nach oben.)

Mark: »Japan wird sicher auch quantitativ lockern. Obwohl, wenn man bedenkt, dass alles nur auf eine asynchrone Erholung hindeutet … Na ja, wollen wir mal hoffen, dass die Daten von Bloomberg korrekt sind. Wie schätzt du eigentlich Parker Global ein? Geht da noch was?«

Ich: »Mark, wir müssen leider, leider unsere überaus anregende Diskussion auf später vertagen. Zu Gloria Gaynor *muss* ich einfach tanzen.« (Stand hektisch auf und rannte unkoordiniert weg.)

Also gut, packen wir es an. Ich überwinde mein Trauma und stelle mich dem verbotenen F-Wort (herrje, ich meine »Finanzkrise«, nicht, was Sie schon wieder denken!). Und wenn ich dann bald auf einen Mann wie Mark treffe, werde ich wirklich über Devisen sprechen können. Wenn etwas Eindruck auf Männer macht, dann ja wohl das!

Ob ich mich dann wohl richtig gut mit allem auskenne? Finanzkrise, Euro, Griechenland – das ganze Programm? Ich bin so voller

Finanzkrisenverstehungstatendrang[21], dass ich gleich eine E-Mail schreibe. Denn eigentlich gibt es nur einen einzigen Mann, dem ich zutraue, mir die Finanzkrise plausibel zu erklären: Frank Lehmann.

Von 1989 bis 2006 hat er die Börsensendung im Ersten moderiert und es ist wohl nicht übertrieben, wenn ich sage, dass er seit der ersten Stunde zwei Groupies in Nordfriesland hatte: meine Eltern. Sie haben jede Sendung mit ihm gesehen, haben jedes Buch von ihm gekauft und zeitweise hatten wir sogar einen Zettel mit seinen besten Sprüchen am Kühlschrank hängen. Seit ich denken kann, bin ich mit der Devise aufgewachsen: »Was Frank Lehmann sagt, das stimmt.« Pia ist übrigens – warum, das wird wohl immer ein Rätsel bleiben – mit dem Leitspruch aufgewachsen: »Man isst Rosenkohl nur zu Weihnachten.« Und obwohl Pia der rationalste Mensch ist, den ich kenne, zuckt sie auch heute noch regelmäßig zusammen, wenn sie Rosenkohl an einem Nicht-Weihnachtstag isst. Diese Familienweisheiten machen einen fertig, sag ich Ihnen!

Wo war ich stehen geblieben? Ach ja, richtig, bei der Dreiecksbeziehung von Frank Lehmann und Doris und Klaus Jensen aus Klixbüll.

Wenn ich Frank Lehmann wirklich zu einem Interview treffen kann, werden meine Eltern ausrasten. Ob ich ihnen wohl ein Autogramm mitbringen soll? Ich sehe schon, wie sich meine Eltern am Bahnhof auf den Boden schmeißen und verzweifelt an meine Fußgelenke klammern: »Wir wollen mit!«

Natürlich steigern sich meine Eltern furchtbar in den Guru

---

[21] Hannah an DUDEN: Sie wissen schon … auch das können Sie gerne übernehmen!

Frank Lehmann hinein, doch auch ich muss zugeben, dass er wirklich sehr sympathisch ist. Und Ahnung hat er auch. Und er erklärt komplexe Dinge so, als seien sie ganz einfach. Ich erinnere mich noch an einen seiner Sprüche an unserem Kühlschrank: »Mit Geld ist es wie mit Klopapier: Wenn man es braucht, dann braucht man es dringend.« Ich meine, wenn ich das inhaltlich noch etwas untermauern könnte, wäre das doch schon mal ein Anfang.

Ja, Frank Lehmann ist der Mann der Stunde.

Ich öffne das E-Mail-Programm.

Lieber Herr Lehmann,

meine Eltern stalken Sie seit Jahren, doch leider hat ihr Finanzwahn so gar nicht auf mich abgefärbt. Ich habe keinen blassen Schimmer von der Finanzkrise und weiß noch nicht einmal, warum Griechenland jetzt so tief im Schlamassel sitzt. Das ist doch so ein schönes Land. Als ich einmal auf Kreta … Äh, also was ich fragen wollte: Können Sie mir bitte alles ganz genau erklären, sodass ich damit Ashton Kutcher beeindrucken kann? Bitteeeeeeeeeeeeee,

Ihre Hannah Jensen

Vielleicht sollte ich doch ein wenig anders an die Sache herangehen.

Lieber Herr Lehmann,

tippe ich,

ich bin freie Journalistin aus Hamburg und recherchiere gerade zum Thema »Finanzkrise und ihre gesellschaftliche Verankerung in Deutschland«. In meinem Artikel gehe ich der Frage nach, inwieweit die Deutschen sich thematisch mit der Finanzkrise und ihren Folgen auseinandersetzen oder ob sie aufgrund mangelnder Fähigkeiten den aktuellen Entwicklungen an den Finanzmärkten den Rücken kehren und welche Konsequenzen diese Ignoranz nach sich ziehen könnte.
Ich würde mich sehr freuen, wenn wir gemeinsam dieser Frage nachgehen und die Finanzkrise in all ihren Facetten erörtern könnten.

Herzlichst,
Ihre Hannah Jensen
– freie Finanzjournalistin –

Gut, beim Zusatz »freie Finanzjournalistin« habe ich mich vielleicht ein wenig vergaloppiert. Aber ansonsten? Genial. Einfach genial. Ich klicke auf »Senden«. Auf diese E-Mail kann Frank Lehmann eigentlich doch nur antworten: »Frau Jensen, schwingen Sie sofort Ihren Hintern Richtung Frankfurt und ich werde Ihnen alles erklären.«

Na ja, so was in der Art auf jeden Fall.

Und bis ich einen Termin habe, werde ich mich schon einmal ein bisschen informieren. Habe mir vorgenommen, dass ich jeden Tag den Wirtschaftsteil der *FAZ* komplett durchlesen werde. Wirklich, komplett! Nicht eine einzige Meldung wird mir durch die Lappen gehen. Und ich verspreche, mir auch nicht nur die Artikel mit den Bildern anzusehen. Nein, ich werde jede einzelne verdammte Wirtschaftszeile aufsaugen wie Babys die Muttermilch. Ich meine, wahrscheinlich fällt der Groschen, wenn man sich nur lange genug mit dem Thema beschäftigt. Und irgendwann wache ich schweißgebadet auf und rufe erleuchtet: »Natürlich, der Rettungsschirm!«

Ach ja, und ich werde ganz sparsam leben und so wieder die 700 Euro wettmachen. Wäre doch gelacht, wenn dieses Pokertrauma nicht bald schon ein Kapitel in meinem Leben ist, über das ich sage: »Herrlich, ich war kurz danach wirklich schockiert, aber wie gut, dass sich alles schnell in Wohlgefallen aufgelöst hat. Inzwischen habe ich zwei Bausparverträge, weiß, was vermögenswirksame Leistungen sind, kann Eurobonds erklären und freue mich, dass Frank Lehmann zugesichert hat, der Patenonkel meiner zukünftigen Kinder zu werden.«

***

Ich sitze auf der Rückbank eines VW Scirocco, und eine gewisse Marion will mich umbringen. Gerade haben wir mit 190 Stundenkilometern eine LKW-Kolonne überholt. Währenddessen (!) hat sich Marion auf ihrem Schoß eine Zigarette gedreht und parallel im Handschuhfach nach einer CD gesucht. Kurz: Ich bin auf dem direkten Weg in den Himmel. Vorher ist aber – zumindest theoretisch – ein Abstecher nach Frankfurt geplant, denn Frank Lehmann gibt mir doch tatsächlich ein Interview. Heute Nachmittag treffe ich ihn in der Börse.

Eigentlich müsste ich jetzt bester Laune sein, denn:

1. Meine Finanzkrisenerleuchtung naht.

2. Das Interview könnte mein beruflicher Höhepunkt werden. Als ich meinen Eltern am Telefon erzählt habe, dass ich Frank Lehmann interviewe, hat meine Mutter hörbar geschluckt, und ich dachte für einen Moment, sie würde vor Rührung anfangen zu

weinen. Dann reichte sie den Hörer an meinen Vater weiter, der mit getragener Stimme sagte: »Hannah, wir sind so stolz auf dich.« Inzwischen weiß übrigens ganz Klixbüll, dass eine Tochter des Dorfes Frank Lehmann trifft. Würde mich nicht wundern, wenn man mir zu Ehren vor dem Gemeindehaus eine Parkbank mit einer goldenen Plakette aufstellt.

3. Ich habe dem mir selbst auferlegten Sparzwang die Krone aufgesetzt und mich nicht für den ICE (118 Euro pro Strecke), sondern für die Mitfahrzentrale entschieden. 15 Euro. Mit Marion.

Ich war dermaßen stolz, dass ich so konsequent spare, dass ich gestern Abend zur Feier des Tages einen Sekt aufgemacht habe. In den letzten zwei Wochen – so lange ist das Pokerdesaster nun schon her – war ich so diszipliniert, dass es mir fast schon unheimlich ist. Ich war nur zweimal auswärts essen, ich habe den Blazer von Zara wieder zurückgebracht (da habe ich ja dann sogar Geld wieder eingenommen!), und mittags habe ich mir nicht mehr im Manolos einen Cappuccino geholt, sondern mir zu Hause einen Kaffee selbst gefiltert. Und dann noch die Mitfahrgelegenheit! Warum bin ich da eigentlich nicht vorher drauf gekommen? Ich meine, klar war es angenehm und irgendwie auch mondän, mit dem Taxi durch Berlin chauffiert zu werden. Aber ist es nicht viel schöner, mit anderen Menschen in Kontakt zu treten und einen Weg gemeinsam zu bestreiten? Teilen ist außerdem das neue Haben oder so ähnlich. Nein, ich muss sagen: Ich fühle mich richtig geläutert. Und befreit. Und glücklich. Und entspannt.

Bis heute Morgen zumindest.

Denn seit ich mit Marion vor zwei Stunden am Hamburger Hauptbahnhof losgefahren bin, treiben mich die ganz großen Fragen um. Wo komme ich her? Wo gehe ich hin? Eine Nahtod-Erfahrung jagt die nächste. Für Marion ist es anscheinend eine Frage der Ehre, nicht unter 150 Stundenkilometer zu fahren. Außerdem raucht sie Kette und erzählt versaute Witze. Ich bin inzwischen dermaßen abgehärtet, was das betrifft, dass ich mir sicher bin, bereits eine sexuelle Störung entwickelt zu haben.

O Gott, jetzt lehnt sich Marion schräg nach vorne. Das verheißt nichts Gutes. Als sie das letzte Mal diese Position eingenommen hat, lieferte sich Marion ein Rennen mit einem Porsche und rief dabei: »Porschefahrer sind das Übel dieser Welt. Dem zeigen wir's.«

Ich bin übrigens nicht das einzige Opfer, das Marion in ihr Höllengefährt gelockt hat. Neben mir auf der Rückbank ist ein dünnes Mädchen sofort nach Fahrtbeginn in einen komatösen Schlaf gefallen (es ist mir ein Rätsel!), und auf dem Beifahrersitz sitzt Kai: ein Enddreißiger mit Bauchansatz, strähnigem Zopf und gelblichen Zähnen.

Marion arbeitet übrigens – nach eigenen Angaben – beim Ordnungsamt in Hamburg und fährt jetzt nach Frankfurt, um sich – nach eigenen Angaben – die neue »Tannhäuser«-Inszenierung an der Oper anzusehen. Beides kann ich mir beim besten Willen nicht vorstellen.

»Ich hab noch einen«, ruft Marion plötzlich von vorne. »Sagt der Doktor zum Patienten: Es wäre besser, Sie hören mit dem Onanieren auf. Fragt der Patient: Warum? Sagt der Doktor: Weil ich Sie dann jetzt untersuchen könnte.«

Marion bricht in so schallendes Gelächter aus, dass sie mit dem Kopf immer wieder Richtung Lenkrad kippt. Sie kann jetzt unmöglich noch die Straße im Blick haben. »Marion«, setze ich an. Doch Marion hört mich nicht. Sie wischt sich prustend eine Träne aus dem Auge. »Ist der nicht gut?«

Während sie sich nicht über ihren eigenen Witz einkriegen kann, dreht sich Kai zu mir um.

»Wenn du magst, können wir ja heute Abend noch ein Feierabendbierchen trinken. Kleiner Absacker sozusagen.« Kai zwinkert mir zu. »Zwei Hamburger in Frankfurt müssen doch zusammenhalten.« Er zwinkert wieder und – Grundgütiger – fährt sich mit der Zunge über die Oberlippe.

Das ist doch gemein. Da flirtet endlich mal ein Mann mit mir, und dann ist es Kai. Warum hätte nicht Johann mit mir flirten können? Ich zucke innerlich zusammen. Warum muss ich denn plötzlich an *den* denken? Seit der Zugfahrt habe ich keinen einzigen Gedanken an ihn verschwendet. Nicht, dass ein Missverständnis aufkommt: Er war mir ja nun wirklich nicht sympathisch. Aber er hätte ja wenigstens *versuchen* können, mit mir zu flirten. Natürlich hätte ich ihm dann einen Korb gegeben. Aber nein, stattdessen bin ich Kais Objekt der Begierde.

Ich bemerke, dass er mich immer noch erwartungsvoll ansieht.

»Danke für das Angebot«, höre ich mich sagen. »Liebend gern würde ich mit dir ausgehen.« (Warum sage ich so etwas, warum?) »Aber ich muss mich noch auf mein Interview morgen vorbereiten.«

Kai zwinkert mir wieder zu. Heiliger Bimbam, er denkt anscheinend, dass ich auf ihn stehe, aber nur zu schüchtern bin.

Ich hole schnell mein Notizbuch aus der Tasche. »So, die Arbeit ruft«, flöte ich und Kai dreht sich zum Glück wieder um.

Ich habe in den letzten zwei Wochen wirklich alles darangesetzt, der friedlichen Koexistenz von Hannah Jensen und dem Thema Geld ein Ende zu bereiten. Aber irgendwie ist der Funke noch nicht so richtig übergesprungen. In den ersten Tagen meiner »Ich-lese-jeden-Tag-den-Wirtschaftsteil-der-*FAZ*-Offensive« war ich noch so motiviert, dass ich mir ein paar Notizen gemacht habe. Ich schlage meinen Block auf. Wollen wir doch mal sehen, was wir da haben:

Pfandbriefmarkt schrumpft auf den niedrigsten Stand seit 1993
Sinkende Rohstoffpreise entlasten Asien
Europäische Mittelstandskredite finden kaum Investoren

Ja, gut, vielleicht ist das alles nicht so richtig zielführend, aber irgendwo muss man ja schließlich anfangen. Außerdem weiß man ja nie, in welche Richtung sich so ein Gespräch entwickelt. Vielleicht werden Frank Lehmann und ich tatsächlich über den Pfandbriefmarkt sprechen, und dann kann ich ganz ernst sagen: »Er ist ja auch vor Kurzem auf den niedrigsten Stand seit 1993 geschrumpft.« Frank Lehmann wird mich daraufhin entgeistert fragen, warum um Himmels willen ich ihn um das Interview gebeten habe, denn anscheinend sei ich ja sogar schon auf Spezialgebieten ein Experte. Daraufhin werde ich leicht erröten und abwinken: »Nein, nein, das täuscht.« Woraufhin Frank Lehmann darauf bestehen wird, dass ich ein totaler Finanzcrack sei. »Sie alte Tiefstaplerin«, wird er gespielt streng sagen, und gemeinsam schmunzeln wir dann wie zwei alte Finanzhasen.

Dummerweise ist mir aber nach ein paar Tagen die Lust vergangen und ich habe den Wirtschaftsteil nur noch quergelesen. Aber mein Gott, das machen Manager schließlich auch so, niemand liest wirklich alles durch. Zeit ist Geld, sage ich immer! Trotzdem bin ich mir sicher, dass da ein paar Sachen hängen geblieben sind. Man lernt ja ohnehin immer im Unterbewusstsein und dann bricht das Wissen, von dem man gar nicht weiß, dass man es hat, im richtigen Moment aus einem heraus und man weiß plötzlich, dass man etwas weiß. Sie verstehen, was ich meine, oder?

Außerdem habe ich auch noch einen Blick in die Bücher von Frank Lehmann himself geworfen. Meine Eltern haben mir so eine Art Carepaket mit seinen gesammelten Werken geschickt. Mit gelben Post-its haben sie wichtige Stellen markiert, sodass ich eigentlich nur noch die inhaltliche Ernte einfahren musste. Inhaltliche Ernte, das war gut, hätte fast von Frank Lehmann sein können. Das Gute an ihm ist nämlich, dass er alles immer so herrlich einfach auf den Punkt bringt. »Nicht alle Eier in einen Korb legen«, hat er zum Beispiel geschrieben. Oder: »Die Flut hebt alle Schiffe«, oder: »Hin und her macht Taschen leer«. Ist das nicht wunderbar?

Wenn dieser Mann mir morgen auch noch so einfach die Finanzkrise erklärt … Ich bin richtig aufgeregt, wenn ich daran denke, dass ich bald eine dieser Frauen bin, die richtig mitreden können. Das nächste Mal, wenn ich Ashton Kutcher treffe, werde ich ihm sagen, dass man nicht alle Eier in einen Korb legen soll. Äh, na ja, vielleicht werde ich mich doch für einen anderen Grundsatz entscheiden.

Hilfeeeeee! Marions Fahrweise reißt mich aus meinen Gedanken. Sie hat die Ausfahrt von der Autobahn genommen und will anscheinend ihr Prinzip »Fahre nie unter 150« auch auf Bundesstraßen durchziehen. »Marion«, setze ich an. »Willst du nicht …« Bevor ich weiterkomme, dreht Kai sich um. »Ich bin ja da, Hannah, hab keine Angst.« Arrrggghhh.

Nach drei Stunden kommen wir tatsächlich am Frankfurter Hauptbahnhof an. Ich bin schweißgebadet und furchtbar stolz, dass ich das Höllenfahrtskommando überlebt habe. Ein wenig fühle ich mich wie dieser Siegfried aus der Nibelungensage. War der nicht auch nach einem traumatischen Erlebnis unverwundbar?

***

Da Marion die berechnete Fahrtzeit von Google Maps um etwa die Hälfte unterboten hat, habe ich noch etwa drei Stunden bis zum Interview.

Nachdem ich mir in der Bahnhofstoilette meinen Nadelstreifenanzug angezogen habe, schlendere ich gemächlich durch die Innenstadt Richtung Börsenplatz. Und was soll ich sagen? Frankfurt inspiriert mich. Zwischen all den gut aussehenden Männern in Anzügen und Frauen in Kostümen fühle ich mich fast selbst ein wenig wie eine kleine Bankerin. Gerade habe ich mein Spiegelbild in einer Fensterscheibe gesehen. Auch wenn der Anzug ein wenig zwickt (habe seit der Abschlussfeier an der Uni wohl doch das eine oder andere Kilo zugenommen), sehe ich so aus, als hätte ich irgendwas mit Finanzen am Hut. Ich gehe auch ganz anders. Ich schlurfe nicht, ich schreite. Als wäre ich Teil der Devisenabteilung der Deutschen Bank und hätte mir in der Mittagspause nur schnell einen gesunden Salat geholt, um danach gleich wieder motiviert den Deal mit den Chinesen einzufädeln. Als ich an der Oper vorbeikomme, trifft mich übrigens fast der Schlag. Mark Owen von Take That läuft an mir vorbei, im Anzug. Er ist es natürlich nicht, aber er sah wirklich ungelogen so aus.[22]

Nachdem ich mich irgendwie von dem Schock erholt habe, kaufe ich mir bei Kamps ein Brötchen (Stichwort »Sparen«!) und mache Mittagspause auf einer Bank. Neben mir sitzen zwei Banker mit einem Starbucks-Becher in der Hand. Und wissen Sie was? Plötzlich sagt der eine doch ganz ernsthaft zu dem anderen: »Wir soll-

---

[22] Lieber Mark – also, ich meine den echten und nicht das Double im Anzug –, wenn du das hier durch Zufall liest: Ich weiß auch nicht, warum ich früher so getan habe, als würde ich auf Howie stehen. Vielleicht hatte ich als Teenager noch nicht die Größe, mich zu einem Mann zu bekennen, der kleiner ist als ich. Entschuldige bitte, aber du musst wissen: Ich habe immer nur dich gewollt!

ten auch gleich noch mal das Emissionsvolumen analysieren. Die asset-backed securities sind ja doch nicht so schlimm ausgefallen, wie wir befürchtet hatten. Und den Primärmarkt sollten wir uns ansehen, können wir ja gleich im Kick-off-Meeting besprechen.«

Ich schiele heimlich zu den beiden rüber. Wahnsinn, was hier für eine finanzige Atmosphäre herrscht. Da sitzt man nichtsahnend auf einer Bank, und schon ist man Teil einer wichtigen Besprechung. Mehr oder weniger jedenfalls.

Gleich werde ich sogar aktiver Teil einer wichtigen Besprechung sein. Denn es ist fünf vor drei, und ich stehe möglichst intelligent im Foyer der Börse herum und warte auf Frank Lehmann. Mein Blick schweift durch das Gebäude, als plötzlich die große Schwingtür aufgeht. Frank Lehmann kommt herein. Er trägt einen langen, eleganten Mantel, die grauen, dicken Haare sind perfekt nach hinten gestylt. Genau wie im Fernsehen! Wenn jetzt nur meine Eltern hier sein könnten! Das ist doch so, als würden meine Eltern Mark Owen treffen und ich säße in Klixbüll rum. Ich hätte die zwei natürlich auch als meine Praktikanten einschleusen können, schießt es mir durch den Kopf. Ich komme nicht dazu, mir auszumalen, wie es gewesen wäre, die 61-jährigen Doris und Klaus als *den* journalistischen Nachwuchs Deutschlands vorzustellen, denn Frank Lehmann kommt mit großen, dynamischen Schritten direkt auf mich zu.

»Frau Jensen?«

»Richtig. Herr Lehmann?«, frage ich etwas dümmlich zurück. Gott, warum frage ich das? Wer sollte er sonst sein? Der Papst?

Frank Lehmann lächelt mich freundlich an und gibt mir die Hand. »Soll ich Ihnen vielleicht erst einmal das Parkett zeigen, und dann verziehen wir uns in einen Raum und sprechen in aller Ruhe über die Finanzkrise?«

Himmel, das Börsenparkett! Ich hatte natürlich insgeheim die Hoffnung, dass wir auch das Parkett sehen, aber ich wäre natürlich nie im Traum darauf gekommen, dass das wirklich möglich ist als Besucher. Man kennt das doch aus dem Fernsehen. Da schreien gut angezogene Banker irgendwelche Kurse durch die Gegend, gestikulieren wild und schauen immer wieder gebannt auf die Dax-Kurve. Ob ich wohl gleich im Fernsehen zu sehen bin, wenn ich da plötzlich zwischen all den Bankern stehe? Außerdem muss ich aufpassen, keine Handbewegung zu machen, die man falsch interpretieren könnte. Nicht, dass ich plötzlich Aktien kaufe, ohne es zu wollen. Man kennt solche Geschichten ja von Auktionen, wo jemand nur blöde durch die Gegend winkt und prompt das niederländische Stillleben aus dem 18. Jahrhundert für drei Millionen ersteigert hat. Wobei, wenn ich mir jetzt vorstelle, dass ich aus Versehen einen richtigen Geheimtipp kaufe und sich all meine Finanzsorgen in Wohlgefallen …

Huch, ich spüre, dass Frank Lehmann mich ansieht.

»Ich würde sehr gerne das Parkett sehen«, sage ich so gefasst wie möglich und laufe ihm wie in Trance hinterher, als er uns an einem großen Schalter anmeldet. Kurze Zeit später drückt er mir einen Besucherausweis in die Hand.

Nachdem meine Tasche von einem Sicherheitsmann kontrolliert wurde, werden wir durch eine Schranke gelassen. Schon stehen wir in einem riesigen Raum. An den Wänden rings herum sind Börsenkurse notiert und an der Stirnseite sehe ich die Kurve des DAX. Ich würde ja glatt behaupten, dass dies das leibhaftige Börsenparkett ist – wenn denn jemand hier wäre. Es ist totenstill und nur in der Mitte sitzen ein paar gelangweilte Männer vor Monitoren. Einer gähnt. Ein anderer sagt gerade seinem Nachbarn etwas, woraufhin dieser lustlos mit den Schultern zuckt.

Ich bin fassungslos. Ist dies etwa gar nicht das Parkett?

Frank Lehmann sieht meinen enttäuschten Gesichtsausdruck und lacht. »Sie sehen so aus wie die Besuchergruppe letzte Woche. Die kamen hier rein und einer fragte doch glatt: ›Kommen wir ungelegen?‹« Er lacht wieder. »Die wussten nicht, dass hier gar nicht mehr gehandelt wird. Läuft ja alles nur noch elektronisch ab.«

Ich lache hektisch. »Soso, das wussten die gar nicht, kaum zu glauben.«

»Ich finde es wahnsinnig deprimierend, wie es heute ist«, sagt Frank Lehmann, während wir quer durch den Raum gehen und an den gelangweilten Männern vorbeischlendern. (Der eine, der gerade schon gegähnt hat, gähnt schon wieder!) »Früher hatte das noch Atmosphäre und Flair«, erzählt Frank Lehmann weiter. »Einer hat einen Kurs geschrien, der andere schrie zurück: ›Nehm ich!‹ Das hatte noch was. Heute sitzen diese Leute hier nur, damit hier jemand sitzt.«

Ich mache ein betroffenes Gesicht. Andererseits: Wenn's mit dem Journalismus mal nicht mehr läuft, kann ich immer noch hier an der Börse herumsitzen und auf so einen Monitor starren. Aber warum um Himmels willen habe ich das nicht mitbekommen? Das alles *kann* nicht vor allzu langer Zeit geändert worden sein.

»Herr Lehmann«, sage ich. »Ich komme manchmal mit den Zahlen etwas durcheinander.« Ich lache blöde. »Wann wurde denn das elektronische System eingeführt? Ich meine, seit wann, äh, schreit hier niemand mehr durcheinander?«

»Ich glaube, Xetra wurde 1997 eingeführt. Aber nageln Sie mich darauf nicht fest. Auf jeden Fall ist es schon eine kleine Ewigkeit her, dass hier noch jemand richtig gehandelt hat.«

»Richtig ... 1997«, murmele ich und nicke wissend. 1997?

Das kann doch nicht sein, dass ich über 15 Jahre nichts von der Börse mitbekommen habe? Habe ich etwa zum letzten Mal als Teenager die Börsensendung im Ersten gesehen?

Frank Lehmann wirft mir schräg von der Seite einen Blick zu und zieht lächelnd eine Augenbraue hoch. Warum werde ich das dumme Gefühl nicht los, dass er mich schon jetzt durchschaut hat? Ob ich schnell irgendetwas Fachmännisches von mir geben soll? Ich könnte ja sagen, dass der Pfandbriefmarkt den niedrigsten Stand seit 1993 erreicht hat. Gut, das käme vielleicht ein wenig aus dem

Off. Andererseits könnte ich behaupten, dass mir das gerade durch den Kopf geschossen sei und dass der Pfandbriefmarkt mir ohnehin sehr am Herzen liege und …

Ogottogottogott.

Wir gehen durch ein Labyrinth von Fluren und Gängen, bis Frank Lehmann schließlich eine Tür zu einem kleinen Raum aufstößt. »Kommen Sie, hier können wir uns in Ruhe unterhalten.«

Ich setze mich an den ovalen Konferenztisch und schlage wichtig meinen Block auf. »FINANZKRISE« schreibe ich in Großbuchstaben auf die erste Seite. »Dann wollen wir mal«, sage ich und versuche meiner Stimme den Klang einer seriösen Finanzjournalistin zu geben.

Für die Einstiegsfrage habe ich mir übrigens etwas richtig Geniales einfallen lassen. Als Journalist soll man die Dinge ja immer ganz einfach erklären. Also: Warum nicht auch ganz einfach fragen? So … ganz einfach! Genial.

»Wie würden Sie einem Kind die Finanzkrise erklären? Nehmen wir an, es ist ein, nun, sagen wir, es ist ein ziemlich dummes Kind?«

»Ganz einfach«, sagt Frank Lehmann und ich hänge an seinen Lippen. »Wenn man zu übermütig ist, fällt man auf die Nase.«

Er lehnt sich zurück, verschränkt zufrieden die Arme und sieht mich an.

Mmmh, das dürfte wohl doch etwas dünn sein, um in Zukunft fachmännische Diskussionen über die Finanzkrise führen zu können. Ich setze noch einmal investigativ nach.

»Vielleicht können wir die Finanzkrise chronologisch beleuchten«, sage ich. »Wie fing alles an? Wie entwickelte es sich weiter? Sie wissen schon … das ganze Programm. Lassen Sie uns der Sache so richtig auf den Grund gehen.« Ich betone das Wort »richtig« und balle dazu dynamisch die Faust.

»Gerne«, sagt Frank Lehman und legt los.

»In den 90er-Jahren und um die Jahrtausendwende herum gab es in den USA gigantisch niedrige Zinsen. Fast alle wollten damals eine eigene Hütte haben. Nehmen wir mal John und Mary. Eigentlich können die beiden sich kein Haus leisten, doch John und Mary möchten so gerne eins und, zack, kaufen sie es. Als dann die Zinsen steigen, können John und Mary die Raten nicht mehr bezahlen. Und was passiert?«

Frank Lehmann macht eine dramaturgische Pause. Himmel, was passiert mit John und Mary?

»Aus die Maus!«, ruft er und schlägt die Hände zusammen. »Genau das war das Problem: Es wurden zig schlechte Hypotheken an Leute verkloppt, die es sich gar nicht leisten konnten.«

Ich will mich ja nicht loben, aber ein Interview mit Frank Lehmann war ja wohl die beste Idee, die ich seit Langem hatte. In den letzten fünf Minuten habe ich mehr verstanden als in den letzten fünf Jahren. Warum kann Susanne Daubner in der »Tagesschau« nicht auch einmal von John und Mary erzählen? Stelle mir vor, wie sie und Jens Riewa dann im Chor »Aus die Maus« rufen.

»Und dann?«, frage ich gespannt.

»Tja, dann hat man sich etwas ausgedacht. Man hat alle schlechten Hypotheken in eine Kiste gepackt und ein schickes Band drumgemacht. Dann hat man gesagt, dass das jetzt ein Wertpapier ist. Und dieses Wertpapier mitsamt seinem Risiko wurde in die ganze Welt verteilt. Und irgendwann guckte jemand in die Kiste und brach zusammen: ›Hilfe, da ist ja nur Mist drin!‹«

»Himmel«, entfährt es mir. »Wie konnte man nur? Das konnte ja nicht gut gehen.«

»Sie sagen es!« Frank Lehmann beugt sich zu mir und sieht mich mit diesem »Hannah-Jensen-Sie-haben-aber-wirklich-ganz-schönwas-auf-dem-Kasten-Blick« an. Wer sagt's denn? Ich verstehe die Finanzkrise! Ich bekomme eine Gänsehaut.

»Inzwischen haben wir nicht nur eine Immobilienkrise, sondern auch noch eine Bankenkrise und eine Staatsschuldenkrise.« Auf Frank Lehmanns Stirn machen sich Sorgenfalten breit.

Ich muss schlucken. Und alles nur wegen John und Mary, weil sie über ihre Verhältnisse gelebt haben. Ich schwöre bei allem, was mir heilig ist, dass ich mir nie wieder etwas kaufen werde, was ich mir eigentlich gar nicht leisten kann. Jedenfalls nichts, was nicht unbedingt nötig ist. (Die Acne-Stiefeletten neulich waren nötig!)

»Und nun? Wie kommen wir aus dem Schlamassel wieder raus?« Ich muss sagen, dass mich die ganze Sache richtig emotional mitnimmt.

»Blinzeln Sie mal«, sagt Frank Lehmann.

Wie bitte?

»Blinzeln Sie mal«, wiederholt er und ich blinzele brav.

»In dieser Millimillisekunde sind 10 000 Geschäfte an der Börse getätigt worden, von Computern. Wir brauchen dringend eine Steuer, die das wieder entschleunigt. Der menschliche Faktor muss wieder ins System. Das Schlimme ist, dass alle die Verselbstständigung gesehen haben, aber keiner hat sich dem entgegengestellt. Das Motto lautete: ›Wenn die Musik spielt, muss getanzt werden.‹«

Der Einfall mit dem Blinzeln war wirklich genial, das merk ich mir. Ich seh schon, wie ich bald auf dem Sofa meiner Eltern sitze und sich ganz Klixbüll in unserem Wohnzimmer eingefunden hat. »Und nun blinzelt mal«, werde ich der wissbegierigen Masse auftragen. Sie werden an meinen Lippen hängen, und ich werde das mit der Steuer erzählen. Großer Gott, vielleicht werde ich selbst so eine Art Finanzguru und muss Vorträge halten. So nach dem Motto: »Wenn die Hannah Jensen das erklärt, versteht es jeder.«

Frank Lehmann und ich reden noch ein wenig (gut, vielleicht redet vor allem Frank Lehmann und ich höre zu) über den kleinen Sparer, der durch die ganze Finanzkrise ziemlich angeschmiert ist, über russische Oligarchen, die jetzt bitte schön auch mal zahlen müssen, darüber, dass man eine Geldanlage immer langfristig denken und dass man acht bis zehn Prozent seines Vermögens in Gold anlegen soll.

Na, das ist doch mal ein konkreter Hinweis, denke ich und schreibe »wichtig!! 8 bis 10 Prozent in Gold!!!« auf meinen Block.

Nach einer kurzen Hochrechnung komme ich zum Ergebnis, dass ich dieses Anlageziel bereits realisiert habe: in einer Plombe im hinteren Eckzahn. Äh, ja …

»Deutsche befassen sich viel zu wenig mit dem Thema Geld«, sagt Frank Lehmann plötzlich. »Für viele ist das so schlimm, als müssten sie zum Zahnarzt gehen.«

Ich will gerade ansetzen und irgend so etwas Pseudo-Entrüstetes à la »Da tun Sie den Deutschen aber unrecht« sagen, als Frank Lehmann plötzlich anfängt zu lachen.

»Ertappt, Frau Jensen? Wie Sie gerade selbst das Gesicht verzogen haben, war köstlich.« Er lacht wieder.

»Haben Sie denn eine private Altersvorsorge?« Frank Lehmann will mich anscheinend wirklich fertigmachen.

»Öh, mmh, na ja …«, antworte ich mehr oder weniger souverän.

»Altersarmut wird ein riesiges Problem werden. Diejenigen, die nichts sparen, werden später 800 Euro weniger haben. Ich versteh ja, dass die Verlockungen groß sind. Media Markt, Urlaub … aber ohne private Vorsorge geht es nicht.«

Ich muss an meinen Rentenbescheid denken und bekomme wieder ein schlechtes Gewissen. Noch dazu sehe ich die Sorgenfalten auf Frank Lehmanns Stirn und sein ernstes Gesicht.

Ich schwöre: Gleich am Montag werde ich mich mit Rürup, Riester, Sparen, Zurücklegen und all diesem Kram befassen.

Jetzt muss ich aber irgendwie die Kurve bekommen.

»Könnte nicht auch ein Kasino-Besuch das Problem lösen?« Ich lache hektisch. »Ich meine, äh, nehmen wir an, man würde pokern und richtig viel Geld ...«

»Keine Alternative«, unterbricht mich Frank Lehmann. »Ich war auch mal im Kasino, in Las Vegas. Innerhalb kürzester Zeit waren 500 Dollar weg. Ich hätte fast die Kreditkarte noch mal angezapft, aber meine Frau Helga hat gesagt: ›Frank, wir gehen jetzt nach Hause!‹«

Ach, das ist doch ein ganz versöhnlicher Schluss für das Gespräch. Ich meine, 500 Dollar sind ja nun wirklich eine andere Liga. Da kommen mir meine 100 Euro, die ich verloren habe, nahezu popelig vor. Herrlich, mir geht's schon wieder richtig gut. Ich verstehe die Finanzkrise und Frank Lehmann hat mir bestätigt, dass mein Pokerdesaster nur allzu menschlich war. (So war ja gewissermaßen sein Wortlaut!)

»Herr Lehmann«, sage ich. »Vielen, vielen Dank für das Gespräch. Sie haben mir und den ... äh ... Lesern ... des ... kurz: Es war großartig!«

Herr Lehmann lächelt und gibt mir die Hand. »Gern geschehen, kommen Sie, ich bringe Sie noch raus.«

Nachdem wir wieder an den gelangweilten Männern vorbeigegangen sind (wie gesagt: Wenn alle Stricke reißen, sitze ich hier auch bald), verabschieden wir uns in der Lobby voneinander.

Ich winke Frank Lehmann fröhlich hinterher, als er mit großen, dynamischen Schritten quer über den Börsenplatz geht. Als er außer Sichtweite ist, mache ich mein Handy an. Fünf neue Nachrichten.

Mama: »es+ist+freitag+14.30+uhr+sind+zurück+aus+husum+und +denken+an+dich+interview+aufregend«

Papa: »hier ist papa, frag lehmann ob bayer aktien sinn machen«

Papa: »papa noch mal, verschrieben, nicht bayer, basf!!! wichtig! danke!«

Mama: »es+ist+freitag+15.00+uhr+papa+will+gold+kaufen+wie guenther+kannst+du+klaeren+ob+gut?«

Pia: »Habe Johann in der Stadt getroffen. Er hat nach deiner Nummer gefragt.«

Acht

Elf Männer, na ja, eigentlich zwölf

Auf dem Weg zum Bahnhof verfestigen sich in meinem Kopf etliche Gedanken:

1. Gleich morgen kümmere ich mich um eine private Altersvorsorge.
2. Ich werde mein Portfolio noch einmal hinsichtlich des Goldes überprüfen.
3. Ich werde eine Bürgerinitiative gründen, die genau wie Frank Lehmann eine Steuer fordert, die das Finanzwesen wieder entschleunigt.

Jaja, ist ja gut, ich geb's zu. Eigentlich denke ich nur an zwei Dinge:

Warum hat Johann nach meiner Nummer gefragt?

Hat er wirklich nach meiner Nummer gefragt?

Sobald ich den ersten Gedanken zu Ende gedacht habe, denke ich eigentlich sofort wieder den zweiten Gedanken. Und dann wieder den ersten. Und dann denke ich, dass man einen Gedanken gar nicht denken kann. Das ist ja quasi doppelt gemoppelt. Nein, nein, sprachlich geht das gar nicht. Wie klingt das bloß? »Ich denke einen Gedanken.« Früher an der Uni hätte man diesen Satz nicht akzeptiert. Zu Recht, wie ich finde, denn die deutsche Sprache muss schließlich auch geschützt und bewahrt werden. Es wird ja ohnehin immer viel weniger Wert auf … Hat er wirklich nach meiner Nummer gefragt?

Natürlich könnte ich jetzt Pia anrufen und einfach fragen, was und warum es sich wie und wo genau zugetragen hat. Aber obwohl ich genau weiß, dass heute der 3. Mai ist, habe ich Angst, dass sie »April, April« ruft. Vielleicht wurde ja auch in Facebook zu einer Aktion à la »Mach den 3. Mai zum 1. April« aufgerufen. Oder Pia ist nur ein Lockvogel, und wenn ich sie gleich anrufe, geht Anke Lothes von Radio Hamburg ans Telefon. *»Herrlich, du bist wirklich drauf reingefallen, Hannah. Hihi. Natürlich hat Johann nicht nach deiner Nummer gefragt. Hihi. Möchtest du jetzt noch was sagen? Wir sind live auf Sendung!«*

Mein Herz pocht. Reiß dich zusammen, fahre ich mich an. Jemand hat nach deiner Nummer gefragt, den du noch nicht einmal sympathisch fandest. Erde an Hannah, es gibt also kein Problem.

Doch irgendwie kommen die Beruhigungsrufe aus dem Universum nicht bei mir an, denn ich habe immer noch einen Ruhepuls, der jedem Arzt sofort Schweißausbrüche bereiten würde.

Ich hab's! Ich rufe erst einmal meine Eltern an. Das ist gut. Durchatmen. Zeit gewinnen. Über Gold sprechen. Und Frank Lehmann.

Immer noch etwas zittrig hole ich das Handy aus der Tasche. Es klingelt nur ein Mal, dann schon höre ich meine Mutter.

»Klaus, es ist Hannah«, flüstert sie meinem Vater zu, der anscheinend neben ihr steht.

»Frag sie, ob sie Lehmann wegen BASF gefragt hat.«

»Nun lass sie doch erst mal erzählen, wie es war«, sagt meine Mutter. »Hannah?«

»Hallo Mama, dein Kind hat plötzlich Ahnung von …«

»Und vielleicht …«, höre ich wieder meinen Vater, »… haben sie auch über Bundesanleihen …«

»Klaus, jetzt halt doch mal den Mund. Hannah, erzähl, wie war es?«

Im Hintergrund brummt mein Vater etwas Undefinierbares, und ich höre, wie meine Mutter eine Tür zuschlägt.

Es wird still in der Leitung. Plötzlich höre ich meine Mutter wieder.

»Sieht er so aus wie im Fernsehen?« Wahrscheinlich ist es nicht übertrieben, dass ich meine Mutter noch nie so aufgeregt erlebt habe. Nicht einmal, als ich in der vierten Klasse im Sportunterricht einen Ball an den Kopf bekam und sie von der Notfallaufnahme des Niebüller Krankenhauses aus angerufen habe. Na ja, ist ja schön, dass ein ehemaliger Börsenmoderator solche emotionalen Schwingungen bei ihr auslöst.

»Ja, er sieht so aus wie im Fernsehen und …«

»Hast du ihn wegen Gold gefragt? Ich hab ein ungutes Gefühl, aber Papa will so gerne …«

»Mama, können wir heute Abend noch mal telefonieren? Irgendwie kann ich mich gerade nicht konzentrieren, also, ich meine, das war ja auch ein sehr fachliches Interview und dann ist man danach immer ein wenig, ach, ich weiß auch nicht.«

»Mensch, du bist ja ganz durch den Wind«, sagt sie mitfühlend. »Dass dich das Thema Finanzen so mitnimmt, hätte ich nicht gedacht. Aber da kannst du mal sehen, wie wichtig das ist fürs Leben. Wenn man sich erst einmal damit beschäftigt, lässt es einen nicht mehr los. Hast du mit ihm auch wegen deiner Altersvorsorge …?«

»Mama, ich ruf euch heute Abend an, in Ordnung?«

»Natürlich, entschuldige. Aber ich bin so gespannt, wie es war.«

»Das merke ich«, lache ich. »Bis später!«

So, das wäre geschafft. Zugegebenermaßen bin ich jetzt genauso schlau wie vorher, aber immerhin hat mir das Zwei-Minuten-Gespräch mit meiner Mutter einen alles entscheidenden Zeitaufschub von, ja, äh, zwei Minuten verschafft.

Nun gut, ich greife wieder nach meinem Handy. Irgendwann muss ich Pia ohnehin wieder anrufen. Spätestens zu ihrem Geburtstag in sechs Monaten. Und vielleicht würde sie sich doch ein wenig wundern, wenn ich bis dahin den Kontakt abbreche.

Ich wähle Pias Nummer.

»Hey, wie geht's?«, ruft sie fröhlich in den Hörer. (Zumindest ist es nicht Anke Lothes von Radio Hamburg.)

»Ich wollte mich mal melden. Das Interview war wirklich super spannend. Wir haben über die Anfänge der Finanzkrise gesprochen und über eine Steuer, die alles entschleunigen soll, und wenn man blinzelt, dann werden ...«

»Hast du meine SMS nicht bekommen?«

»Mmh ... doch.«

»Ja, und? Willst du gar nicht wissen, wie es dazu gekommen ist?«

»Na schön«, druckse ich herum.

Es stellt sich heraus, dass Pia gerade auf dem Weg zum Zahnarzt war, als sie am Jungfernstieg Johann in die Arme lief. Sie hat ihn zunächst gar nicht erkannt, denn er trug – Zitat Pia – den »besten dunkelblauen Anzug, den sie seit ihrem Urlaub in Rom an einem Mann außerhalb Italiens gesehen« hat. Nach kurzem Small Talk (Zugfahrt, Wetter mal wieder schlecht, am Wochenende soll es besser werden, arbeitet in Anwaltskanzlei am Jungfernstieg) fragte Johann dann plötzlich wie aus dem Nichts nach meiner Nummer. Pia antwortete daraufhin ganz souverän, dass sie doch nicht einfach so meine Nummer rausrücken könne. Aber er könne ihr ja seine Nummer aufschreiben. Möglichst unbeteiligt hat sie ihm Zettel und Stift gereicht, woraufhin er »Johann Zug« und seine Nummer notiert hat. Erst als er außer Reichweite war, habe sie am Rathausmarkt einen kurzen hysterischen Anfall bekommen und mir die SMS geschrieben.

»Ist das nicht toll?«, fragt sie. »Er sieht wirklich gut aus und ist supernett. Ich könnte glatt eifersüchtig werden, dass er meine Nummer nicht haben wollte.« Sie lacht.

Eine halbe Stunde später sitze ich im Zug nach Hamburg und denke an John und Mary, Frank Lehmann und Johann. Warum muss nur immer alles so kompliziert sein? Warum kann ich mich nicht freuen, wenn einmal etwas klappt in meinem Leben? Zumindest, wenn es so aussieht, als könnte es klappen. Um mich abzulenken, blättere ich durch das *DB-mobil*-Magazin und lese schließlich einen achtseitigen Artikel über Vögel. Es geht irgendwie darum, dass Vögel die anderen Waldbewohner durch lautes Gezwitscher warnen, wenn etwas Unvorhergesehenes passiert.

Ob ich jetzt mal anfangen sollte, zu trillern und zu pfeifen?

***

»Du rufst ihn jetzt an.« Pia drückt mir das Handy in die Hand. »Wählen.«

Pia hätte eigentlich ein guter Diktator werden können, denke ich. Wenn das in ihrem Architekturbüro mal nicht mehr so läuft, kann sie umsatteln und irgendein Land im Nahen Osten übernehmen. Und ich sitze währenddessen in der Börse und starre hauptberuflich auf einen Bildschirm. Es ist doch schön, wenn man einen Plan B im Leben hat.

»Hannah«, sagt Pia genervt und zeigt stumm auf das Handy.

Mein Gott, so schnell geht das nicht. Wo käme man denn hin, wenn man einfach so einen Typen anrufen würde, der einem die Nummer gegeben hat?!

Eigentlich sollte man doch meinen, dass man mit 30 reif, weise, autark, erhaben und souverän ist. So souverän, dass man sich vollkommen entspannt den Zettel mit der Nummer schnappt und dann spontan einfach anruft. Aber nein, stattdessen sitze ich jetzt seit zwei Stunden in einem post-pubertären Zustand paralysiert auf Pias Sofa. Das behalten Sie jetzt bitte für sich, ja? Aber ich habe gerade Pia gezwungen, dass wir das Telefonat mit Johann üben. Pia musste mit verstellter Stimme ... Gott bewahre, geht das denn nie vorbei?

»In zehn Minuten rufe ich an, okay?« Ich gebe meiner Stimme zumindest einen Hauch von Entschlossenheit.

»Warum in zehn Minuten?« Pia runzelt die Stirn.

»Na, weil es dann genau 16 Uhr 20 ist und ich finde, das ist ein wunderbarer Zeitpunkt. Findest du nicht, dass 16 Uhr 20 wahnsinnig beiläufig rüberkommt? So nach dem Motto: ›Huch, da hat mir jemand doch neulich seine Nummer gegeben, den könnte ich doch jetzt mal kurz zwischendurch anrufen.‹ Du kennst doch die Regel: Rufe nie jemanden zur exakt vollen Stunde an, das wirkt eindeutig zu geplant. Also, je länger ich darüber nachdenke, desto genialer finde ich 16 Uhr 20.«

Pia lacht. »Deine Logik ist zwar etwas speziell, aber bitte schön – der Countdown läuft, Fräulein Jensen. In zehn Minuten wird angerufen.«

11 Minuten und 35 Sekunden später.

Ich habe tatsächlich angerufen, und das Gespräch hat sich in etwa so zugetragen. »In etwa« ist nicht ganz richtig, eigentlich hat es sich exakt so zugetragen, Wort für Wort. Alles hat sich in Kopf und Herz eingebrannt, als ginge es um Leben und Tod:

Ich (stotternd): »Hi, hier ist Hannah, die aus dem Zug. Pia, also, meine Freundin hat ...«

Johann (völlig entspannt): »Oh, schön, warte mal kurz, ich mach mal eben die Musik leiser.«

Man hört, wie er zur Stereoanlage geht und ein furchtbar cooles Indie-Stück ausmacht. (Kann mich bitte auch mal ein Mann anrufen, während ich gerade laut Musik höre?)

Johann (völlig entspannt): »So, da bin ich wieder. Schön, dass du dich meldest! Wie geht es dir?«

Ich (möglichst souverän, Plan geht leider nicht ganz auf): »So weit, so gut, alles bestens. Äh, und dir?«

Johann (klar – immer noch tiefenentspannt): »Super, vor allem, weil du gerade angerufen hast.« (Lacht souverän, ich kichere hektisch.)

Ich: »Was rauscht denn da bei dir im Hintergrund? Sitzt du an einem Wasserfall?«

Johann: »Nee, ich koche gerade, warte, ich mach mal die Dunstabzugshaube aus.«

Es wird leiser.

Ich (mehr oder weniger kreativ): »Und was gibt's?«

Johann: »Langosch mit Schafskäse. Ich koche in letzter Zeit unheimlich gerne ungarisch.«

(Kann mich bitte auch mal ein Mann anrufen, während ich mich mit der ungarischen Küche beschäftige?)

Ich: »Dann will ich mal nicht länger stören …«

Johann: »Das tust du doch nicht. Aber ich würde sagen, wir vertagen unser Gespräch auf morgen? Hast du Lust auf einen Kaffee?«

Ich (warum-auch-immer-fragend): »Ja?«

Johann (lacht entspannt): »Das werte ich mal als klare Zusage. Kennst du das Café im Literaturhaus an der Außenalster? Passt dir 15 Uhr? Bist du dabei?«

Ich (immerhin etwas lustig): »Schuldig in allen drei Punkten, Herr Anwalt. Bin dabei.«

Johann (lacht entspannt): »Prima, bis morgen, ich freu mich.«

Ich (leider wieder in altes Muster verfallend, siehe »stotternd« oben): »Ich, äh, ja, auch.«

Aufgelegt.

Himmel, ich habe ein Date. Morgen um 15 Uhr. Der Rest des Abends ist schnell erzählt. Pia und ich bestellen uns eine Pizza, trinken Wein und sehen »Deutschland sucht den Superstar«. Pia hat eine strikte »Wir-reden-nicht-über-Johann-Devise« ausgegeben, damit ich mich nicht unnötig verrückt mache. Der einzige Mann, an den ich heute Abend denken dürfe, ist Erwin: ein blasser 17-Jähriger, der gerade furchtbar schief eine Klageballade singt und dabei traurig in die Kamera guckt. Vielleicht hat er vor dem Auftritt jemanden angerufen, der laut Musik gehört und ungarisch gekocht hat? Aaaaaahhhhh.

***

Sonntagnachmittag, 14 Uhr 50. Ich bin auf dem Weg zum Literaturhaus und habe mich glücklicherweise vom hysterischen Teenager wieder in eine aufgeklärte 30-Jährige verwandelt.

Fakt ist doch, dass sich zwei erwachsene Menschen gleich zu einem Kaffee treffen. Nicht mehr und nicht weniger. Und ganz ehrlich: Wie viele erwachsene Menschen auf der Welt treffen sich jetzt, genau zu diesem Zeitpunkt, zu einem Kaffee? Eben! Man muss das alles nur in der kosmischen Gesamtheit betrachten, und schon hat es sich relativiert.

Inzwischen bin ich übrigens schon so weit, dass ich es fast *verwerflich* finde, mich jetzt mit einem Mann zu treffen. Denn eigentlich sah mein Traumfrauprogramm doch vor, dass ich erst alle zehn Prüfungen bestehe und mich dann wieder den Männern dieser Welt widme. Gestern Abend habe ich übrigens noch einmal gecheckt, welche Punkte auf meiner To-do-Liste ausstehen: Ich muss eine Fußballexpertin werden, tanzen und flirten lernen. Johann kann sich also glücklich schätzen, dass sich die Traumfrau in spe schon jetzt erbarmt und mit ihm einen unverbindlichen Kaffee trinkt. Hah, so sieht's aus!

Mit einem mehr oder weniger überzeugten »Alles halb so wild« stoße ich die Tür zum Literaturhaus auf.

Es ist wirklich das schönste Café, das ich in Hamburg kenne. Es erinnert mich ein wenig an alte Kaffeehäuser in Wien. Meterhohe Decken, Stuck, Parkettfußboden, Kronleuchter und weiße Tischdecken auf antiken Tischen.

Geschmack hat Johann, das muss man ihm lassen, denke ich, als ich durch den ersten Raum gehe. Wenn er jetzt auch noch diesen blauen Anzug trägt, von dem Pia geschwärmt hat …

»Hannah, hier«, höre ich plötzlich eine Stimme hinter mir. Ich drehe mich um und sehe Johann an einem kleinen Tisch in der Ecke sitzen – in einem Kapuzenpullover. Versuche, nicht allzu enttäuscht zu sein. Ich meine, warum hätte er auch einen Anzug anziehen sollen, wenn wir uns nur auf einen Kaffee treffen? Außerdem sieht er selbst im Kapuzenpullover besser aus, als ich ihn in Erinnerung hatte. Dunkle, volle Haare, etwas länger und verwuschelt (klassischer Out-of-Bed-Look), nettes Lächeln. Etwas schief, aber durchaus charmant. Ein wenig zu große Nase, aber irgendwie interessant.

»Hi«, sage ich und strecke ihm etwas steif meine Hand hin, woraufhin Johann souverän meine Schultern umfasst, mir zwei Küsschen links und rechts gibt und meine ausgestreckte Hand an seinem Bauch komisch abknickt.

Drei Erkenntnisse auf einmal:

1. Er riecht gut. Auch das noch!
2. Er wirkt tiefenentspannt, ich dagegen habe meinen Yoda-gleichen Seelenzustand irgendwo zwischen Eingang und Tisch verloren.
3. Hatte ich jemals behauptet, dass es sich lediglich um ein Treffen handelt, bei dem zwei erwachsene Menschen ein Heißgetränk zu sich nehmen? Völlig irre, diese Theorie!

Ich setze mich ihm gegenüber und lächele ihn möglichst selbstbewusst an. Er drückt mir die Karte in die Hand. »Kuchen?«

Nach dem etwas holprigen Start schlage ich mich ganz tapfer, und es wird ein wirklich netter Nachmittag. Johann stammt aus Köln, wohnt in einer WG zusammen mit einem Studenten und einem Musikproduzenten, mag genau wie ich Käsekuchen, aber – ganz wichtig – nur ohne Rosinen, und erzählt von seiner Arbeit als »Matlock für Arme«. Zwischendurch streiten wir darüber, ob Hamburg (ich!) oder Berlin (Johann!) die schönere Stadt ist. (Ich kann mir nicht helfen, aber irgendwo in meinem Großhirn höre ich eine leise Stimme, die flüstert: *»Und sie necken sich sogar schon.«*)

»Ich muss jetzt mal was sagen, was bei Frauen in der Regel nicht so gut ankommt«, sagt Johann plötzlich und ich rechne mit dem Schlimmsten. Er ist verheiratet und hat drei Kinder? Er ist schwul? Er geht morgen auf eine Weltreise und will sich nach fünf Jahren auf der Weihnachtsinsel vor Australien niederlassen?

Johann macht eine dramaturgische Pause und sieht mich ernst an. »Ich liebe Fußball.« Er lacht. »Jetzt ist es raus.«

Ich weiß, eigentlich müsste ich jetzt sagen, dass ich leider gar keine Ahnung von Fußball habe und dass bis auf Weltmeisterschaften alles an mir vorbeigeht, was das Thema betrifft.

Aber manchmal muss man auch mal Fünfe gerade sein lassen, finde ich. Es ist ja schließlich nur eine Frage der Zeit, bis ich richtig Ahnung von Fußball habe, da es ja ohnehin noch auf meiner To-do-Liste steht.

»Du auch?«, höre ich mich rufen und klatsche zu allem Überfluss auch noch völlig überdreht in die Hände. »Das ist ja ein Zufall! Ich lieeeeeebe Fußball!«

»Wirklich? Das finde ich an einer Frau echt cool.«

Ich spüre, wie ich leicht erröte.

»Hast du auch einen Lieblingsverein?«, frage ich schnell fachmännisch.

»Na, hör mal«, sagt Johann gespielt streng. »Ein Ur-Kölner kann doch nur dem FC verfallen sein. Und selbst?«

Großer Gott, habe ich einen Lieblingsverein? Kann ich jetzt »Deutschland« sagen?

Ich hab's! Sarah Connor hatte doch mal eine Affäre mit diesem wunderschönen, kleinen Brasilianer. Der spielt doch in Bremen. Ja, da bin ich mir sicher. Er und Sarah haben sich doch immer in Bremen getroffen, während Marc Terenzi in Delmenhorst auf die Kinder aufpassen musste. Mensch, das war auch eine Geschichte, vor allem, weil Sarah … Huch, ich schweife ab.

»Werder Bremen«, sage ich schnell. »Fan der ersten Stunde!« (Ich kann wirklich nichts dafür, dass ich mich manchmal vergaloppiere.)

»Cool! Jetzt, wo ich schon einmal mit einer Insiderin spreche: Meinst du, der Deal mit Robin Dutt klappt?«

Hilfe, ich habe nicht die geringste Ahnung, was er meint.

»Der Bremer Fan genießt und schweigt«, flöte ich selbstbewusst.

»Soso«, sagt er, und seine Lippen umspielt ein kleines Lächeln.

»Was hältst du davon«, sage ich, »wenn wir mal zusammen Fußball gucken? Nächste Woche Mittwoch vielleicht?« Ich gehe in die Offensive.

»Super Idee, aber wer spielt denn da?« Johann sieht mich ratlos an.

Himmel, spielt nicht an jedem Tag irgendeine gottverdammte Mannschaft?

Zum Glück kommt in dem Moment die Kellnerin und fragt, ob wir noch was trinken möchten. Ich sag es ja: Das Literaturhaus ist mein absolutes Lieblingscafé.

Johann lächelt immer noch auf eine Art und Weise, die ich nicht deuten kann.

»Wir können ja das Champions-League-Finale nächste Woche zusammen gucken«, sagt er schließlich.

»Dortmund gegen Bayern!«, rufe ich dankbar. (Zugegeben, es gibt wohl keinen Menschen in Deutschland, an dem das vorbeigegangen ist. Trotzdem bin ich ein wenig stolz, dass ich so geistesgegenwärtig reagiert habe und die beiden Mannschaften nennen konnte.)

»Genau, Dortmund gegen Bayern«, sagt Johann langsam und guckt mich verschmitzt an.

Und prompt habe ich ein neues Date. Nächste Woche Samstag in der Fußballkneipe »Schwalbe« in der Schanze. Johann und ich verabschieden uns voneinander und mein Countdown läuft: Ich habe noch fünf Tage Zeit, um zur Fußballexpertin zu werden. Das sollte machbar sein.

***

Das sollte nicht nur machbar sein, nein, das wird ein Kinderspiel! Halten Sie sich jetzt bitte fest: Es ist Mittwochvormittag (also drei Tage nach meinem Date mit Johann und drei Tage vor meinem neuen Date mit Johann[23]), ich sitze im Bus und bin schon wieder auf dem Weg zum Literaturhaus, um – noch einmal festhalten – Gerhard Delling zu treffen. *Die* Instanz im deutschen Fußball! Ein Freund von mir aus alten Studientagen arbeitet in der Redaktion der »Sportschau«, und ich habe ihn direkt nach meinem Date mit Johann[24] angerufen und ihn gefragt, ob Gerhard Delling mir wohl Fußball erklären könnte. So habe ich das natürlich nicht ausgedrückt, sondern ich habe wieder ganz die seriöse Journalistin gegeben: Ich wolle mich in nächster Zeit journalistisch auf die Fußballberichterstattung konzentrieren und würde Gerhard Delling daher gerne zu einem Hintergrundgespräch treffen.

Hintergrundgespräch hört sich wirklich gut an, finde ich. Fühle mich fast wie eine investigative *Spiegel*-Redakteurin, die irgendeinen Coup landet.

Und außerdem muss das ja noch nicht einmal richtig gelogen sein. Ich meine, stellen wir uns mal vor, dass ich plötzlich Blut lecke und Fußball mich so richtig packt. Vielleicht schreibe ich dann wirklich mal Artikel über irgendwelche Spiele. Vielleicht werde ich noch zu einer dieser blonden Fußballreporterinnen, die zunächst total unterschätzt werden, dann aber in einer Diskussionsrunde plötzlich etwas sagen wie »Ich erinnere nur an das Spiel Schalke gegen Gladbach 1984« und in der Branche wahnsinnig anerkannt

[23] Hätte nicht gedacht, dass ich das Wort »Date« einmal so oft verwenden würde, dass mir ganz schwindlig davon wird. Sagte ich bereits, dass ich letzten Sonntag ein Date hatte? Und jetzt am Samstag schon wieder eins?

[24] Sorry, da ist es schon wieder. Es ist aber auch zu hübsch, dieses Wort. Date, Date, Date. Hah!!!

sind. Und am Wochenende würde ich mir dann mit Johann immer die Spiele vom FC ansehen und im Anschluss mit ihm fachsimpeln, warum wohl die Ecke in der 15. Minute gegeben wurde. Huch, ich meine natürlich, ich werde mit *demjenigen* fachsimpeln, mit dem ich das Spiel gesehen habe. Das muss ja nicht zwingend Johann sein ... obwohl ....

»Nächste Haltestation: Mundsburger Brücke«, höre ich plötzlich durch die Lautsprecher. Ich muss aussteigen. Vor lauter Zukunftsmalerei hätte ich fast vergessen, den Halteknopf zu drücken. Der Bus hält und ich springe leichtfüßig raus. Ich bin so guter Laune, ich könnte Bäume ausreißen. Man muss sich die Umstände noch einmal vor Augen halten: Gerhard Delling, also *der* Gerhard Delling, hat sofort zugestimmt, mir ein Interview zu geben. Er hat das Literaturhaus als Treffpunkt vorgeschlagen (das ist doch ein Zeichen!), und dann treffe ich in drei Tagen auch noch Johann und kann das gesamte Delling-Wissen als mein eigenes ausgeben. Das nennt man wohl: Die Traumfrau in spe hat einen Lauf.

Zugegeben, ein marginales Problemchen gibt es noch bei der ganzen Sache. Da ich ja schlecht das »Hintergrundgespräch« mit den Worten »Dann erklären Sie mir mal Fußball, Herr Delling« beginnen kann, habe ich mir im Vorfeld natürlich überlegt, über was ich mit ihm sprechen möchte. Nun, ich will es mal so sagen: Es gibt da eine kleine Diskrepanz zwischen dem, was mich eigentlich am Fußball interessiert, und dem, was mich eigentlich interessieren sollte.

Was mich eigentlich interessiert:

- Sobald eine Mannschaft schlecht spielt, wird der Trainer sofort entlassen und muss sich einen neuen Verein suchen. Wenn er Glück hat, kommt er in Aserbaidschan unter, wo er die Sprache nicht spricht und niemanden kennt. Wenn die Mannschaft dort dann ein Spiel verliert, muss er wieder umziehen. Das ist doch der blanke Horror! Die armen Menschen! Warum tun die sich das an?

- Die Spieler dürfen sich das Trikot nicht mehr vom Leib reißen, wenn sie ein Tor geschossen haben. Warum nicht? Ich meine, das sind doch für die weiblichen Zuschauer die, äh, ja, seien wir ehrlich, schönsten Momente!
- Warum hat Schleswig-Holstein keinen Verein in der Bundesliga?
- Der FC Bayern München hat so viel Geld, dass er sich einfach alle guten Spieler zusammenkaufen kann. Das hat doch nichts mit Können zu tun, Kinder! Gebt mir zig Millionen, und ich kauf mir auch eine Mannschaft zusammen, die alle vom Platz fegt!
- In der *Gala* habe ich gelesen, dass Mario Götze in Dortmund noch bei seinen Eltern wohnt. Jetzt wechselt er – ausgerechnet! – zu den Bayern. Heißt: Er muss sein geliebtes Elternhaus verlassen und sich im teuren München eigene vier Wände suchen. Kann mir schon richtig vorstellen, wie der abends traurig auf dem Sofa sitzt und seine Mutter in Dortmund anruft. Wie soll dieser Junge das verkraften?
- Bin immer noch entsetzt, wie Michael Ballack nach der WM abserviert wurde. Erst hat sich die halbe Nation Gedanken um seine Wade gemacht, und plötzlich wurde er nicht mehr gebraucht. Das ist doch schlichtweg gemein! Ob Ballack wohl immer noch deswegen fertig ist?
- Lena Gercke ist ja jetzt mit Sami Khedira zusammen. Wohnen die eigentlich zusammen in Madrid? Spricht Sami Spanisch, oder wie unterhält er sich mit seinen Spielerkollegen? Und wissen die wohl, dass Lena mal bei »GNTM« mitgemacht hat?
- Vermisst Gerhard Delling Günter Netzer?

Was mich eigentlich interessieren sollte:

- Abseitsfalle
- Stichwort »Spielsystem« (Gibt's da nicht so Ketten?)
- Stichwort »Ecke«
- äh ja …

Das ist immer schlecht: Wenn man so wenig weiß, dass man noch nicht einmal weiß, was man fragen soll.

»Ich weiß, dass ich nichts weiß« hätte eigentlich von mir kommen können. Ist schlichtweg genial.

Leider komme ich nicht dazu, den Gedanken weiter auszuspinnen, dass ein griechischer Philosoph und ich ja wohl ziemlich ähnlich ticken, denn ich stehe jetzt direkt vor dem Café. Dem Ort, der aus mir vor drei Tagen ein kleines, verliebtes Etwas machte und der mich nun knallhart in eine Fußballexpertin verwandeln wird. Dann wollen wir mal. Und was das Gespräch betrifft: Vielleicht ist Gerhard Delling ja auch in Erzähllaune und plappert einfach so drauflos, ohne dass ich auch nur eine einzige Frage stellen muss. (Ich sag ja immer: Man darf seinen Optimismus nicht verlieren.)

Ich betrete das Café und sehe den leibhaftigen Gerhard Delling aus der »Sportschau« an einem Tisch im hinteren Teil des Cafés sitzen.

»Frau Jensen?« Er steht auf und lacht. Tatsache, genauso wie im Fernsehen!

»Herr Delling«, rufe ich glücklich. »Ich freue mich ja so, dass Sie sich Zeit für das Gespräch nehmen.«

»Gerne doch! Ich bin heute nur etwas neben der Spur. Zu spät ins Bett und dann auch noch viel Knoblauch gegessen. Kommen Sie mir besser nicht zu nah.« Er lacht wieder. Himmel, ist der nett!

Ich setze mich und schlage wichtig meinen Block auf. Ob ich jetzt einfach mal dynamisch »Stichwort ›Fußball‹« rufe?

***

Zwei Stunden später. Gerhard Delling und ich haben uns gerade voneinander verabschiedet, und was soll ich sagen? Ich weiß alles! Fragen Sie mich was, ich weiß wirklich alles! Alles, alles, alles! Fußball und Hannah Jensen – es kommt zusammen, was zusammengehört! Gut, wir sind jetzt nicht richtig ins Detail gegangen, was irgendwelche Spielsysteme oder so angeht. Aber den ganzen anderen Rest, Sie wissen schon, mit Götze und so, haben wir in aller Ruhe besprochen! Nur am Ende zeigte sich, dass Männer von manchen Dingen mal so gar keine Ahnung haben – Gerhard Delling leider inbegriffen!

Aber der Reihe nach.

Am Anfang gab ich noch ganz die seriöse Journalistin und erkundigte mich nach dem Champions-League-Finale. (Aktuelle Ereignisse sind immer ein guter Aufhänger für einen Gesprächsbeginn. Hah, genial!)

»In drei Tagen spielen ja Dortmund und Bayern im Champions-League-Finale gegeneinander«, sagte ich fachmännisch. Delling nickte und sah mich fragend an. »Nun gibt es in Deutschland ja Menschen, die die These vertreten, dass Bayern seine Erfolge einzig und allein dem ganzen Geld zu verdanken hat«, sagte ich und setzte mein bestes »Ich-bin-nun-mal-Journalistin-und-muss-stellvertretend-für-meine-Leser-total-abwegige-Fragen-stellen«-Lächeln auf.

»Na ja«, sagte Delling. »Schließlich hat der Verein so viel Geld, weil er so erfolgreich ist. Und weil eine Menge wirtschaftliche Kompetenz dahintersteckt. Die wissen eben, wie man richtig haushaltet.«

»Aber das ist doch trotzdem irgendwie, na ja, sagen wir, einen Hauch von unfair, dass die sich einfach in der ganzen Welt die besten Spieler zusammenkaufen.« (Verkniff mir den Zusatz »Das könnte ich auch!«)

»Das stimmt ja nun auch wieder nicht«, sagte Delling und lachte. »Sieben oder sogar acht Spieler aus der Mannschaft stammen aus München. Damit ist der Verein eigentlich der regionalste Verein, den es gibt.«

Wirklich? Ich notierte alles und sah mich schon am Samstag in der Kneipe über die Lokalität der bayerischen Mannschaft dozieren.

»Kommen wir zu Götze«, sagte ich schließlich. (Himmel, Delling musste glauben, ich sei wirklich vom Fach. Kommen wir zu Götze – das klang wirklich professionell!)

»Hätten Sie gedacht, dass er zu den Bayern wechselt?«

»Das ist schon ein echtes Drama«, sagte Delling. »Aber das passt in unsere Zeit. Wobei ich nichts dagegen habe, wenn jemand einen Wechsel wagt. Was mich stört, ist vor allem die Tatsache, dass es das Gegenmodell kaum noch gibt. Warum soll es nicht auch vernünftig sein, bei seinem Verein zu bleiben und zu helfen, dass er weiter nach vorn kommt. Auch damit kann man Erfolg haben und als Vorbild andere Menschen mitreißen.« Er zuckte die Schultern und lachte.

»Und dann muss der Arme auch noch bei seinen Eltern ausziehen«, murmelte ich gedankenverloren. »Das verkraftet der doch gar nicht, so ganz alleine in München.«

Gerhard Delling sah mich mit einem amüsierten Lächeln an.

»Ich meine«, beeilte ich mich zu sagen, »das wird ja ein ganz schöner Umbruch für den. Auch vom Spielsystem her und so.« Ich lachte hektisch.

Wahrscheinlich bröckelte meine Fassade an dieser Stelle etwas, denn Gerhard Delling lehnte sich amüsiert zurück und sah mich mit einem spitzbübischen Lächeln an. Wie kam ich jetzt aus der Nummer nur wieder raus? Andererseits konnte das natürlich auch eine Chance sein ... Ist der Ruf erst ruiniert ...

In den folgenden zwei Stunden sprachen wir über all das, was mich wirklich interessierte. Delling fand auch, dass Michael Ballack keinen würdigen Abgang aus der Nationalmannschaft bekommen hatte. (»Ein Arbeitgeber muss eine Brücke für lang gediente Mitarbeiter bauen, damit sie gesichtswahrend rauskommen.«) Mit Trainern, die dauernd umziehen müssen, brauche man laut Delling kein Mitleid zu haben, da sie viel verdienen und es in den meisten Fällen die richtige Entscheidung gewesen sei, sie zu feuern. (»Außerdem ist es natürlich leichter, den Trainer rauszuschmeißen, als gleich die ganze Mannschaft.«) Spieler dürfen sich wohl nach einem Tor das Trikot nicht mehr vom Leib reißen, weil sie damit das Spiel hinauszögern können. (»Wenn es nicht übermäßig lang dauert, sollte man nicht jede Gemütsbewegung reglementieren, finde ich.«) Und zu guter Letzt: Günter Netzer vermisse er nicht, da die beiden sich privat ja noch oft sehen würden.

Zwischendurch wurden wir sogar noch richtig philosophisch. Gerhard Delling erzählte, dass unser ganzes wirtschaftliches System seiner Meinung nach aus dem Ruder gelaufen sei. »Die einen arbeiten sich zu Tode und haben nichts, und die anderen machen Millionen und können sie gar nicht mehr zählen.« Ich nickte andächtig. Ob Gerhard Delling wohl irgendwann noch mal eine Partei gründet? Ich würde ihn wählen! »Es macht aber auf Dauer auch nicht glücklich, in kurzer Zeit so viel zu verdienen, dass man es gar nicht ausgeben kann. Es erleichtert vieles, aber Glück kann man nich kaufen«, sagte Delling. Und eigentlich gehe es doch auch um etwas ganz anderes: »Wir sollten im Leben nicht unseren Gewinn maximieren, sondern unser Wohlbefinden.« Ich bekam Gänsehaut. Das saß!

»Eine Frage habe ich noch«, sagte ich schließlich am Ende. »Stellen wir uns mal vor, eine Frau sieht sich zusammen mit Männern ein Fußballspiel an. Gibt es etwas, was die Frau rufen kann, damit, sagen wir, sie sich als echte Fußballexpertin ausweist?«

Gerhard Delling lachte. »Na ja, klar kann sie über eine Viererkette sprechen, was aber natürlich auch schwierig ist, wenn die Mannschaft eigentlich eine Dreierkette spielt.« Er lachte wieder. »Was natürlich immer geht, wenn man nichts vom Fußball versteht, und zwar unabhängig vom Geschlecht: Nach einem Schuss aufs Tor ›Das war ganz klar Abseits‹ rufen und danach aber nichts mehr sagen. Nicht, dass man das doch begründen muss.« Er lachte

wieder und ich schrieb schnell *»Abseits rufen und danach Klappe halten«* auf.

»Aber warum sollte eine Frau eigentlich so tun, als ob sie Ahnung hätte?«, fragte Delling. Er wirkte ernsthaft irritiert.

»Na ja …«, druckste ich etwas herum. »Es könnte ja durchaus sein, dass manche Frauen bei Männern damit Eindruck machen wollen.« Ich verdrehte die Augen, als wäre das für mich persönlich eine völlig abstruse Vorstellung.

Delling schüttelte den Kopf. »Das funktioniert doch nicht. Man sollte einfach das sein, was man ist. Alles andere ist fürchterlich.«

So etwas kann auch wirklich nur ein Mann sagen! Natürlich *muss* man – gerade in der Beziehungsanbahnung – ein wenig flunkern. So-tun-als-ob ist da doch quasi Dauerzustand. Gerhard Delling war ja wirklich ein toller Gesprächspartner, aber in dem Punkt war er ja wohl komplett auf dem Holzweg. Das sein, was man ist – so weit kommt's noch! Ich lächelte milde und bedankte mich für das wunderbare Interview.

»Gerne«, sagte Delling. »Hat Spaß gemacht.«

Für einen kurzen Moment wurde ich an dieser Stelle etwas größenwahnsinnig. Wäre es nicht fantastisch, wenn ich Netzers Stelle einnehmen könnte? Ich meine, Gerhard Delling und ich hatten uns wirklich gut verstanden und wir schätzen viele Dinge ähnlich ein (Stichwort »Ballack«!). Könnte ich nicht sein Sidekick in der »Sportschau« werden? Ich könnte mich ja in der Spielanalyse vor allem auf die »weichen« Themen konzentrieren, also Optik der Spieler und so. Großer Gott, ich hörte schon, wie Delling und ich uns einen Schlagabtausch über Mario Gómez liefern. *»Herr Delling, der sieht einfach soooo gut aus.« »Er lief sich aber zu oft fest und setzte auch nicht willensstark nach.« »Herrschaftszeiten, jetzt gucken Sie sich doch mal diesen T-Shirt-Rücken an …«*

Spürte, wie ich selig vor mich hin lächelte. Wenn das Date mit Johann am Samstag auch nur annähernd so erfolgreich war wie das Interview mit Gerhard Delling ... Oh. Mein. Gott.

***

Die nächsten Tage verbringe ich damit, halbherzig einen Artikel für den *Elmshorner Boten* zu recherchieren (Thema: »Welche Nutzungsmöglichkeiten gibt es für das C&A-Gebäude in der Schulstraße, wenn in einem Monat die Filiale schließt?«), mir Gedanken über Günter Netzer zu machen (ich glaub das dem Delling einfach nicht, dass er ihn nicht vermisst!) und mich seelisch auf den Abend mit Johann vorzubereiten. Ich lese sogar noch einen Artikel auf *Spiegel Online* über das bevorstehende Spiel. Darin heißt es, dass die Bayern einen psychologischen Vorteil gegenüber den Dortmundern hätten. Fragen Sie mich jetzt bitte nicht, warum! Alles sofort wieder vergessen, ich besitze die Konzentrationsfähigkeit eines Toastbrots!

»Mein Gott, ihr guckt doch nur zusammen Fußball.« Pia verdreht die Augen. Sie ist vorbeigekommen, um mir den letzten Segen für heute Abend zu geben. So ganz versteht sie wohl die Tragweite nicht, denn sie liegt auf meinem Sofa, liest die *Gala* und faselt zwischendurch immer wieder Sachen wie »Männer gucken Fußball, um Fußball zu gucken«.

»Stimmt, und um nachher von einer Frau getröstet zu werden, wenn die eigene Mannschaft verliert. Ich glaube, ich werde eine fantastische Schulter zum Anlehnen abgeben.«

Lachend verschwinde ich im Schlafzimmer, um mich umzuziehen. Es ist wahrscheinlich nicht übertrieben, dass mir die Klamottenfrage noch nie so schwergefallen ist. Ich meine, bei einem klassischen Date in einer Bar oder im Theater ist ja ziemlich schnell klar, was man anziehen kann. Edles, teures Schwarz geht immer, dazu hohe Schuhe (auf denen ich ja inzwischen auch einigermaßen gehen könnte!) – fertig!

Aber ein Abend in einer Fußballkneipe?

Ratlos stehe ich vor meinem Kleiderschrank. In der untersten Schublade blitzt das Schweden-Trikot hervor, das ich mir während der WM gekauft habe, weil ich die Farben so schön fand. Mmh, wahrscheinlich nicht die erste Wahl. Stelle mir vor, wie ich in Gelb-Blau die Kneipe betrete und die Anwesenden mit einem schwedischen »hej hej« begrüße. *»Wie jetzt? Heute spielt Schweden gar nicht?«*

Nach einigem Hin und Her entscheide ich mich schließlich für eine gut sitzende Bootcut-Jeans, ein schlichtes, weißes T-Shirt (eng geschnitten), eine dunkelblaue Kapuzenjacke und dazu braune, flache Wildlederboots. Dazu binde ich mir einen Zopf und tusche mir nur leicht die Wimpern. (Wenn ich nicht so aussehen würde, wie ich aussehe, würde ich glatt als »unkomplizierte Naturschönheit« durchgehen.)

»Tattaratta!« Mit einem Tusch betrete ich das Wohnzimmer. »Was sagst du?«

Pia mustert mich von oben bis unten.

»Eine Frau zum Pferdestehlen!«

»Perfekt! Und mit der man auf dem Rückweg dann noch über den Schiedsrichter diskutiert, um ihr dann vor der Haustür ins Ohr zu flüstern, dass sie eine Frau ist, die man jetzt mal ganz dringend küssen sollte.« Ich muss kichern.

»Bitte sei nicht enttäuscht, wenn es kein romantischer Abend wird, Mäuschen. Glaub mir, Fußballabende *können* gar nicht romantisch werden.«

Eine halbe Stunde später komme ich in der »Schwalbe« an. Der Laden ist proppevoll und so verraucht, dass es mir wie eine Wand entgegenschlägt. Vielleicht lag Pia mit ihrer Null-Romantik-Einschätzung doch nicht so falsch, denke ich, als ich an dem ersten Tisch neben dem Eingang vorbeigehe und eine Fünfergruppe singt, ach was, grölt: »Zieht den Bayern die Lederhosen aus.« Während ich mir den Weg durch die Kneipe bahne (es riecht schon jetzt wie in einer Männer-Umkleide), halte ich nach Johann Ausschau.

»Hannah, hier« höre ich plötzlich aus einer Ecke. Hinter drei Männern, die einen gelb-schwarzen Schal tragen und vollkommen ernst und regungslos auf eine Leinwand starren (Kinder, das soll hier doch Spaß machen!), sehe ich Johann. »Habe mit Ach und Krach noch zwei Plätze für uns ergattert.«

Ich quetsche mich auf die Eckbank neben ihn und wir begrüßen uns mit Küsschen links und rechts.

»Darf ich vorstellen?«, sagt Johann zu den vier anderen Männern an unserem Tisch. »Das ist übrigens die Werder-Lady.«

Werder-Lady? Wovon spricht er? Großer Gott, Werder Bremen! Mein, äh, Lieblingsverein. Fan der ersten Stunde ... Ohgottohgottohgott.

Hätte ich mich vielleicht besser mal über Werder Bremen informieren sollen? Andererseits wird man mir jetzt wohl kaum gemeine Fangfragen à la »Wer ist denn der Kapitän?« stellen.

Ich lächele möglichst selbstbewusst in die Runde und höre mich sagen: »Wenn ihr etwas zum Verein wissen wollt, quetscht mich ruhig aus. Ich bin quasi ein Werder-Universalgenie.« (Manchmal hilft die Taktik, so maßlos zu übertreiben, dass niemand auch nur annähernd Verdacht schöpfen kann, dass an der Sache etwas faul ist.)

»Wir kommen bestimmt drauf zurück«, sagt einer der Männer (Hilfeeeeee), »aber heute geht es ja schließlich um die Borussen.«

»Jawoll«, sagt sein Nachbar, »und darum, dass diesen Bayern mal gezeigt wird, wo der Hammer hängt.« Dann schlägt er mit der flachen Hand ein paarmal auf den Tisch, dass die Gläser wackeln. Gelächter.

»Ich habe die Truppe gerade erst kennengelernt«, flüstert Johann mir ins Ohr. »Sind alles eingefleischte Dortmund-Fans, sag also nichts Falsches.« Er zwinkert mir zu und lacht.

»Dabei wollte ich gerade ein Plädoyer auf die Münchener halten«, flüstere ich zurück. »Aber mit Rücksicht auf meine Gesundheit werde ich wohl besser zur Dortmunderin.«

»Gute Idee«, flüstert Johann und berührt zufällig meinen Oberschenkel, während er sich zurücklehnt.

Man sollte viel öfter im Leben auf so engen Eckbänken sitzen …

Fünf Minuten später beginnt das Spiel. Die Kellnerin bringt Bier, wir stoßen miteinander an und rufen dabei »Auf die Borussen«.

Ich bin richtig stolz auf mich, wie gut ich mich hier mache. Niemand hat auch nur eine Miene verzogen, als ich gerade ganz ernst »Auf die Borussen« gesagt habe. Wenn mich jetzt Gerhard Delling sehen könnte – er wäre stolz auf mich!

Gebannt starren wir alle auf die Leinwand. Jetzt bloß keinen blöden Flüchtigkeitsfehler machen, schärfe ich mir ein. Als ich mit Stefan einmal ein Spiel gesehen habe, rutschte mir dummerweise »Spielt der nicht bei Bayern?« raus, als Philipp Lahm für Deutschland den Anstoß machte.

Nein, nein, so etwas wird mir heute nicht passieren. Die Werder-Lady hat alles im Griff.

Die folgenden 90 Minuten vergehen wie im Flug. Zum Glück kommentieren die Männer am Tisch nahezu jeden Pass, sodass ich schon nach kurzer Zeit ein ganz ordentliches Repertoire an Ausrufen habe, die ich selbstbewusst zum Besten gebe.

»Die Abwehr wackelt«, »Da ist das Ding«, »Geh da doch rauf« oder auch einfach nur »Jawoll, sauber!«. Gut, als ich fast vor Schluss schreie: »Das war der erste Fingerzeig« (werde ich in Zukunft wirklich immer nur am Anfang einbauen), guckt mich Johanns Sitznachbar etwas irritiert an, doch ich schiebe schnell »Abwehr, mitspielen!« (geht immer) hinterher und alles ist wieder gut. Er prostet mir zu und ich rufe fröhlich: »Auf die Borussen!«

Johann und ich haben das gesamte Spiel über immer wieder Blickkontakt, und zum Glück fällt das eine oder andere Tor, was für spielerische und menschliche Highlights sorgt:

60. Minute: Die Bayern schießen das erste Tor, und Johann lehnt danach minutenlang traurig seinen Kopf an meine Schulter. (Könnten die Bayern bitte noch ganz viele Tore schießen?)

68. Minute: Dortmund bekommt einen Elfmeter, und Johann nimmt meine Hand und drückt sie fest an sein Herz. (Für weitere Elfmeter wäre ich wohl durchaus zu haben!)

89. Minute: Der blöde Robben macht das 2:1 für Bayern, und Johann bestellt Schnaps für alle. »Jetzt betrinken wir uns.«

Kurze Zeit später wird abgepfiffen. 90 Minuten sind doch viel zu kurz für so ein Spiel. Ich meine, ich könnte hier stundenlang sitzen, ach was, tagelang! Oder ein ganzes Leben?

»Verlängerung!«, rufe ich im Eifer des Gefechts, und Johann wirft mir einen amüsierten Blick von der Seite zu.

»Gehen wir?«

Ich nicke.

Er nimmt meine Hand und bahnt sich für uns den Weg durch frustrierte Dortmunder und feiernde Bayern zum Ausgang. Ich folge ihm und denke, dass ich mich durchaus daran gewöhnen könnte, mich mit Johann durch volle Kneipen zu schlängeln. Seine Hand umfasst ganz fest meine und irgendwie erinnert mich die Situation an Patrick Swayze aus »Dirty Dancing«, als er am Ende die Hand von Frances Houseman nimmt und dabei sagt: »Mein Baby gehört zu mir.«

Ob ich so tue, als hätte ich was am Tisch vergessen? Dann müssten wir noch einmal ganz zurück … Himmel, ich befürchte, ich habe einen leichten Schwips.

Vor der Tür lässt Johann meine Hand los und fährt sich verlegen durch die Haare. »Und jetzt?« Er lächelt mich unsicher an.

Ich laufe zu ungewohnten Höhen auf. »Bei uns Werder-Ladies ist es eigentlich gang und gäbe, dass man nach einem Spiel nach Hause geleitet wird.« Habe ich das gerade nur gedacht oder sogar gesagt?

»Ja, dann«, sagt Johann und bietet mir seinen Arm an. »Wo soll es denn hingehen, Mylady?«

Ich hake mich unter und es folgt der romantischste Nachhauseweg, den ich je erlebt habe.

Am Schulterblatt regen wir uns noch einmal gemeinsam darüber auf, dass die Bayern am Ende doch eh immer gewinnen.

Als wir die Max-Brauer-Allee passieren, bekomme ich Schluckauf, und Johann gibt mir einen Kuss auf die Wange. »Altes Hausmittel gegen Schluckauf«, sagt er ganz ernst, und ich muss lachen.

Die gesamte Fruchtallee schweigen wir. Plötzlich bleibt Johann stehen und sagt leise: »Es war ein schöner Abend.« Ich hauche ein »Ja«.

Wir biegen in die Osterstraße ein, und ich stolpere über den Bordstein. Johann fängt mich auf. Wir sehen uns tief in die Augen. Meinem Bauch geht es gar nicht gut.

Vor der Bäckerei Kamps sehen wir ein grünes Fahrrad, und wir bekommen – warum auch immer – einen albernen Lachanfall. Währenddessen stoßen wir immer unkoordiniert aneinander.

Als wir an der ehemaligen Schlecker-Filiale vorbeikommen, drücken wir uns die Nasen an der Fensterscheibe platt und überlegen, welches Geschäft wohl als Nächstes einziehen wird.

»Hoffentlich Schuhe«, sage ich.

»Stimmt, das wäre doch mal was Neues. Schuhläden gibt es ja auch kaum in Hamburg.«

»Du sagst es! Mangelware. Nein, nein, ein Schuhladen muss her! Und zwar sofort!«

Wir lachen. Schlagartig verstummen wir und sehen uns verlegen in die Augen. Doch plötzlich nimmt Johann meinen Kopf in seine Hände und, o Gott, wirklich, jetzt, ich halt's nicht aus – küsst mich.[25]

Die restlichen 800 Meter nach Hause legt Johann den Arm um mich, und ich kann nicht anders, als selig-debil vor mich hin zu grinsen.

»Hat das Traumfrauprogramm ja schon etwas bewirkt«, murmele ich irgendwann gedankenverloren.

»Was sagst du?«, fragt Johann und gibt mir einen Kuss auf die Wange.

Leider bin ich in einem völlig unberechenbaren Rauschzustand, sodass ich nicht etwa sage: »Ach, nichts«, sondern völlig überdreht anfange zu kichern.

»Na ja«, bringe ich hervor. »Du weißt schon, in zehn Schritten zur Traumfrau. Kochen, High Heels, Knigge – das ganze Programm.«

---

[25] Lieber Herr Schlecker, ich möchte mich ganz herzlich bei Ihnen bedanken, dass Sie pleitegegangen sind. Sie haben mir den schönsten Kuss auf Erden beschert!

»Mein Name ist Hase«, sagt Johann und guckt mich verständnislos an.

»Du bist aber auch schwer von Begriff«, sage ich immer noch kichernd und knuffe ihn verschmitzt in die Seite. »Ich habe doch all das gelernt, was man als Traumfrau braucht. Und guck mal, wo mich das hingebracht hat!«

Ich will ihm gerade neckisch einen Kuss auf die Wange geben, als Johann mich sanft, aber bestimmt zurückweist.

»Und was hast du sonst so gelernt?«

»Na ja«, sage ich aufgedreht. »Ich habe gelernt, mich zu schminken. Und dann habe ich pokern gelernt, aber das klappte nicht so gut. Im Kloster habe ich zu mir selbst gefunden«. (Ich muss kichern.) »Und ich weiß alles über die Finanzkrise! Wusstest du, dass alles mit John und Mary begann?«

»Moment mal, nur zum Verständnis: Du hast dir einen Kriterienkatalog aufgestellt, den dann abgearbeitet, und nun denkst du, du wärst eine Traumfrau?«

»Nun«, flöte ich, »ob ich wirklich schon eine Traumfrau bin, müssen andere beurteilen. Du zum Beispiel!« Ich kichere überdreht. »Soll ich dir eigentlich mal erklären, was ein Göffel ist? Ich weiß al-les!«

Johann runzelt die Stirn.

»So funktioniert das doch nicht«, sagt er langsam.

»Doch«, gluckse ich. »Sieht man doch.«

»Nein, so funktioniert das nicht.« Johann bleibt stehen und sieht plötzlich richtig wütend aus.

Schlagartig bin ich nüchtern.

»Mensch Hannah«, sagt er langsam. »Man kann doch eine ›Traumfrau‹ – was auch immer das sein mag – nicht lernen wollen. Das ist ja wie Malen nach Zahlen.«

»Ja, und?«, frage ich und spüre, wie ich langsam sauer werde. Da haben wir gerade den schönsten Abend, den man sich vorstellen kann, und dann muss er alles zunichte machen, indem er mein emanzipiertes Manifest (JAWOHL!) als »Malen nach Zahlen« bezeichnet. Ich glaube, ich spinne.

»Ich meine«, setzt Johann wieder an. »Du musst dich doch als die Person mögen, die du bist. Beziehungsweise auch als die, die du nicht bist. Oder glaubst du, dass ich dich interessant finde, nur weil du kochen gelernt hast?«

Ich schnappe nach Luft. »Aber dass ich mich in Fußballfragen auskenne, hat dich sehr wohl beeindruckt!«

»Sag bitte nicht, dass das auch ein Punkt deines Plans war!« Johann weicht einen Schritt zurück und verschränkt die Arme vor der Brust.

Ich schaue betreten auf den Boden.

»Und dass du Werder-Fan bist – war das etwa auch gelogen?«

»Was nicht ist, kann ja noch werden«, sage ich leise.

Johann schüttelt entsetzt den Kopf.

»Bin ich etwa auch nur ein Punkt, den du abhakst? Bin ich das Versuchskaninchen, bei dem das feine Fräulein mal ausprobieren will, inwieweit ein Mann auf ihre Masche reinfällt?«

»Masche? Spinnst du?« Langsam, aber sicher werde ich nicht nur sauer, sondern merke, dass ich es bereits bin. »Ich habe doch nur das eine oder andere gelernt. Und wenn du etwas dagegen hast, dann hast wohl *du* das Problem und nicht ich!«

»Das ist doch überhaupt nicht der Punkt. Aber du kannst doch nicht ernsthaft ein Kriterium nach dem anderen abhaken und dann auch noch denken, dass dich das zu einer anderen Person macht. Sorry«, er hebt kapitulierend die Arme, »aber das ist echt das Bescheuertste, was ich in letzter Zeit gehört habe.«

»Weißt du was, Johann? Es ist an dieser Stelle wohl besser, wenn sich unsere Wege trennen. Ich glaube nämlich sehr wohl daran, dass mein Programm funktioniert. Mach's gut«, sage ich und mache auf dem Absatz kehrt. Nach wenigen Metern drehe ich mich noch einmal um und rufe: »Und ich finde es übrigens auch gar nicht schlimm, dass die Bayern gewonnen haben. Es ist schließlich der regionalste Verein, den es in Deutschland gibt!«

Neun

Eins, zwei, Cha-Cha-Cha

Als ich nach Hause komme, werfe ich sofort meine blöden »Pferdestehl-Stiefeletten« in den Flur. Malen nach Zahlen, der hat sie ja wohl nicht alle. Ich schnaufe vor Wut. Wie kann ein Mann einen so schönen Abend nur so schnell zerstören? Ich hatte ja von Anfang an kein gutes Gefühl bei Johann. Und dass er mir jetzt vorwirft, ihn als Versuchskaninchen benutzt zu haben – ich fass es nicht. ICH FASSE ES NICHT. Wenn ich jetzt doch bloß einen Boxsack hätte, könnte ich mich abreagieren. Warum habe ich eigentlich keinen Boxsack? Jeder Mensch sollte einen Boxsack haben!

Nachdem ich mich ausgezogen habe (ich blöde Kuh habe auch noch meine beste Unterwäsche an), ziehe ich meinen Snoopy-Schlafanzug an (für den hätte Johann bestimmt auch kein Verständnis), hole mir eine Weinflasche aus der Küche und lege mich aufs Sofa. Malen nach Zahlen – ich sehe schon die Meldung in der Zeitung: *»Eine 30-jährige Hamburgerin hat die ehemalige Schlecker-Filiale in der Osterstraße attackiert. Zeugen berichten, dass sie während des Anschlages immer wieder hysterisch ›Malen nach Zahlen‹ rief. Der Polizei zufolge ist die junge Frau zuvor noch nicht straffällig geworden. Freunde und Familie können sich das Verhalten nicht erklären. Während die Frau in die Psychiatrie eingewiesen wurde, ermittelt die Polizei, ob der Schlachtruf ›Malen nach Zahlen‹ auf eine neue politische Untergrundgruppe schließen lässt.«*

Ich schenke mir ein großes Glas Wein ein. Na dann, Prost, liebe Traumfrau, auf dein feministisches Manifest!

1 Uhr 10

Ich starre auf mein Handy. Normalerweise sollte man doch annehmen, dass der feine Herr jetzt mal eine SMS schreiben würde, um die Sache wieder geradezubiegen. Nicht, dass wir uns falsch verstehen: Er könnte das Desaster natürlich *nicht* geradebiegen, aber es gehört ja wohl zum guten Ton, dass er es zumindest versucht. So nach dem Motto: »Können wir nicht noch mal darüber reden?« Aber nein, nicht einmal das hält er für nötig.

1 Uhr 20

Ich hypnotisiere mein Handy in der Hoffnung, dass es doch noch einen Laut von sich gibt, weil eine SMS empfangen wurde.

Nichts.

1 Uhr 30

Gut, dann muss ich die Sache wohl in die Hand nehmen.

Ich hole mein Handy und tippe: »die sache ist durch, johann. und nein, wir können auch nicht noch einmal darüber reden. hannah«

2 Uhr 10

Schreibe Pia eine SMS mit den Worten: »johann ist vollhonk. vollhonkvollhonkvollhonkvollhonkvollhonkvollhonkvollhonk.«

2 Uhr 11

Stelle fest, dass die SMS nicht an Pia, sondern an Johann gegangen ist.

bis etwa 3 Uhr
Panik. Panik. Panik.

3 Uhr 12
Schreibe SMS an Johann. »sms war nicht für dich. aber ich habe kein problem damit, dass du jetzt weißt, wie ich über dich denke. ich bin nämlich eine ehrliche persn.«

3 Uhr 13
Wieder SMS an Johann: »persOn, meinte ich.«

Irgendwann zwischen 4 und 5
Falle betrunken ins Bett und bekomme Schluckauf.

***

Am nächsten Morgen wache ich mit einem Kater und zwei neuen SMS auf.

Pia: »Und, mein Hase, wie war's? Können Fußballabende romantisch sein? Bin schon ganz gespannt. Nachher Kaffee?«

Johann: »Wenn du noch einmal mit dem Vollhonk sprechen möchtest, sag Bescheid.«

Wieder im vollen Besitz meiner geistigen Fähigkeiten antworte ich beiden.

An Pia: »Gerne, willst du nachher vorbeikommen? Habe Wein, äh, Kaffee da. Bringst du Kuchen mit? Freu mich!«

An Johann: »Nö.«

Senden.

So, und nun: Starten wir in diesen unschuldigen, sonnigen Sonntag, der so gar nichts dafür kann, dass ich gestern Abend mit einem Vollhonk durch Eimsbüttel getorkelt bin. Nein, besser: Starten wir in ein neues Leben, ohne Männer, die mir vorschreiben wollen, wie ich etwas tun sollte. Ohne Vorwürfe, Vorhaltungen und Zurechtweisungen. Ich bin bereit für die totale Emanzipation.

Johann kann mir mal gestohlen bleiben! Ich meine, wenn er nicht einmal am Beginn einer möglichen, eventuellen, rein theoretischen Anbahnung einer kleinen Liebelei Verständnis für mich hat – wie sollte das erst werden, wenn wir 50 Jahre verheiratet sind? Eben, das *kann* gar nicht funktionieren! Wehret den Anfängen, sage ich immer.

Außerdem soll er die Kirche mal im Dorf lassen. Schließlich habe ich ihm nicht gestanden, dass ich eigentlich ein Mann bin und mitten in einer Geschlechtsumwandlung stecke. Nein, ich habe lediglich erzählt, dass ich mich neben der Arbeit auf mehreren Gebieten weitergebildet habe. Eigentlich sollte das doch geschätzt werden!

Ich mache mir einen doppelten Espresso und gönne mir eine Extraportion Nutella aufs Toastbrot. Da wollen wir doch mal sehen, ob das nicht noch ein schöner Tag werden kann. Ein richtig schöner Wohlfühltag, so sieht's aus!

Nach dem Frühstück gehe ich ins Schlafzimmer und hole den Verwandlungsplan aus der Schublade. Kinder, überall sehe ich Häkchen! Was ich schon alles geschafft habe! Schminken – Häkchen, High Heels – Häkchen, Knigge – Häkchen, Kochen – Häkchen.

Und so weiter! Wissen Sie, an welches Wort ich plötzlich denken muss? Gesamtpaket. Ich. Bin. Ein. Gesamtpaket.

Auf den Schreck muss ich mich erst einmal setzen. Wahnsinn. Und dann kommt so ein dahergelaufener Mann und sagt, dass das so nicht funktioniert.

Ich schaue auf den Plan. Was steht noch aus? Da haben wir's: tanzen und flirten lernen. Ich kann mir richtig vorstellen, wie ich bald tanzend und flirtend durch Hamburg laufe, Johann mich zufällig sieht und sich in Grund und Boden ärgert, dass er das Ding mit mir so vergeigt hat. Aber dann ist es zu spääääääääääät! Hahahahahahaha!

***

Drei Stunden später klingelt es an der Tür: Pia.

»Wow, du strahlst ja so, war es also doch ein schöner Abend? Musst du gleich mal erzählen, ich bin ja schon dermaßen gespannt!« Sie geht mit einem Butter-Lindner-Paket in die Küche und ich höre, wie es im Geschirrschrank klappert.

Wenig später kommt sie mit zwei Stücken Sachertorte zurück ins Wohnzimmer. Sie drückt mir einen Teller in die Hand, setzt sich aufs Sofa und grinst über beide Ohren. »Ich will je-des Detail wissen.«

»So viel gibt es gar nicht zu berichten«, sage ich. »Du hattest recht. Fußballabende können nicht romantisch sein.«

Pias Mundwinkel gehen enttäuscht nach unten.

»Ach herrje, ihr habt also wirklich nur Fußball gesehen? Dafür wirkst du aber jetzt nicht wirklich unglücklich.«

»Sagen wir mal so. Wir hatten den schönsten Abend, den man sich nur vorstellen kann ...«

»Habt ihr euch …?«

»Ja, wir haben uns geküsst.«

Pia klatscht in die Hände. »Wusste ich es doch!«

»Leider hat der Abend dann eine Wendung genommen, die …« Ich muss schlucken. »Nicht ganz so schön war. Denn Johann hat sich als absoluter Vollidiot herausgestellt.«

»Was? Wieso?«

»Nun, ich habe ihm erzählt, dass ich in letzter Zeit viel für mich getan habe. Und genau das hat er dann kritisiert. Anscheinend darf man sich heutzutage nicht mehr weiterbilden. Im Gegenteil: Wenn man sich für mehrere Themenfelder interessiert, wird einem das noch so ausgelegt, als hätte man einen kompletten Dachschaden.« Himmel, ich könnte schon wieder platzen, wenn ich nur daran denke.

»Moment, ich komme gerade nicht ganz mit. Über was habt ihr gesprochen?«

»Na ja, ich habe ihm erzählt, dass ich kochen gelernt habe.«

»Ja, und?«

»Genau: Das frage ich mich auch. Ja, und?« Ich beiße in das Stück Sachertorte. Mmh, das tut gut. Wahrscheinlich hätte Johann dafür auch kein Verständnis, dass ich nach einem Nutella-Toast wenig später auch noch eine Sachertorte esse. Wie schön, dass mir das ziemlich egal sein kann!

»Ich habe ihm wirklich nur vom Kochkurs erzählt und schon ist er komplett ausgerastet.« (So in etwa war es ja schließlich auch.)

Pia runzelt ungläubig die Stirn.

»Echt? Eigentlich wirkte er doch total sympathisch. Ich meine, was kann er dagegen haben, wenn du einen Kochkurs belegst?«

»Ich weiß es nicht«, rufe ich und schüttele melodramatisch den Kopf. »Normalerweise sollte ein Mann sich doch freuen können, wenn eine Frau kochen kann. Aber nein, Johann ist total an die Decke gegangen!«

»Weil du einen Kochkurs gemacht hast?«

»Ja«, sage ich ernst. »Nur weil ich einen Kochkurs gemacht habe. Ich bin selbst noch schockiert über sein Verhalten.«

Wir schweigen eine Weile betroffen.

»Aber«, sage ich fröhlich, »zum Glück weiß ich jetzt, dass ich das Kapitel Johann endgültig abgeschlossen habe.« Ich schiebe beherzt ein weiteres Stück Torte in den Mund.

»Könnt ihr nicht noch mal darüber reden?«

Ich schüttele mit vollem Mund den Kopf. »Kne Chnce«, brumme ich und Pia runzelt wieder die Stirn.

»Ach schade«, sagt sie mitfühlend und tätschelt meinen Arm. »Das hätte so schön mit euch gepasst.«

»Bitte kein Mitleid. Ich kann froh sein, dass ich so rechtzeitig die Notbremse gezogen habe. Und jetzt …« Ich springe auf und hole meinen Verwandlungsplan aus der Küche. »… heißt es: nach vorne blicken! Ich werde tanzen lernen.«

Ich glaube ja wirklich, dass Tanzen meinem Traumfrauprogramm noch einmal das gewisse Etwas verleiht. Denn wenn ich jemanden bewundere, dann sind es Frauen, die richtig gut tanzen können. Man hat irgendwie ein anderes Körpergefühl, wenn man das einmal gelernt hat, glaube ich. Gucken Sie sich mal die ganzen Profi-Tänzer von »Let's Dance« an. Hallo? Gehen die anders durchs Leben als unsereins? Sehen Sie!

Gut, Profi werde ich in diesem Leben wohl nicht mehr (ich bin sehr wohl realistisch!), aber wenn ich nur ein paar Moves lernen könnte, wäre ich schon aus dem Schneider. Ein bisschen die Hüfte kreisen lassen, ein paar Schrittkombinationen – das macht schon wahnsinnig viel aus.

Dass ich nicht die obligatorische Tanzschule nach der Konfirmation besucht habe, ist übrigens meiner Mutter zu verdanken. Sie wollte mich gerade in die erste Stunde nach Niebüll fahren, als ihr Auto nicht ansprang.

Viel zu spät traf ich in der Tanzschule ein und mein Schicksal war besiegelt. Die anderen hatten sich bereits zu Zweierpärchen zusammengefunden und nur Henning Harms war noch übrig. (Nur so viel: Es hatte seine Gründe, warum er als Einziger noch übrig war.) Ich hatte nun zwei Möglichkeiten: Entweder würde ich den Sommer 1997 mit Henning Harms in der Tanzschule verbringen und wäre wahrscheinlich für mein Leben traumatisiert. Oder aber ich ließ mir spontan eine geniale Ausrede einfallen, warum ich schlagartig die Tanzschule verlassen musste.

Da ich mit Spontaneität noch nie so richtig gesegnet war, kam ich in der Eile nur auf »Mir ist gerade eingefallen, dass ich dienstags ja immer Querflötenunterricht habe«. Ich weiß, nicht sehr originell, aber immerhin nahm es mir keiner übel, dass ich die Beine in die Hand nahm und auch nicht mehr zurückkehrte.

Im Nachhinein ist man ja bekanntlich immer schlauer, denn a) hätte mich ein Tanzkurs mit Henning Harms (der sieht inzwischen übrigens richtig gut aus!) wahrscheinlich nicht umgebracht und b) hätte ich jetzt zumindest ein bisschen was in Sachen Tanzen drauf.

Aber gut, was ja nicht ist, kann ja noch werden.

Ich lerne tanzen!

***

Fünf Tage später. Mir geht es immer noch hervorragend. Einfach hervorragend, jawohl! Ich habe nichts von Johann gehört und das ist auch gut so. Nur einmal habe ich kurz an ihn gedacht (beim Vorbeilaufen an der Schlecker-Filiale), und prompt habe ich wieder schlechte Laune bekommen. Was lernen wir daraus? Genau, ich sollte einfach nicht an ihn denken. Und es geht mir hervorragend damit, ja wirklich, her-vor-ra-gend!

In den letzten Tagen habe ich es mir darum so richtig gut gehen lassen. Denn ich habe ein paar Punkte meines sehr wohl funktionierenden Traumfrauprogramms gelebt. Gestern Abend zum Beispiel hatte ich zu Hause meine Deichmann-High-Heels an und ich muss sagen, dass ich immer sicherer auf diesen Dingern werde. An zwei Tagen habe ich mir die *FAZ* gekauft und im Café demonstrativ den Wirtschaftsteil gelesen. (Habe mir sogar ganz ernsthaft die Börsenkurse angesehen.) Und jetzt komme ich gerade vom Einkaufen wieder. Ich habe alle Zutaten für das Rezept besorgt, das ich auf Sylt gelernt habe. Wenn Pia nachher zum »Let's-Dance«-Finale kommt, gibt es ein richtiges Zwei-Sterne-Essen, von mir höchstpersönlich zubereitet! Und während wir dann wie zwei richtige Gourmets stilvoll in Ravioli mit Kartoffelstampf und selbst gemachtem Lauchöl beißen, sitzt Sie-wissen-schon-wer alleine zu Hause und bläst Trübsal. Tja, so kann's gehen.

Während der Sendung wollen Pia und ich übrigens überlegen, wie ich eine Tanzgöttin werden kann. Welche bessere Inspiration könnte es dafür geben als eine Tanzsendung? Vielleicht spüre ich ja plötzlich, dass ich unbedingt Slow Fox oder so lernen muss. Himmel, bin ich aufgeregt. Mein Traumfrauprogramm gefällt mir immer besser. Huch, jetzt muss ich mich aber beeilen. Es ist gleich schon halb sieben. Ich mach mich dann mal ans Werk. Freu mich ja schon so auf Pias Blick, wenn ich ihr nachher ein perfektes Zwei-Sterne-Essen mit den Worten *»Ach, ich habe eben eine Kleinigkeit vorbereitet. Nicht der Rede wert«* präsentiere.

Es ist zehn Minuten nach acht, Pia ist gerade gekommen und jeden Moment müsste auch der Pizzabote da sein. Dummerweise habe ich alleine für das Lauchöl eine Stunde gebraucht. Und irgendwie habe ich dann den Faden verloren und mich nach Andreas Sondej gesehnt. Habe sogar noch überlegt, direkt im »Söl'ring Hof« auf Sylt anzurufen. *»Hannah Jensen hier. Sie haben mir vor ein paar Wochen ein Gericht beigebracht und nun wollte ich Sie fragen, ob Sie nicht spontan den nächsten Zug nach Hamburg nehmen wollen, damit wir das Gericht noch einmal zusammen kochen können? Zu zweit macht's doch einfach mehr Spaß* (lachte hilflos-dümmlich). *Als Dankeschön würde ich Sie gerne zu einem ›Let's-Dance-Abend‹ einladen.«*

Es klingelt an der Tür.

»Pia, machst du mal auf?«, rufe ich ins Wohnzimmer, während ich schon einmal den Prosecco aus dem Kühlschrank hole.

Fünf Minuten später sitzen wir mit zwei Pizzen »Quattro Stagioni« und selbst gemachtem Lauchöl auf dem Sofa und warten darauf, dass jeden Moment »Let's Dance« beginnt.

Am Anfang konnte ich dem Konzept, dass irgendwelche C-Promis plötzlich tanzen lernen und in den Proben immer weinen, weil alles so anstrengend ist, überhaupt nichts abgewinnen. Aber inzwischen bin ich der Sendung komplett verfallen. Ich liebe »Let's Dance!« Es rührt mich wirklich zu Tränen, wenn eine Marijke Amado einen langsamen Walzer tanzt und dann auch noch die Hebefigur klappt. Und, o Gott, bei der Blinden in der letzten Staffel habe ich Rotz und Wasser geheult. Ich weiß auch nicht, aber bei der Sendung bin ich irgendwie nah am Wasser gebaut.

Und schon fängt es an. Pia und ich prosten uns mit dem Prosecco zu. »Auf einen schönen Abend!«, sagt Pia.

»Werden wir haben!«

Gerade den Anfang der Sendung liebe ich! Die Profitänzer tanzen zunächst eine Choreografie alleine, und meistens ist das der Moment, in dem ich die erste Träne verdrücke. Halten Sie mich ruhig für verrückt, aber wenn mehrere Menschen gleichzeitig die Beine heben und das alles so harmonisch aussieht, rührt mich das eben. Am Ende gibt es ein Feuerwerk und die Profitänzer bilden ein Spalier und klatschen alle fröhlich im Takt (auch da muss ich schon wieder schlucken). Dann kommen die Prominenten aus einer Tür, haken sich bei ihrem jeweiligen Tanzpartner unter und gehen mit ihm gemeinsam an den Rand der Tanzfläche und winken währenddessen fröhlich in die Kamera (schon wieder Gänsehaut!). Sie sehen: Noch bevor das erste Paar überhaupt aufgetreten ist, bin ich fix und fertig. Wahrscheinlich würde J. mich für komplett unzurechnungsfähig halten. Egal, egal, egal! Das ist mir ja so was von egal!

»Wahnsinn, oder?« Pia reißt mich aus meinen Gedanken. Sie zeigt auf den Bildschirm.

Gerade tanzt ein ehemaliger »Big-Brother«-Star zusammen mit Oana, einer Profitänzerin mit wilden, roten Locken, die kaum etwas anhat und den durchtrainiertesten Körper besitzt, den ich je gesehen habe. Normalerweise werde ich ja schnell neidisch, wenn ich sportliche Menschen sehe. Aber das ist das Schöne an »Let's Dance«: Die Profitänzerinnen haben Körper, als kämen sie aus einer anderen Galaxie. Ich meine, wenn jemand nur *etwas* dünner oder *unwesentlich* sportlicher ist als man selbst, kann man sich vergleichen und neidisch sein. Aber zwischen dieser Oana und mir gibt es bis auf unser Geschlecht nicht die geringste Gemeinsamkeit, sodass ich kein Problem habe, mit Pizza auf dem Schoß und in Jogginghose auf dem Sofa zu sitzen und einfach nur zu denken: Wahnsinn!

Wenn ich so aussehen würde wie diese Oana, würde ich solche Kleider jeden Tag tragen! Und ich würde wahrscheinlich auch in diesem glitzernden Hauch von Nichts meine Brötchen beim Bäcker holen! Ach was, ich würde das auch zu Hause anhaben. Auf dem Sofa. Beim Kochen. Am Schreibtisch. Wahrscheinlich würde ich eine totale Neurose entwickeln und mich den ganzen Tag nur im Spiegel betrachten.

»Hast du dir eigentlich überlegt, wie und wo du tanzen lernen willst?«, fragt Pia. Die Kamera zoomt gerade auf den Hintern von Oana, der sich in einem Affentempo hin und her bewegt. »Kommt Zeit, kommt Rat«, sage ich fröhlich und beiße beherzt in die Pizza. Ich sag's ja: Diese Körper sind alle so realitätsfern, dass es gar keinen Sinn macht, deswegen schlechte Laune zu bekommen.

Wer natürlich den Vogel in der ganzen Sendung abschießt, ist Motsi Mabuse. Sie sitzt in der Jury und ist nicht nur wunderschön, sondern auch noch witzig, schlagfertig und selbstbewusst. Bei Pia und mir hat sich schon seit Längerem der Spruch »Sei mal mehr Motsi« als Synonym für »Sei mal selbstbewusster« eingebürgert.

Während ich fasziniert auf den Fernseher starre (Motsi gibt gerade ihre Bewertung ab und schreit: »Das war Bombeeeeeee!«), piept mein Handy, eine SMS ist eingegangen.

Johann! »vollhonk startet letzten versuch. wollen wir nicht noch mal reden?«

»Wer war's denn?«, murmelt Pia.

Ich tue so, als hätte ich die Frage nicht gehört.

»Kinder, ist das wieder schön heute! Guck doch mal!«, rufe ich überdreht. Dummerweise ist die Sendung gerade in die Werbepause gegangen, und Pia schöpft sofort Verdacht, als ich mich so überschwänglich über Rügenwalder Wurst freue.

»Ist alles in Ordnung, Hannah?«

Es gibt nichts Entwaffnenderes als beste Freundinnen, die mitfühlend »Ist alles in Ordnung?« fragen und dabei diesen Ich-bin-doch-immer-für-dich-da-Blick haben.

Ich fange prompt an zu weinen und beichte Pia, dass ich mich bei Johann doch verplappert und ihm von dem Traumfrauprogramm erzählt habe.

Mein Gott, gerade war ich doch noch so gut gelaunt, und nun sitze ich hier und heule. Ob ich wohl in den letzten Tagen eine bipolare Störung entwickelt habe? Nur wegen eines Mannes?

Eine halbe Stunde später geht es mir schon besser.

1. Pia hat mich gezwungen, Johann die folgende SMS zu schreiben: »hi johann, sorry, dass ich neulich überreagiert habe. war nicht so gemeint. hannah«
2. Überlege für eine Millisekunde, heimlich noch eine SMS hinterherzuschicken: »habe die sms nur unter gewaltandrohung geschrieben. inhalt ist selbstredend schall und rauch. natürlich ist die sache mit uns durch und natürlich habe ich es genau so gemeint.« Tu es dann aber doch nicht.
3. Pia hat gleich danach eine Neuauflage der »Wir-denken-nicht-an-Johann-Devise« ausgegeben.
4. Wir rufen für Sila Sahin an und überlegen, ob sie wohl in ihren Tanzpartner verliebt ist.
5. Wir rufen für Manuel Cortez an, weil er so schön Jive getanzt hat und wir nicht dafür verantwortlich sein wollen, dass Sila Sahin gewinnt.
6. Wir rufen noch einmal für Sila Sahin an, weil sie in ihrer Abschlussrede ihrer türkischen Mutter dankt und diese im Publikum sitzt und weint.
7. Wir rufen wieder für Manuel Cortez an, weil er in seiner Abschlussrede seiner Tanzpartnerin dankt und diese daraufhin weint.

»Und nun zu dir«, sagt Pia, während die letzten Bewertungen der Jury abgegeben werden. »Wie möchtest du eine von ihnen werden?« Sie grinst.

Wir starren auf den Bildschirm. Motsi Mabuse springt gerade vom Jurypult auf, streckt ihre Arme in die Luft, dreht sich um sich selbst und hat dabei einen Hüftschwung drauf, dass uns schwindlig wird.

Ich schaue zu Pia rüber. Zwei Dumme, ein Gedanke. Es kann nur ein Medium für mich geben: Motsi Mabuse.

Während die Sendung noch einmal in die Werbepause geht, suchen wir Motsi Mabuse im Internet. Und siehe da: Sie gibt sogar Unterricht für Normalsterbliche! So schnell habe ich wahrscheinlich noch nie eine E-Mail verfasst. Noch bevor die Sendung wieder startet, ist meine Ich-würde-gerne-eine-Einzelstunde-bei-Ihnen-buchen-Mail rausgegangen.

Der Rest des Abends ist schnell erzählt: Manuel Cortez gewinnt und weint herzzerreißend, Johann antwortet mir unterkühlt (»in ordnung. johann«), Pia und ich leeren den Rest der Proseccoflasche, schauen uns Motsi-Mabuse-Videos auf YouTube an und bekommen doch noch Komplexe. Was zu viel ist, ist zu viel.

***

Eine Woche später stehe ich vor der Tanzschule »Schwarz-Gold« in Aschaffenburg und fühle mich, als hätte man mir gerade gesagt, dass ich an der nächsten »Let's-Dance«-Staffel teilnehmen soll, mein Tanzpartner der rattenscharfe Massimo Sinató ist, er sich schon darauf freut, mich im Wiener Walzer übers Parkett schweben zu lassen, und er auch durchaus in Erwägung zieht, seine Freundin für mich zu verlassen. Das würde er dann bekannt geben, wenn wir im Finale stehen, und er würde mir auch noch an Ort und Stelle einen Antrag machen. Kurz: Ich bin so aufgeregt, dass ich ein klitzekleines bisschen zu Tagträumen neige.

Motsi Mabuse hat sofort einen Tag nach meiner Anfrage geantwortet und mir einen Termin für eine Tanzstunde gegeben. Und der ist heute, genau genommen in zehn Minuten. Ich springe ungeduldig von einem Fuß auf den anderen, bin ich nervös!

Die Fahrt nach Aschaffenburg kam einer kleinen Weltreise gleich. Von Tür zu Tür habe ich sechs Stunden gebraucht, von den Kosten mal ganz zu schweigen. Es ist zwar alles nicht so desaströs wie der Pokerexkurs nach Berlin ins Hilton, aber trotzdem … ach, besser nicht ausrechnen. Ich bin schließlich fast durch mit meinem Programm, da muss man noch mal in den sauren Apfel beißen. Johann

hätte bestimmt kein Verständnis dafür, dass ich für eine Tanzstunde quer durch die Republik fahre, um mein »Malen-nach-Zahlen«-Werk zu vervollständigen. Da haben wir's, wenn ich darüber nachdenke, bekomme ich gleich wieder schlechte Laune. Also: Ommmmmm. Johann? Wer?

Außerdem ist es herrlich hier in Aschaffenburg. Es ist warm (viel wärmer als in Hamburg), windstill (davon kann Hamburg nur träumen), und als ich gerade in der kleinen Pension am Bahnhof eingecheckt habe, hat die Wirtin im schönsten Bayerisch gesagt: »Wenn's noch was brauchen, sagen's einfach Bscheid, Fräulein Jensen.« Dann hat sie mich freundlich in den Oberarm geknufft und »gelt?« gesagt. In Hamburg würde doch nie jemand auch nur irgendwen so freundlich und herzlich in den Oberarm knuffen. Ich glaube, daran könnte ich mich gewöhnen. Vielleicht merke ich ja auch, dass ich eigentlich nach Bayern gehöre. Dann trage ich bald nur noch Dirndl, sitze dauernd mit gut gelaunten Freunden in irgendwelchen Biergärten und sage immer: »Mia san mia.« Obwohl, sagt man das vielleicht nur in München?

Plötzlich höre ich quietschende Reifen und ein Auto schießt um die Ecke. Hinter dem Steuer: Motsi Mabuse. Mein Puls rast. Sie steigt aus und die These, dass man im Fernsehen so wirkt, als hätte man fünf Kilo mehr drauf, ist glatt untertrieben. Motsi Mabuse ist viel, viel dünner, als ich angenommen hatte. Und viel, viel kleiner. Ein zartes, dünnes Persönchen kommt in enger Jeans, einem schicken rosa-weiß gestreiften Shirt und Ugg Boots auf mich zu. An ihrem Handgelenk baumelt eine edle, rote Ledertasche.

»Hannah?« Sie lächelt und gibt mir die Hand. »Du hast jetzt die Tanzstunde, oder?« Ich nicke und bin unfähig, etwas zu sagen. Bei Gerhard Delling war ich zwar auch schon leicht paralysiert, ihn live und in Farbe zu sehen, aber bei Motsi Mabuse ist das irgendwie noch mal was anderes. Ich spüre, wie ich sie fasziniert anstarre. Wie kann man nur so gut aussehen?

Motsi Mabuse kramt einen Schlüssel aus ihrer Handtasche, um die Tanzschule aufzuschließen. »Ach so«, sie dreht sich zu mir um, »ist es in Ordnung, wenn wir uns duzen?«

Ich muss schlucken. Motsi Mabuse hat mir, Hannah Jensen, gerade das Du angeboten. Ich glaub, ich falle in Ohnmacht. Versuche, möglichst souverän zu nicken.

Wie in Trance laufe ich Motsi hinterher. Nachdem wir das Foyer durchquert haben (in Vitrinen stehen Pokale und an den Wänden hängen Fotos von Tanzformationen), geht sie zielstrebig auf eine große Tür zu, über deren Rahmen ich die Aufschrift »Saal 1« lese. Himmel, das wird ja jetzt richtig professionell.

Und wo haben Sie so gut tanzen gelernt, Fräulein Jensen?

Bei Motsi Mabuse. (Dramatische Pause.) *In Aschaffenburg.* (Dramatische Pause.) *Im Saal 1.*

Der Raum meiner Verwandlung in eine Tanzgöttin (man wird ja wohl noch träumen dürfen!) ist ausgestattet mit edlem Parkettfußboden und einer riesigen Spiegelfront. Hinter einem Tresen sehe ich eine Musikanlage mit etlichen Reglern.

Motsi wirft ihre Tasche auf einen Stuhl und holt schicke, schwarze Tanzschuhe heraus.

»Willst du dich auch noch umziehen, Hannah?«

Ich nicke erneut und lasse mir den Weg zur Umkleidekabine erklären.

Natürlich hatte ich im Vorfeld überlegt, was man zu einer Trainingsstunde mit Motsi Mabuse anziehen soll. Tutu, glitzerndes Abendkleid, Jogginghose – alles wurde zur Disposition gestellt. Habe mich schließlich für schwarze Leggins (wirkt sportlich), ein geringeltes T-Shirt (wirkt vielleicht auch sportlich) und flache Ballerinas (gehen immer) entschieden. Mit gutem Willen sehe ich aus wie eine »Let's-Dance«-Kandidatin in der Probe. Ob ich mich auch gleich Motsi heulend an die Brust werfe und rufe: *»Ich bekomme die Drehungen in der Samba einfach nicht hin! Wie soll ich das bis zur Live-Sendung bloß noch schaffen?«* Ach herrlich, meinem neuen Leben als Tänzerin steht also nichts mehr im Weg. Ich gehe zurück in den Tanzsaal.

»Ich habe mir überlegt, dass wir doch Cha-Cha-Cha üben könnten«, sagt Motsi, während sie an der Musikanlage an allen möglichen Knöpfen dreht. »Latein finde ich nämlich wesentlich spannender als Standard, weil die Frau nicht so eingeengt wird und viel mehr Möglichkeiten hat, sich zu entfalten. Ist das okay für dich?«

Ich glaube, es gibt niemanden auf der Welt, der diese Frage mit »Nein« beantworten würde. Deswegen nicke ich nur stumm. Ob Motsi wohl glaubt, ich sei taubstumm? *»Du, Llambi, ich hatte da neulich eine in der Tanzschule, die hat die ganze Zeit nur stumm genickt.«*

»Hast du eigentlich schon mal getanzt?«, fragt Motsi und reißt mich aus meinen Gedanken.

»Mmh, na ja, äh«, druckse ich herum (zumindest habe ich mal gesprochen!). »Aber ich will jetzt auf jeden Fall anfangen!«

»Sehr gute Idee! Tanzen ist so wunderbar. Man nimmt ab, erreicht etwas, wird selbstbewusster, lernt mit dem eigenen Körper umzugehen und bekommt einfach ein ganzes anderes Körperbewusstsein.«

»Genau das alles will ich«, rutscht es ein wenig zu schnell aus mir raus und Motsi lacht.

»Ja, dann – darf ich bitten?« Sie macht eine ausladende Armbewegung und ich stelle mich neben sie vor die große Spiegelfront.

Die nächsten anderthalb Stunden vergehen wie im Flug. Zunächst zeigt Motsi mir die einzelnen Schritte, und wir üben sie parallel. Ich soll in den Spiegel gucken, komme aber nicht darum herum, heimlich zu Motsi zu schielen. Wie kann das sein? Wir machen exakt dieselben Schritte und bei ihr sieht es fantastisch aus und bei mir … na ja, lassen wir das.

Motsi zeigt mir, wie ich die Hüfte bewegen soll, und erklärt, dass ich erst mit der Fußspitze und nicht mit der Ferse auftreten soll.

»Sehr gut«, sagt sie schließlich (sie ist ja so nett) und streckt den Daumen nach oben. Hatte insgeheim ja gehofft, dass sie wie in der Sendung »Das war Bombeeeeeee« schreit, aber man darf wahrscheinlich auch nicht zu viel erwarten am Anfang.

Danach tanzen wir gemeinsam. Motsi übernimmt den Männerpart, ich soll meine Schritte weitertanzen. Muss innerlich ein wenig schreien, dass ich gerade mit der leibhaftigen Motsi Mabuse tanze, doch ich reiße mich zusammen und habe wahrscheinlich ein grenzdebiles Grinsen auf dem Gesicht. Kinder, ist das herrlich. Eins, zwei, Cha-Cha-Cha … Ich muss sagen: Die lateinamerikanischen Tänze sind mir ja wie auf den Leib geschneidert! Im Gegensatz zum Standard kann man sich als Frau auch viel besser entfalten. Hihi. Hoffentlich fragt mich bald mal jemand, ob ich eher Standard oder Latein tanze. Dann komme ich!

Nach einer Stunde klatscht Motsi in die Hände. »Du machst das wirklich toll!« (Sie ist ein wirklich netter Mensch!) »Jetzt tanzen wir alle Figuren hintereinander, okay?« Ich verfalle wieder ins alte Muster und bin nur fähig, stumm zu nicken.

Motsi geht zur Musikanlage und dreht ein Stück von Carlos Santana auf volle Lautstärke. Könnte schwören, dass Marijke Amado genau dazu neulich auch getanzt hat. Ich bekomme Gänsehaut. Gleich muss ich wirklich noch heulen.

Ein paar Mal tanzen wir die gesamte Folge durch, und was soll ich sagen? Es ist wunderbar. Einfach wunderbar. Ich will mich ja nicht loben, aber ich finde, dass ich mich ziemlich gut mache – und das, obwohl ich mich vor 16 Jahren vor Henning Harms gedrückt habe.

Abwechselnd sehe ich auf meine Füße (wusste nicht, dass die zu so etwas in der Lage sind), meine Hüfte (gibt alles!) und Motsi (lacht). Zwischendurch erklärt sie mir noch, wie die einzelnen Schritte heißen. Ich beherrsche den Grundschritt (okay, okay, den können wohl viele), die Promenade, das Damen-Solo (Wahnsinn, oder?), den Cross Body Lead (klingt schon fast nach Turniertanz), die Platzdrehung und – festhalten – die synkopierte Promenade. »Die nennt man auch New Yorkers«, sagt Motsi.

»Ich lieeeebe die New Yorkers«, rufe ich und nehme mir fest vor, dass ich bald ein Gespräch (mit wem auch immer!) auf den Cha-Cha-Cha lenken muss. *»Wissen Sie, die synkopierte Promenade ist mein Steckenpferd. Sie wird übrigens auch New Yorkers genannt.«*

Leider ist das Lied irgendwann zu Ende und Motsi klatscht in die Hände. »Wir sind durch, das lief doch wirklich toll!« Vor lauter Endorphinausschüttung fange ich auch an, wie wild zu klatschen. Wenn uns jetzt jemand sieht: Hannah Jensen und Motsi Mabuse klatschen einander zu, weil sie gerade einen Cha-Cha-Cha getanzt haben. Wenn dieser blöde Johann mir noch einmal damit kommt, dass mein Traumfrauplan keinen Sinn macht, dann, dann .... kann ich für nichts garantieren!

Motsi dreht die Musik leiser und zieht sich ihre Tanzschuhe aus. Sie lacht über das ganze Gesicht. »Das hat Spaß gemacht, wirklich toll, Hannah!«

Ich glaube, ich kenne niemanden, der eine so positive Ausstrahlung hat wie Motsi Mabuse. Ich muss sie das jetzt einfach fragen.

»Sag mal, hast du eigentlich ein Glücksrezept?«

Motsi sieht mich an und lächelt weise (auch das noch). »Man sollte sich nicht mit anderen vergleichen, das macht nur unglücklich. Gerade Frauen sind da gut drin: ›Die hat eine bessere Figur als ich, die hat eine schönere Handtasche als ich.‹ Es fängt schon mit der Frage an: ›Wo hast du die Jeans gekauft?‹«

Fühle mich ertappt. Wie oft sitze ich schließlich im Café und vergleiche mich mit der Frau am Nebentisch: vollere Haare, weißere Zähne, größerer Busen, teurere Schuhe.

»Wirklich«, sagt Motsi, »das bringt nichts. Man muss lernen, zufrieden zu sein. Außerdem ist es oft nur Fassade. Guck dir doch Facebook an. Da denkst du, dass jeder deiner Freunde ein tolles Leben hat. Meistens ist es aber nur Show.«

»Und wie lernt man das? Zufrieden sein?«

»Loslassen, einfach loslassen. Ich wollte jahrelang Deutsche Meisterin werden und war fix und fertig, als ich vier Mal hintereinander Vize wurde. Jedes Mal stand ich hinter einem und demselben Paar auf dem Treppchen. Das hat mich so frustriert, du glaubst es nicht. Als ich dann losgelassen habe und mich nicht mehr mit anderen verglichen, sondern mich selbst akzeptiert habe, wie ich bin, hat es funktioniert. In dem Jahr haben wir gewonnen.«

Großer Gott, ich kann mir nicht helfen. Aber ich sehe an meinem Unterarm schon wieder Gänsehaut.

»Danke«, sage ich langsam, und Motsi lächelt.

»Gerne.«

Ich packe meine Sachen ein und ziehe mir die Ballerinas aus. Da fällt mein Blick auf ein Foto an der Wand, von Motsi und ihrem Ehemann, auch einem Profi-Tänzer.

»Könntest du eigentlich auch mit einem Mann zusammen sein, der nicht tanzt?«, frage ich sie.

»Ich glaube nicht. Männer, die tanzen, haben einfach mehr Gefühl. Sie wissen, was Frauen wollen, sind charmanter und einfühlsamer. Darauf möchte ich nicht verzichten.« Sie lacht.

»Kann ich verstehen!«, sage ich und nehme mir vor, den nächsten Mann, den ich kennenlerne, sofort zu fragen, ob er tanzen kann!

Zehn
Zwinker, zwinker

Am nächsten Morgen sitze ich im ICE Richtung Hamburg, und ich weiß, dass sich das wahrscheinlich kitschig anhört – aber ich fühle mich wie neu geboren.

Ich habe wie ein Stein geschlafen, beim Frühstück in der Pension gab es selbst gemachte Orangenmarmelade, und im *Main-Echo* habe ich die herzzerreißende Geschichte vom Elchbullen Herbert gelesen, der sich nach einem Beinbruch langsam erholt. Alle anderen Gäste um mich herum haben bayerisch gesprochen, und sobald ich irgendwo »Könn's mir moal die Butter reichen?« gehört habe, war ich schon wieder gerührt.

Als mich die Wirtin beim Auschecken fragte: »Haben's gut geschlafen, Frau Jensen?«, habe ich »Freilich« geantwortet. Ich habe das sogar mit bayerischem Akzent ausgesprochen, sodass es nach »Freili« klang. (Ich war schon total assimiliert!) Die Wirtin hat daraufhin gelacht und mir eine gute Fahrt zurück in die Heimat gewünscht. (Sie hat wirklich »Heimat« gesagt. In Süddeutschland haben die Leute einfach mehr Pathos drauf.)

Jetzt sitze ich in Wagen 5 (meine Lieblingszahl), es ist nicht zu kalt (normalerweise friere ich *immer* im Zug), und seit ich in Frankfurt eingestiegen bin, habe ich einen Ohrwurm im Kopf. Sie müssen wissen, dass ich manchmal von einem Moment auf den anderen ein Lied im Kopf habe und es sich über Stunden dort festsetzt. In den meisten Fällen hat es rein gar nichts mit der Situation zu tun, in der ich mich gerade befinde. Das unpassendste Lied kam mir, als ich neulich beim Zahnarzt wegen einer Wurzelbehandlung war und plötzlich »Ein bisschen Spaß muss sein« von Roberto Blanco im Ohr hatte. Der Gipfel der Zumutbarkeit war erreicht, als Dr. Meyer irgendwann sagte: »Jetzt kann es mal kurz wehtun, denn ich setze den Endo-Z-Kanalbohrer ein«, und Roberto in meinem Kopf brüllte: »Dann kommt das Glück von ganz allein.«

Jetzt meint es das Schicksal aber außergewöhnlich gut mit mir, denn ich höre »Wenn i mit dir tanz, dann vergess i die Zeit« von Nicki[26]. Himmel, das habe ich ja schon ewig nicht mehr gehört! Aber jo mei, i muss soagn: Dis Lied moachts so richtig guate Laune! Gerade bin ich ins Bordbistro gegangen und habe mich dabei ertappt, wie ich plötzlich auf dem Weg dorthin die Promenade aus dem Cha-Cha-Cha getanzt habe. Kinder, mein Leben bekommt eine neue Wendung, ich spüre das.

Dass sich die Fahrt zu Motsi gelohnt hat, merke ich übrigens auch daran, dass ich gerade die größte Belastungsprobe bestanden habe, die man sich nur vorstellen kann. In Kassel-Wilhelmshöhe ist eine junge Frau zu uns ins Abteil gekommen und hat ganz selbstverständlich ihre Mulberry-Tasche auf den Sitz zwischen uns gestellt. Ich weiß, dass exakt diese Tasche 1300 Euro kostet. Ich liebe diese Tasche. Es ist die schönste Tasche der Welt. Und um ehrlich zu sein, halte ich mir in der Taschenabteilung im Alsterhaus immer die Augen zu, um nicht auf blöde Gedanken zu kommen.

Normalerweise würde ich jetzt schlechte Laune bekommen.

Wie kann die sich so eine Tasche leisten?

Warum kann ich sie mir nicht leisten?

Das Leben ist doch einfach ungerecht.

---

[26] Was macht eigentlich Nicki?

Aber wissen Sie was? Die Wir-sollten-uns-nicht-vergleichen-sondern-einfach-loslassen-Maxime vom Dalai Lama, äh, von Motsi Mabuse, hat schon ein klein wenig auf mich abgefärbt. Denn ich freue mich, dass die Frau diese schöne Tasche besitzt. Ja, die Tasche passt außergewöhnlich gut zu ihr. Sie sind ein schönes Paar. (Obwohl ich mich schon frage, wie die sich diese Tasche leisten kann.)

»In wenigen Minuten erreichen wir Hamburg-Hauptbahnhof.«

Puh, zum Glück werde ich erlöst. Bin wahrscheinlich doch noch nicht so gelassen wie Motsi Mabuse, aber versprochen, ich arbeite dran. Ich packe meine Sachen, wünsche der Taschen-Frau noch eine gute Weiterfahrt und gehe zum Ausgang.

Als wir in den Bahnhof einfahren und sich die Türen öffnen, schlägt mir sofort eine ordentliche Brise entgegen. Und kälter als in Aschaffenburg ist es auch. Super, das nennt man dann wohl »Heimat«, denke ich ein wenig missmutig. Ich ziehe mir schnell eine Jacke über und steige aus. Ob ich vielleicht doch nach Aschaffenburg ziehen sollte? Ich könnte ja in der Pension wohnen. Aber nur unter der Bedingung, dass sich die Wirtin verpflichtet, mich jeden Tag nett in den Oberarm zu knuffen. Und Motsi müsste sich verpflichten, mit mir jeden Tag Cha-Cha-Cha zu …

»Hannah« höre ich plötzlich hinter mir und ich drehe mich um.

Pia! Sie grinst mich an und kommt mir entgegen, so ein Abholservice ist natürlich viel besser als alles, was Aschaffenburg mir bieten könnte. Sorry, Bayern, ich bleibe im kalten Hamburg!

»Grüß Gottle«, rufe ich. »Jo mei, wie geht's dir denn?«

Pia lacht. »Zwei Tage weg, und schon bist du a bayerisches Madl.«

Ich hake mich bei ihr unter und wir gehen zum Parkplatz.

»Eigentlich wollte ich dir auch nur kurz was geben«, sagt Pia plötzlich und kramt in ihrer Tasche. »Tattaratta«, sie holt einen

Umschlag hervor. »Bitte schön, mein Geschenk an die werdende Traumfrau.«

Ich öffne den Umschlag und ziehe einen edlen Briefbogen heraus.

»Gutschein für 1 Flirt-Seminar bei Nina Deißler am 25. Mai in Hamburg.«

»Der letzte Punkt deines Programms«, sagt Pia. »Und zur Feier des Tages habe ich dich bei einer echten Koryphäe angemeldet. Du bist eingeladen. Was sagst du?«

Pia ist ein Schatz.

»Aber das ist ja«, ich blicke auf den Gutschein, »schon nächstes Wochenende!« Hilfe, jetzt wird's konkret.

***

Nina Deißler kenne ich aus dem Fernsehen. Sie ist wohl der Inbegriff eines flirtenden Superweibs: schlagfertig, sexy, unverkrampft, spielerisch, locker und mit einem verführerischen Augenaufschlag gesegnet. Im ZDF hat sie vor ein paar Jahren einmal ein »Flirtcamp« geleitet und über ein verstecktes Mikrofon den Teilnehmern ins Ohr geflüstert, was sie im zwischenmenschlichen Nahkampf sagen sollten. Ihre Anweisungen führten sogar dazu, dass ein bis dato verklemmter Mann, der auch noch in einem furchtbar hässlichen Ganzkörper-Froschkostüm steckte, von mehreren Frauen geküsst wurde.

Dass ich, Hannah Jensen, bei ihr nun in die Lehre gehen soll, ist so vermessen wie Pias Idee, Gesangsunterricht bei Anna Netrebko zu nehmen. (Das war übrigens die einzige Situation, in der ich Pia mal vollkommen größenwahnsinnig erlebt habe. Zitat Pia: »*Kann ich nicht einfach bei dieser Anna Unterricht nehmen?*«)

Wo war ich stehen geblieben? Ach ja, bei den siamesischen Flirtzwillingen Nina Deißler und Hannah Jensen … Pia hat mir übrigens erzählt, dass Nina Deißler bei der Anmeldung zum Seminar schon darauf hingewiesen hat, sich bis zum Training ordentlich einzuflirten. Genaue Instruktionen stehen auf dem Zettel, den Pia mir in die Hand gedrückt hat.

Ich zitiere:

»Nutze die Zeit bis zum Training, um Deine Aufmerksamkeit und die positive Reaktion in Dir selbst zu schulen. Beginne Dich darauf zu trainieren, immer wieder etwas Freundliches, Ansprechendes zu denken, jedes Mal wenn Du jemanden siehst, den Du gut findest. Also so etwas wie ›Hallo! Du gefällst mir!‹ oder auch einfach ›Du siehst nett aus!‹ oder ›Ich mag Deine Schuhe / Frisur / Tasche / was-auch-immer‹. Also: Mehr Aufmerksamkeit für Deine Umwelt. Anschauen. Gut finden. Das entsprechende Gesicht zu dem ansprechenden Gedanken zulassen und sich auf unseren Flirt-Talk-Tag freuen!«

Es sind noch genau vier Tage bis zum Flirt-Seminar. Vier Tage habe ich also, um ein ungeniertes, keckes, erotisches, ekstatisches und betörendes Ich in meinem eigentlichen Ich zu entdecken.

Äh, kurze Frage: Könnte ich vielleicht den letzten Punkt meines Plans doch noch gegen etwas anderes tauschen? Ich meine, ich könnte doch vielleicht … stricken lernen? Heiliger Bimbam.

***

Das Seminar beginnt in zehn Minuten, und ich versuche mal wieder, die Nerven zu bewahren. Da mein Fahrrad einen Platten hat (natürlich gerade eben erst entdeckt), es zum Zeitpunkt der Entdeckung schon viel zu spät für die S-Bahn war und mich die beiden Erkenntnisse überkamen, dass a) ich nicht schon wieder zu spät sein will und b) mich dieses ganze Traumfrauprogramm sowieso schon ein Vermögen gekostet hat, sodass es auf die letzten 20 Euro auch nicht mehr ankommt, habe ich also gerade ein Taxi bestellt.

»Einmal in die Bartelsstraße 68 in der Schanze«, sage ich dem Fahrer und lasse noch einmal meine tapferen Flirtversuche der letzten drei Tage Revue passieren.

1. Am Mittwoch brachte mir der DHL-Bote ein Zalando-Paket. Nachdem ich ihm die Sendung quittiert habe, nahm ich all meinen Mut zusammen und sah ihn sinnlich-frivol an. Er hat daraufhin gefragt: »Ist alles in Ordnung mit Ihnen, Frau Jensen?«
2. Am Donnerstag war ich im Café Gloria im Schanzenviertel und habe all meinen Mut zusammengenommen und dem Kellner gesagt, dass er schöne Schuhe trägt. Er hat daraufhin gesagt: »Oh, ja, äh …«
3. Am Freitag hatte ich endlich ein Erfolgserlebnis. Als ich an der Dönerbude in der Methfesselstraße vorbeilief, rief der Dönerverkäufer: »Schöne Frau, du Döner?« Das war der Beginn eines zart knospenden Flirts, und es entspann sich folgender Liebes-Talk:

Ich: Gerne, mit Salat und Kräutersauce, bitte.

Dönerverkäufer: Auch Pommes?

Ich: Nein, danke.

Pause.

Dönerverkäufer: Wetter nix gut. Nie gut.

Ich: Das stimmt. Wo kommen Sie denn eigentlich her? Also, ursprünglich, meine ich.

Dönerverkäufer: Izmir, Wetter immer gut. Schöne Frau, Sie kenne Izmir?

Ich: Leider nein.

Dönerverkäufer: Müssen hin, immer gut Wetter. Izmir schön.

Ich: Sind Sie denn noch oft da?

Dönerverkäufer: Leider nein, Onkel da. Sie müssen hin. Izmir schön, schöne Frau.

Pause.

Ich: Sagen Sie, können Sie eigentlich tanzen?

»Besuchen Sie im Schanzenviertel jemanden?«

Der Taxifahrer reißt mich aus meinen Gedanken.

»Äh, nein«, sage ich zerstreut und sehe weiter aus dem Fenster.

»Dann haben Sie dort beruflich zu tun?«

»Mmh.«

Ich kann ihm unmöglich erzählen, dass ich gleich an einem Flirt-Seminar teilnehme. Ebenso gut könnte ich gleich sagen, dass ich schon lange Single bin, mein Frustpegel durchaus im messbaren Bereich ist, ich noch nie jemanden erfolgreich angesprochen habe, den einzigen halbwegs interessanten Mann vor genau 216 Stunden vergrault habe und ich immer noch davon zehre, dass mich ein Dönerverkäufer gestern drei Mal als »schöne Frau« bezeichnet hat.

»Und was genau machen Sie?«, fragt er wieder.

Himmel Herrgott nochmal, jetzt reicht's mir aber. Warum ist der denn so interessiert? Der normale Hamburger Taxifahrer kriegt doch sonst nie den Mund auf!

»Ich habe dort zu tun«, sage ich schmallippig und sehe stur aus dem Fenster.

Je länger ich darüber nachdenke, desto nervöser werde ich. Denn ich habe mir noch gar nicht überlegt, wer an diesem Flirt-Seminar wohl teilnehmen wird. Doch eigentlich ist die Sache klar, man muss nur nach dem Ausschlussprinzip gehen: Es sind sicher keine gut aussehenden, offenen, lustigen, begehrenswerten, glücklichen Menschen.

O Gott, bin ich eine von den Übriggebliebenen?

Wir erreichen die Bartelsstraße, ich drücke dem Fahrer einen 20-Euro-Schein in die Hand und folge den Wegweisungen in den zweiten Stock eines Wohnhauses. An einer Tür sehe ich ein großes Schild, auf das eine Sonne gemalt ist. Ich klopfe zaghaft und mache mich auf das Schlimmste gefasst: Menschen mit drei Nasen, einem Bein und massenhaft gebrochenen Herzen.

***

Natürlich bin ich mal wieder die Letzte. Als ich die Tür öffne, starren mich sieben Augenpaare, vier Männer und drei Frauen, in einem Halbkreis an.

»Hannah Jensen?« Nina Deißler, perfekt gestylt, lacht mich an. Ich nicke. »Prima, jetzt sind wir vollzählig. Setz dich doch.«

Ich nehme den letzten freien Platz und atme einmal tief durch. Und schließlich traue ich mich, zum ersten Mal die verzweifelten Menschen um mich herum anzusehen. Mmh, so verzweifelt sehen die eigentlich gar nicht aus. Um genau zu sein, sehen die alle sogar ziemlich gut und entspannt aus.

Was wollen die hier? Die brauchen doch kein Flirt-Seminar!

Ich spüre, wie jeder den anderen heimlich mustert und wahrscheinlich genau dasselbe denkt wie ich: »Der braucht doch kein Flirt-Seminar!«

Nina Deißler sitzt an der offenen Seite des Halbkreises und hat die Beine lasziv übereinandergeschlagen. Sie trägt ein knallrotes Kleid, knallroten Lippenstift und hat die Haare voluminös nach hinten gekämmt. Was würde ich für diese Haare geben. Und das Kleid würde mir bestimmt auch gut stehen. Warum besitze ich eigentlich kein rotes Kleid? Immer greife ich nur zu gedeckten, langweiligen Farben … Und so einen Lippenstift … Plötzlich höre ich Motsis Stimme in meinem Ohr: Du sollst dich doch nicht mit anderen vergleichen, Hannah!

»Stimmt, ich höre jetzt damit auf«, denke ich und beiße mir dabei fest auf die Lippen. Nicht, dass ich das doch noch geistesabwesend vor mich hin murmele und dann alle hier denken: »Warum die Irre da hinten hier mitmacht, ist ja wohl klar.«

»Ich finde Vorstellungsrunden eigentlich immer blöd«, sagt Nina Deißler plötzlich. »Deswegen spielen wir jetzt erst einmal ein Spiel!«

Und das geht so: Sie wirft ein Stichwort in den Raum und wir müssen uns alphabetisch in eine Reihe stellen.

Beim Stichwort »Wohin wir immer schon einmal gerne reisen möchten« ordne ich mich, Island, zwischen Tim, Hawaii, und Melanie, Japan, ein. Und als Nina Deißler nach unserem Lieblingsessen fragt, bildet sich schnell die Dreiergruppe aus Patrick, Ute und mir, die S, wie Schokolade, angeben.

Nach mehreren Durchgängen wissen wir, wo wir wohnen (Patrick ist sogar extra aus Berlin angereist!), und kennen die Berufe und die Hobbys voneinander (Thorsten und Katrin singen beide im Chor, woraufhin Tim sagt: »Na, da haben sich ja schon zwei gefunden«, und alle lachen).

Alle sind so nett und offen, dass ich mich jetzt erst recht frage, was um Himmels willen die hier wollen.

Es scheint, als hätte Nina Deißler meine Gedanken erraten. Denn nachdem wir uns wieder auf unsere Plätze gesetzt haben, fragt sie: »Und nun zu euch: Warum seid ihr überhaupt hier?« Effektvolle Kunstpause. »Das Problem ist«, sagt Nina, »dass beim Flirten Adrenalin ausgestoßen wird. Und dieses Adrenalin wiederum löst bei vielen den Flucht-Instinkt aus. Bei manchen geht das so weit, dass sie sich fast tot stellen.«

»Kommt mir bekannt vor«, sagt Patrick laut und alle lachen. Patrick wird etwas rot, lacht dann aber auch.

»Dass wir uns so verhalten, rührt noch aus der Steinzeit«, erzählt Nina weiter. »Jeder Fremde ist für uns erst einmal eine potenzielle Gefahr. Und damit man sich schützt, hat jeder einen Zaun um sich. Bei manchen ist das eine Hecke, bei anderen ein Stacheldraht und es gibt sogar auch Selbstschussanlagen.«

»Ich bin der Stacheldraht«, flüstert Katrin mir zu und lacht. Habe ich etwa eine Selbstschussanlage?

Nina setzt sich aufrecht hin, klatscht wieder in die Hände und sagt: »So, Problemanalyse abgeschlossen. Und jetzt: Wie kommen wir raus aus der Scheiße?« Sie wirft lachend den Kopf in den Nacken.

Nina Deißler muss als kleines Kind in einen Brunnen voller Selbstbewusstsein gefallen sein. Selbst Barbara Schöneberger würde neben ihr wie ein graues Mäuschen wirken. Ob bitte ein Mini-Mini-Fünkchen auf mich abfärben könnte? Stelle mir vor, wie ich demnächst beim Steuerberater sitze und sage: »Problemanalyse abgeschlossen. Wie kommen wir jetzt raus aus der Scheiße?« (Gut, vielleicht wird es auch ein anderer Kontext – Fakt ist, dass ich diesen Satz auch mal sagen will und danach lachend den Kopf in den Nacken werfen werde!)

Bei der nächsten Übung geht es darum, die erste »Anbahnung«, wie Nina Deißler es nennt, zu üben. Dazu sollen wir uns in zwei Gruppen – nach Männern und Frauen getrennt – gegenüber voneinander im Raum aufstellen. Da laut Nina Frauen diejenigen sind, die ihren Flirtpartner auswählen (ist das so???), soll sich jede von uns einen Mann aussuchen und diesen nur mit den Augen fixieren. Wenn der Mann sich angesprochen fühlt, soll er zu der »Auswählerin« rübergehen, ihr die Hand geben und nett »Hallo« sagen. Falls allerdings ein »falscher« Mann kommt, soll man antworten: »Sorry, du warst nicht gemeint.«

Nina Deißler ist gnadenlos.

»Das ist ja der-ma-ßen pein-lich«, flüstert Katrin mir zu, während wir die Männer beobachten, die auf der anderen Seite nervös durch den Raum blicken.

»Du sagst es!«, flüstere ich zurück.

Wir sehen uns panisch an.

»Und jetzt: Feuer frei!«, ruft Nina Deißler und lacht.

Sehr witzig. Ich habe noch nie jemanden so offen angeflirtet, dass er sich berufen fühlte, direkt auf mich zuzugehen. Entweder ergibt sich so etwas oder eben nicht. Ich bin gelähmt. Schaue zu Katrin rüber, die ähnlich verzweifelt wirkt wie ich.

»Ich kann nicht«, flüstert sie.

»Ich auch nicht.«

Erdboden, tu dich auf.

Plötzlich sehe ich, wie sich Tim in Bewegung setzt, zielstrebig auf Melanie zugeht, ihr die Hand gibt und sich beide souverän anlächeln.

Hilfe, die anderen können es doch auch.

Also gut, ich versuche es.

Ich sehe zu Patrick rüber.

Patrick reagiert nicht.

Ich starre Patrick an.

Patrick sieht fragend zu mir rüber.

Großer Gott, ich zwinkere Patrick zu.

Patrick sieht fragend und panisch zu mir rüber.

Ich wachse über mich hinaus und zwinkere und lächele.

Patrick kommt und gibt mir die Hand und sagt: »Hallo.«

Ich sage: »Hallo.«

Patrick geht wieder zurück und lächelt mich an.

Geschafft.

Nach den ersten Startschwierigkeiten mache ich mich ganz gut, und ob Sie's glauben oder nicht, nach einer Weile stehe ich da und zwinkere und lächele, was das Zeug hält. Ich erkenne mich selbst kaum wieder, aber im wahrsten Sinne des Wortes: Ich lasse die Puppen tanzen.

Nur einmal gibt es einen kleinen »Zwischenfall«. Thorsten kommt freudestrahlend auf mich zu und gibt mir die Hand. »Hallo«, sagt er selbstbewusst. Ich kann ihm unmöglich sagen, dass er nicht gemeint war. Er wirkt so glücklich. »Hallo«, sage ich leise, doch plötzlich geht Nina Deißler dazwischen. »Hannah, du bist zu nett. Ich habe genau gesehen, dass du eigentlich Hans-Jürgen meintest.«

Ich sag's ja: Nina Deißler kennt keine Gnade.

»Sorry«, sage ich und mache ein zerknautschtes Gesicht, aber Thorsten kommt aus dem Lachen nicht mehr raus. »Hätte ja sein können. Beim nächsten Mal nimmst du dann aber mich, ja?« Er zwinkert mir zu, ich zwinkere ihm zu.

Wahnsinn, nach nur zwei Stunden sind wir alle kleine Flirtmonster geworden.

Nach der Übung geht es noch darum, wie man jemanden am besten anspricht und wie man nach einer Verabredung fragt, ohne dass der andere »Nein« sagen kann. Na ja, nicht ganz, aber zumindest, wie die Chancen steigen, dass der andere sich darauf einlässt.

Und zwischendurch predigt Nina Deißler wie ein Mantra, dass wir uns nicht entmutigen lassen sollen, wenn ein Flirt mal nicht funktioniert. »Eigentlich müsste man jeden Tag eine Pille ›Egal‹ nehmen und einfach weitermachen. Denkt immer dran: Flirten ist ein Spiel für Erwachsene. Es geht nicht nur um eine sexuell motivierte Beziehung, wenn ihr flirtet. In Frankreich zum Beispiel ist flirten der normale Umgang miteinander. Man verteilt Komplimente und ist nett zueinander. Dort würde niemand ein Flirt-Seminar belegen.« Sie lacht. »Und nun, auf geht's in die Mittagspause. Erobert Hamburg und flirtet!«

Wir packen unsere Sachen und ziehen die Jacken an, als Nina uns noch einmal aufhält. So, als sei ihr gerade noch eine unwichtige Kleinigkeit eingefallen.

»Hausaufgabe für die Mittagspause: Jeder von euch muss eine fremde Person ansprechen.« Die Gruppe stöhnt auf. Aber Nina kennt kein Erbarmen. »Es wäre natürlich schön, wenn ihr Telefonnummern einsammelt, aber mir reicht es für den Anfang, wenn ihr jemanden nach dem Weg fragt oder euch ein Restaurant empfehlen lasst und so ins Gespräch miteinander kommt.« Sie lacht und flötet: »Viel Spa-haß!«

Zusammen mit Katrin, Melanie und Ute verlasse ich den Seminarraum. Die Männer haben sich bereits aus dem Staub gemacht.

»Das kann ja heiter werden«, sagt Katrin.

»Wir können ja fragen, ob sich die Männer mal in Reih und Glied aufstellen können, sodass wir ihnen zuzwinkern können«, meint Ute und lacht.

»Geniale Idee, funktioniert bestimmt«, erwidere ich.

In einer einzigartigen Mischung aus Größenwahn und purer Angst gehen wir auf die Straße.

Hinein ins wahre Leben.

Nachdem wir uns in einem kleinen Restaurant am Schulterblatt Mut angegessen und getrunken haben (Chinapfanne und chinesischer Schnaps bewirken ja vielleicht Wunder), stehen unsere Hausaufgaben an. Ute wollte uns zunächst davon überzeugen, dass sie ja den Kellner schon angesprochen hätte und deswegen bereits erlöst sei.

Da die Jury knallhart abgelehnt hat, steht Ute nun etwas unsicher auf dem Bürgersteig und blickt immer wieder hektisch zu uns rüber. Wir sitzen im Restaurant direkt am Fenster und sprechen ihr pantomimisch Mut zu. »Looooos«, forme ich mit den Lippen und zeige ihr meine gedrückten Daumen.

Schließlich sehen wir, wie Ute einen Mann mit Hund anspricht. Er gestikuliert daraufhin mit den Händen und erklärt ihr offensichtlich den Weg. Ute bedankt sich und er geht. Dann dreht er sich nach ein paar Schritten aber noch einmal um und lächelt. Ute lächelt souverän zurück.

Sie kommt zu uns ins Restaurant und lässt sich auf einen Stuhl fallen. »Ich bin schweißgebadet, aber eigentlich war es ganz in Ordnung.« Sie lacht. »Und er sah wirklich gut aus; ob ich noch einmal hinterhergehen soll? Ich mag ja auch Hunde!« Sie kichert wie eine Zwölfjährige.

Melanie und Katrin lösen ihre Aufgaben im Anschluss bravourös. Melanie stellt sich einem irre schnell fahrenden Fahrradfahrer todesmutig in den Weg und zwingt ihn zum Anhalten. (Flirten für Fortgeschrittene!) Sie lässt sich den Weg zu einer guten Pizzeria erklären und – festhalten – er sagt: »Vielleicht sehen wir uns dort ja mal, würde mich freuen!« (Melanie hat uns danach etwa hundert Mal vorgemacht, wie er diese zehn galaktischen Worte ausgesprochen hat.)

Auf dem Weg zurück zum Seminar kommen wir an einer Bank vorbei, auf der ein junger Mann sitzt und Zeitung liest. Neben ihm steht eine Ledertasche. Katrin nutzt die Gunst der Stunde und sagt im Vorbeigehen: »Ich wollte Ihnen nur kurz sagen, dass Sie eine außerordentlich schöne Ledertasche haben.« Der Mann ist kurz irritiert, lächelt dann aber. »Danke«, ruft er Katrin hinterher, die sich daraufhin noch einmal umdreht und »Gerne doch!« zurückruft.

»So, Hannah, jetzt hat deine große Stunde geschlagen«, sagt Melanie und lacht. Katrin und Ute stimmen ein und haken sich bei mir unter. Ein wenig fühle ich mich wie auf einem gackernden Junggesellinnenabschied, auf dem alle so überdreht sind, dass nichts unmöglich scheint. Also dann: Ich bin bereit für die feindliche Übernahme eines Traummannes.

Vor »Eis Schmidt« sehe ich eine Gruppe junger Männer stehen.

»Die gehören mir«, sage ich zu den Mädels und muss lachen. Wer hätte heute Morgen gedacht, dass ich mir sogar gleich mehrere vorknöpfen würde?

Ute, Katrin und Melanie bleiben in sicherer Distanz stehen, und als ich mich noch einmal zu ihnen umdrehe, sehe ich sechs nach oben gestreckte Daumen. Dann wollen wir mal.

Ich räuspere mich und stupse einen der Männer von hinten an die Schulter. »Hallo ihr, ich komme nicht aus Hamburg und wollte euch deswegen fragen …«

Er und die anderen drehen sich zu mir um und ich erstarre.

Einer von ihnen ist Johann!

Wir sehen uns an und in meinem Bauch rumort es, was sicher nur an der Chinapfanne liegt.

»Soso«, sagt er schließlich und zieht eine Augenbraue hoch. »Du kommst also nicht aus Hamburg ...«

»Wie können wir dir denn helfen?«, fragt sein Kumpel.

»Also, äh, ich wollte fragen, ob ... ihr mir ... äh ... ein Café empfehlen könnt, in dem es richtig guten Kaffee gibt.« Ich vermeide es, Johann anzusehen, und spreche mit den anderen.

»Vielleicht das ›Café unter den Linden‹?«, sagt einer. »Oder ›Herr Max‹, das ist auch gut«, wirft ein anderer ein.

»Und wo finde ich die?«, frage ich und spüre, wie ich rot werde. (Ich habe schon Tage in beiden Cafés verbracht!)

Johanns Freund erklärt mir den Weg und ich versuche, ein interessiert-erstauntes Gesicht zu machen.

»Meinst du, du kannst dir das merken?«, fragt Johann. »Wenn man sich hier nicht auskennt, ist das ja schon schwierig.«

»Ich denke, das werde ich hinkriegen«, sage ich trotzig. »Ich hatte ja eine gute Wegbeschreibung.« Ich schenke seinem Freund mein schönstes Lächeln.

»Woher kommst du denn eigentlich?«, fragt dieser prompt und aus dem Augenwinkel sehe ich, wie sich Johann königlich amüsiert.

»Das würde mich auch mal interessieren«, sagt er und seine Lippen umspielt ein Lächeln.

Ich hasse ihn!

»Aus ... Köln komme ich«, sage ich schnell. »Genau, aus Köln.«

»Wirklich? Sag bloß, du bist auch noch FC-Fan!« Er lächelt und sieht mir dabei tief in die Augen.

Ich hasse ihn!

»Nein, ich bin Werder-Bremen-Fan. Der ersten Stunde.« Langsam werde ich wirklich sauer.

»So, Jungs, es war nett, mit euch geplaudert zu haben. Aber jetzt muss ich wirklich los.«

Ich mache auf dem Absatz kehrt und gehe schnellen Schrittes zu Ute, Melanie und Katrin.

»Die Cafés sind aber dort drüben«, ruft einer von Johanns Freunden mir hinterher. »Da musst du lang.« Er zeigt in die entgegengesetzte Richtung.

»Ich will doch keinen Kaffee mehr«, rufe ich zurück. Und tatsächlich pocht mein Herz, als hätte ich mich jahrelang von Espresso ernährt.

Zehn Minuten später sitzen wir wieder im Seminarraum. Ute, Melanie und Katrin haben auf dem Rückweg vollkommen hysterisch auf mich eingeredet. Nur mit Mühe konnte ich sie davon überzeugen, dass das Gespräch so lange gedauert hat, weil die Wegbeschreibung zu den Cafés so kompliziert war, und nicht, wie Ute behauptete, weil ich die absolute Flirtkönigin bin. »Und wie der eine von denen dich angesehen hat«, meinte Katrin. »Von dem hättest du bestimmt die Nummer haben können.«

Hat Johann mich wirklich anders angesehen als die anderen aus der Gruppe? Ist er noch interessiert an mir? Bin ich interessiert an ihm? Warum rumort es in meinem Bauch, wenn ich an ihn denke? Ob wir uns noch einmal treffen sollten? Würde Johann mir noch eine Chance geben? Will ich überhaupt eine Beziehung? Oder habe ich nach so vielen Jahren als Single Angst vor etwas Festem? Angst davor, wieder verletzt zu werden? Angst vor dem Glück?

Während Nina Deißler erklärt, über welche Themen man beim ersten Date sprechen und besser nicht sprechen sollte, spüre ich, wie ich gedanklich abschweife und sich die Chinapfanne und ein paar Hormone in meinem Bauch zu einem einzigartigen Konglomerat zusammentun.

Johann hat mich völlig aus dem Konzept gebracht.

Der Rest des Seminars geht zugegebenermaßen ein wenig an mir vorbei, doch plötzlich horche ich auf.

»Was also ist ein Traummann beziehungsweise eine Traumfrau?«, fragt Nina Deißler. »Nun«, sagt sie, »natürlich muss er mich mögen, aber, und das vergessen viele, er muss auch sich selbst mögen. Niemand ist begehrenswert und attraktiv, der sich selbst nicht mag und sich dauernd kritisiert. Akzeptiert euch so, wie ihr seid. Denn ihr seid toll!«

Ich spüre, wie ich einen Kloß im Hals bekomme. Wenn ich jetzt anfange zu weinen, schiebe ich es auf die Chinapfanne und sage, dass ich auf Koriander allergisch reagiere.

Nach einer kurzen Feedbackrunde ist das Seminar zu Ende und wir verlassen das Haus. Vor der Tür tauschen wir noch Telefonnummern aus und versprechen uns, bald zusammen auf Flirttour zu gehen. »Den Mann mit dem Hund finden wir«, rufe ich Ute zu und sie lacht.

Ich will gerade zur S-Bahn-Haltestelle gehen (diesmal nehme ich kein Taxi, ich bin wieder im realen Leben angekommen), da höre ich hinter mir eine vertraute Stimme.

»Ich dachte schon, du kommst da nie mehr raus.«

Ich drehe mich um.

Johann sitzt auf dem Bordstein und klappt eine Zeitung zusammen.

Er sieht mich an, steht auf und klopft sich Staub von der Hose. Hat er dort etwa die letzten zwei Stunden gesessen?

»Was machst du denn hier? Hast du mich etwa verfolgt?«, frage ich.

»Na hör mal, das würde ich doch niemals tun. Wir Kölner müssen doch zusammenhalten«, sagt er mit einem Blick, den ich nicht deuten kann.

Wir sehen uns an und in meinem Bauch rumort es wieder.

Er lächelt ein wenig. »Warum du in Hamburg nach dem Weg fragst, interessiert mich nun aber doch.«

»Lange Geschichte. Und so wie ich dich kenne, wärst du nicht wirklich begeistert.«

Wir sehen uns schweigend an. Ich starre betreten auf den Boden, Johann fährt sich verlegen durch seine Haare. (Wissen Männer eigentlich, dass sie dann ziemlich gut aussehen? In meinem Bauch geht es drunter und drüber.)

Schließlich geht er einen Schritt auf mich zu und zeitgleich setzen wir an, etwas zu sagen.

»Du, wegen neulich …«

»Ich wollte auch noch einmal …«

Wir müssen lachen.

»Okay, du zuerst«, sage ich.

»Also wegen neulich …«, setzt er an. »Es tut mir leid, wenn ich das zu hart formuliert habe. Ich meine, das mit deinem ›Traumfrauprogramm‹« …« (Er setzt »Traumfrauprogramm« mit den Händen in Anführungszeichen, pah!) »… ist nicht das Bescheuertste, was ich in letzter Zeit gehört habe. Da habe ich mich falsch ausgedrückt. Es ist zwar schon ziemlich verrückt, aber eben nicht bescheuert.« Er senkt den Kopf und sieht mich schräg von unten aus an.

Ich schnappe nach Luft.

Johann lacht. »Verrückt ist es schon, das musst du zugeben.«

Ich schnappe wieder nach Luft. Doch plötzlich geht Johann auf mich zu und nimmt meine Hand.

»Jetzt mal im Ernst, Hannah.« Er sieht mich eindringlich an. »Du brauchst dich doch gar nicht zu verändern, du bist doch so toll, wie du bist.«

Ich spüre wieder einen Kloß im Hals.

»Bin ich das?«, flüstere ich.

»Ja, das bist du.« Er drückt meine Hand.

Also, entweder falle ich gleich in Ohnmacht oder … Bevor ich mir Gedanken über eine zweite Option machen kann, lässt Johann meine Hand los und geht einen Schritt zurück.

»Wir üben das jetzt mal«, sagt er entschlossen. »Fräulein Jensen, was mögen Sie an sich?« Er ahmt mit seinen Händen Block und Bleistift nach. »Ich höre?«

»Ich kann in einer fremden Stadt sehr gut Männer nach dem Weg fragen.«

»Zählt nicht«, er schüttelt den Kopf und lacht, um dann sofort wieder ernst zu werden. »Also, zweiter Versuch.«

Er sieht mich an und tippt auf seine imaginäre Liste. Hilfe, er meint das ernst.

»Ich kann mich jetzt unmöglich selbst loben.«

»Und warum nicht?«

»Weil ich darin schlecht bin.«

»Lass ich nicht gelten.« Er schüttelt vehement den Kopf.

»Bitte!!!«, flehe ich. »Ich kann das nicht.«

»Das musst du aber. Wenn du dich selbst nicht magst, dann …«

Menno, fängt er auch damit an.

»… ich weiß, wird mich auch sonst niemand mögen«, vervollständige ich seinen Satz. Stecken Nina Deißler und er eigentlich unter einer Decke?

»Ich helfe dir«, sagt er und drückt meine Hand. »Ich mache den Anfang: Hannah Jensen ist ehrlich. Jetzt bist du dran.« Er sieht mich aufmunternd an. Das ist ja dermaßen peinlich, denke ich und schaue mich um, ob mich jemand hören kann. Da Johann immer noch entschlossen wirkt und nun auch wieder den imaginären Block und Bleistift zückt, sage ich: »Ein wenig lustig?«

Johann lächelt und macht einen Haken in die Luft. »Ja, lustig. Weiter!«

»Nicht ganz blöd?« Ich runzele die Stirn. Das ist ja dermaßen peinlich. Sagte ich das bereits?

»Ja, nicht ganz blöd stimmt auch.« Er formt mit seinem imaginären Stift wieder einen Haken.

»Selbstironisch?«

»Ja, weiter.«

»Ehrlich?«

»Yep!«

»Loyal?«

»Auch wieder ein Treffer!« Er lacht. »Weiter?«

»Spontan?«

»Stimmt!«

Ich sehe ihn an und er macht wieder eine aufmunternde Kopfbewegung. Himmel, der will noch mehr.

»Zuverlässig?«

Er nickt. »Weiter!«

»Kann gut küssen?« Jetzt drücke ich seine Hand.

»Das kann ich nur bestätigen.«

Wir sehen uns in die Augen, und er umfasst meine Hüfte. Schließlich drückt er mich an sich, und wir küssen uns.

Nach einer gefühlten Ewigkeit lösen wir uns voneinander.

»Und es zählt überhaupt nicht, dass ich kochen und auf High Heels gehen kann? Dass ich den Knigge beherrsche, pokern und tanzen kann, die Finanzkrise verstehe, mich schminken kann und sogar weiß, warum sich Fußballer nicht das Trikot ausziehen dürfen?« Meine Stimme überschlägt sich fast.

Johann lächelt und sagt: »Das ist alles Bonusmaterial.«

Er küsst mich wieder und mir wird schwindlig. Ich glaube, so fühlt sich Liebe an.

Ich danke allen Traumfraubegleiterinnen und -begleitern von Fräulein Jensen:

V. l. n. r.: Dieter Bonnstädter, Ksenia Kotina, Gerhard Delling, Susanne Pflaumbaum, Pius Heinz, Motsi Mabuse, Frank Lehmann, Nina Deißler, Andreas Sondej